TIEF IM SUMPF

M.A. ROTHMAN

Übersetzt von

MICHAEL KRUG

Primordial Press

Taschenbuch ISBN: 978-1-960244-06-2
Hardcover ISBN: 979-8-8390981-0-7

EBENFALLS VON M. A. ROTHMAN

Techno-Thriller: (Wissenschaftsthriller/Hard-Science-Fiction)

• Urgewalt

• Der Freiheit letzter Atemzug

• Darwins Faktor

• Multiverse

Levi Yoder Thriller:

• Operation Tote Hand

• Insider-Mission

• Nie wieder

• Tief im Sumpf

LitRPG:

• Der Landläufer

• Der Turm der Weisen

Fantasy für junge Erwachsene:

• Die Seherin der Prophezeiung

• Die Erben der Prophezeiung

• Die Waffen der Prophezeiung

• Die Herren der Prophezeiung

INHALT

»Die soziale Verantwortung der Wirtschaft besteht darin, ihre Profite zu steigern.«

– Milton Friedman, 1970

»Die Gier – leider gibt es dafür kein besseres Wort – ist gut. Die Gier ist richtig. Die Gier funktioniert.«

– Gordon Gekko, 1987

»Wenn der [ukrainische] Staatsanwalt nicht gefeuert wird, gibt es kein Geld.«

– Joe Biden, 2018

KAPITEL EINS

John lenkte den Minivan mit heftig pochendem Herzen in die Parklücke, die der dritten Base des Stadions Simpson Field an nächsten lag. Es war früher Morgen. Das Gras funkelte noch vor Tau. Er hatte freie Sicht auf das Baseballtraining der Kongressmitglieder. Es befanden sich bereits Spieler auf dem Feld.

Im Innenspiegel sah er, wie sich jemand auf der Fahrerseite näherte. Der Mann klopfte mit den Knöcheln an die Scheibe und bedeutete ihm, das Fenster runterzulassen.

John warf einen Blick auf das Abzeichen am Gürtel des Mannes, bevor er der Aufforderung nachkam. »Ja?«

Der Mann bückte sich und ließ den Blick flüchtig durch den neueren Toyota wandern, bevor er ihn auf John heftete. »Sir, ich bin Agent Sanchez von der Capitol Police. Heute trainieren im Stadion einige Kongressabgeordnete. Sie können gern dabei zusehen, nur müssen davor Sie und Ihr Fahrzeug durchsucht werden.«

John war 20, weiß und sah wie ein harmloser Vertreter der oberen Mittelschicht aus. Er hegte ein tief verwurzeltes Misstrauen gegenüber Polizisten. Als er den Motor ausschaltete und den Sitzgurt löste, versuchte er, sich davon nichts anmerken zu lassen.

»Gibt's ein Problem? Früher bin ich mit meinem Bruder hergekommen, da wurden wir nie durchsucht.« Er entriegelte die Türen und stieg aus dem Minivan. Ein anderer Agent tauchte am Beifahrerfenster auf. John schaute über die Schulter zu dem Mann. »Die Tür ist offen. Ich hab nichts zu verbergen.«

Sanchez bedeutete John, die Arme zu heben. »Nach dem Anschlag auf den Kongressabgeordneten 2017 sind die Sicherheitsrichtlinien verschärft worden. Arme zur Seite strecken.«

Nach einem schnellen, aber gründlichen Abtasten schaute Sanchez zu seinem Partner, der ihm den Daumen hoch zeigte und die Tür des Minivans schloss.

»In Ordnung, Sir, Sie können passieren. Viel Spaß beim Zusehen.«

John lächelte, als er an der Tribüne vorbeiging und einen Zeitungsausschnitt der *New York Times* hervorholte. Er schaute zwischen dem Artikel und den Spielern auf dem Feld hin und her. John entdeckte zumindest einen ... nein, zwei der Männer aus dem Zeitungsbericht. Einer rothaarig und um die 50 Jahre alt, der andere mit hängendem linken Augenlid. Wahrscheinlich waren es noch mehr, aber für einen genaueren Blick müsste er näher hin.

Das wollte er auf keinen Fall riskieren.

Außerdem brauchte er keinen genaueren Blick. Diese Männer waren allesamt Verräter an dem Land, für das sein Vater in Afghanistan gekämpft hatte und gestorben war. Diese Abgeordneten lebten auf Kosten der Steuerzahler. Lügner und Betrüger, alle miteinander.

Rasch sah er sich in der Umgebung um und stellte fest, dass sich die Polizisten um die Pressebox und den Unterstand scharten. Genau, wie er es erwartet hatte. Sie würden ihm vorerst nicht im Weg sein.

John steckte den Zeitungsartikel zurück in die Tasche und steuerte auf den Schatten einiger Bäume knapp außerhalb der Sichtweite des Spielfelds zu. Unter einer Eiche fand er das Fleckchen Erde, das er suchte. Nach einem weiteren kurzen Rundumblick entfernte er mit den Händen die lose Erde, bis er den vor zwei Tagen an der Stelle vergrabenen Gegenstand freigelegt hatte.

Er zog die Munitionskiste aus dem Boden, öffnete die Verschlüsse, hob den Deckel an und lächelte.

Die kleine Kiste enthielt einen alten Smith & Wesson Revolver und eine Heckler & Koch MP5 Maschinenpistole. Beide Waffen hatten einst Johns Vater gehört.

Er steckte den Revolver unter den Hosenbund, dann legte er das volle Magazin in die MP5 ein und zog den Ladehebel der Waffe zurück, wie er es unzählige Male bei seinem Vater beobachtet hatte, um die erste Patrone ins Lager zu befördern.

Als er den Wahlschalter auf Automatikfeuer stellte, dachte er an den Inhalt des Artikels der *New York Times*, und sein Gesicht loderte vor Wut. Die Schlagzeile lautete: »Die Bürger der Welt werden eines Tags die Auswirkungen der heutigen

Abstimmung in D. C. zu spüren bekommen.« In dem Artikel wurden die Verräter genannt, die sich über Parteigrenzen hinweg der Opposition angeschlossen hatten.

John murmelte leise bei sich: »Einige Bürger werden die Auswirkungen heute zu spüren bekommen.«

Er schlang sich den Trageriemen der MP5 über die Schulter, versteckte die Waffe unter seiner Windjacke und schlenderte auf das Feld zu.

Das Spiel lief bereits. Der Ball wurde geworfen, und der Schlagmann traf ihn mit einem widerhallenden, dumpfen Knall. Als er ins Außenfeld segelte, drehten sich Köpfe und folgten seinem Flug.

Das laute Pochen seines Herzschlags in den Ohren übertönte sämtliche Geräusche vom Spielfeld, als John die Maschinenpistole hervorholte, zielte und den Abzug drückte.

***

Levi Yoder saß auf einer Parkbank an der Nordseite des Lincoln Parks und wartete auf seine Kontaktperson. Es war ein klarer, sonniger Tag in D. C., und obwohl das Risiko einer COVID-Infektion im Freien vernachlässigbar war, spazierten die meisten Menschen mit Gesichtsmasken durch den Park. Es war eine seltsame Zeit, in der Politik und Wissenschaft oft miteinander verwechselt wurden.

Levi selbst hatte seit seinem Sieg über den Krebs vor einigen Jahren nie auch nur eine Erkältung gehabt, dennoch trug auch er eine Gesichtsmaske. Nicht, weil er glaubte, dass sie ihn schützen würde, sondern weil er sonst aufgefallen wäre – und das konnte er nicht gebrauchen.

Als eines der wenigen Vollmitglieder der italienischen Mafia, das kein Italiener war, hatte sich Levi bereits vor langer Zeit mit einem zwielichtigen Leben in den Schatten abgefunden. An diesem Tag jedoch war er nicht für die Familie Bianchi unterwegs. Tatsächlich müsste er sich mit einem Haufen unangenehmer Fragen herumschlagen, wenn Don Marino wüsste, was er tat.

Sein Telefon vibrierte. Er tippte auf den Bluetooth-Empfänger in seinem Ohr. »Was gibt's?«

»*Levi, hier Brice. Wollte dir nur Bescheid geben, dass bei der Überwachungsstelle des FBI für Schüsse in der Öffentlichkeit gerade ein Alarm aus deinem Gebiet eingegangen ist.*«

Levi presste die Lippen zu einer schmalen Linie zusammen. »Mir ist nichts Ungewöhnliches aufgefallen.«

»*Irgendwo am anderen Flussufer sind Schüsse abgegeben worden, ungefähr dreieinhalb Kilometer von deiner Position entfernt. Laut Computer mit einer oder mehreren automatischen Waffen. Im Polizeifunk hab ich zwar noch nichts darüber aufgeschnappt, aber die Stadtpolizei wird deswegen bald verrücktspielen. Mach dich drauf gefasst, dass in den nächsten 15 Minuten sämtliche öffentlichen Einrichtungen in D. C. abgeriegelt werden.*«

»Ändert das meine Pläne?«

»*Nein, die bleiben unverändert. Wollte dich nur wissen lassen, dass sich in der Nähe was tut und du vielleicht reges Treiben in deiner Gegend zu sehen bekommst.*«

»Verstanden.«

Levi legte auf und lehnte sich auf der Parkbank zurück, die Sinne in höchster Alarmbereitschaft.

Brice war Technikleiter einer Organisation namens Outfit, eines Bestandteils der Regierung, über den nie jemand redete. Außerdem war das Outfit sein zweiter »Arbeitgeber« – in gewisser Weise. Er bekam zwar keinen regelmäßigen Gehaltsscheck, aber gelegentlich brauchte man etwas erledigt, wofür sich Levis unkonventionelle Fähigkeiten und Ressourcen eigneten.

So wie an diesem Tag.

Er warf einen Blick auf die Armbanduhr und runzelte die Stirn. Es war zwei Minuten nach der vereinbarten Zeit. Das verriet Levi eine Menge über die Person, mit der er sich für das Outfit treffen sollte.

In der Gesellschaft, der Levi angehörte, verspätete man sich nie ohne triftigen Grund. Und eine Verspätung bei einem Treffen mit jemandem von höherem Rang kam einem Schlag ins Gesicht gleich. Es waren schon Menschen für weniger im Grab gelandet.

Allerdings handelte es sich diesmal nicht um einen Mafiaboss, noch nicht mal um einen Geschäftsfreund. Nur um irgendeinen Handlanger der Regierung. Und offenbar hielt er sich wie die meisten Bundesbeamten für einen der wichtigsten Menschen im Universum.

Sein Handy vibrierte erneut. »Ja?«, meldete sich Levi.

»Unterwegs in Richtung der Statue von Mary Bethune und den zwei Kindern.« Die nasale Stimme des Mannes erinnerte Levi an die Stimme einer Ratte aus einem Cartoon, dessen Name ihm entfallen war.

»Sie sind spät dran.«

»Ich weiß, tut mir leid. Ich habe nur ...«

»Ich sitze auf der nördlichsten Bank.«

Levi legte auf und suchte den Park nach seiner Kontaktperson ab. In der Ferne hörte er mehrere Sirenen.

Eine Minute später entdeckte er einen schlanken Mann in dunklem Anzug, der mit schnellen Schritten in seine Richtung kam. Er schien Mitte 40 zu sein, und der Anzug stand ihm gut – maßgeschneidert und höchstwahrscheinlich über der Preisklasse, die sich ein durchschnittlicher Regierungsangestellter leisten konnte.

Die Blicke der beiden Männer begegneten sich, und der Kontakt nickte Levi zu.

Er ließ sich auf der anderen Seite der Parkbank nieder, bevor er sich Levi zudrehte und mit einem Grinsen fragte: »Wie lassen Sie Leichen am liebsten verschwinden?«

»Medium gegart, mit Knoblauchbutter bestrichen und dazu einen feinen Chianti.« Levi starrte den Mann finster an. »Was zum Teufel soll die Frage?«

Der Mann zuckte mit den Schultern, reckte das Kinn vor und musterte den Mafioso von oben herab. »Das war nur ein Versuch, das Eis zu brechen. Ich weiß, wer Sie sind, Mr. Yoder. Ich weiß auch von Ihren Verbindungen nach New York und zu den anderen Familien an der Ostküste. Sie waren schon in der Vergangenheit als V-Mann tätig, und ich bin froh zu hören, dass Sie bereit sind, *uns* erneut zu helfen.«

Levi musste sich zusammenreißen, um den Mann nicht zu erwürgen, der knapp außerhalb seiner Reichweite saß. Die einzige Strafverfolgungsbehörde, mit der er in D. C. je zusammengearbeitet hatte, war das FBI, und er war nie für irgendjemanden ein Informant gewesen. »Keine Ahnung, was Sie über mich zu wissen glauben. Aber wenn andeuten wollen, ich wäre irgendwann ein Informant für Sie oder irgendjemanden sonst gewesen, irren Sie sich gewaltig, Mister ...«

»Smith. Nennen Sie mich einfach Agent Smith.«

»Na schön, Smitty. Was wollen Sie?«

Der Agent runzelte die Stirn. »Ich gehe davon aus, dass man Ihnen gesagt hat, warum ich hier bin. Haben Sie es?«

Levi seufzte und schüttelte den Kopf. »Keine Ahnung, wie man euch in der FBI-Akademie ausbildet, aber so funktioniert das nicht. *Sie* sind derjenige, der einen Gefallen will.« Er beugte sich vor und knurrte. »Was zum *Teufel* wollen Sie von mir?«

Abgesehen von einem leichten Weiten der Augen blieb Smith äußerlich völlig ruhig. »Man hat mir gesagt, Sie hätten Fotos für mich.«

»Sehr gut, Smitty.« Levi bedachte den Mann mit einem frostigen Blick. »Jetzt sagen Sie mir, welche Fotos ich Ihrer Meinung nach habe. Wollen Sie die Nacktaufnahmen von Ihnen mit der Tochter Ihres Nachbarn?«

»Was?« Der Agent schüttelte den Kopf und schnaubte höhnisch. »Ich weiß nicht mal, wer meine Nachbarn sind, geschweige denn, ob sie Kinder haben. Mir wurde gesagt, dass es kompromittierende Fotos von der Ehefrau eines gewissen Kongressabgeordneten gibt.«

»Und warum wollen Sie so was haben?«

Der Agent senkte die Stimme zu einem Flüstern. »Wenn es

sein muss, kann ich das FBI geballt auf Sie ansetzen. Ich muss den Grund nicht erklären.«

»Unsinn. Ist mir egal, für wen Sie sich halten, dazu haben Sie keine Befugnis.«

Levi ließ sich von der leeren Drohung des Mannes nicht einschüchtern. Er konnte sich nicht vorstellen, warum das Outfit zugestimmt hatte, diesem aufgeblasenen Arsch *irgendetwas* zu geben. Aber unter dem Strich musste er der Organisation einfach vertrauen.

Er holte einen Umschlag aus der Innentasche seines Jacketts und reichte ihn dem Mann. »Bitte sehr, Agent Smitty. Wollten Sie das?«

Der Agent spähte in den Umschlag und zog mehrere Polaroids heraus. Während er sie durchblätterte, trat ein Lächeln in seine Züge. Levi konnte sich nicht vorstellen, was ein FBI-Agent so unterhaltsam an Bildern einer Frau finden konnte, die weißes Pulver schnupfte.

Smitty steckte die Fotos zurück und erhob sich von der Bank. »Danke, Mr. Yoder. Sie haben Ihrem Land einen großen Dienst erwiesen.« Damit wandte er sich ab und verschwand in die Richtung, aus der er gekommen war.

Levis Telefon vibrierte, und er tippte an seinen Ohrstöpsel. Es war Brice.

»Ich hab über eine der Überwachungskameras im Park zugesehen. Bist du fertig?«

»Der Typ kann von Glück reden, dass ich ihm nicht die Kniescheiben zertrümmert hab. Aber ja, er hat die Fotos. Sonst noch was, bevor ich nach New York zurückkehre?«

»Ja, Mason will dich sehen. Sofort. Wenn du nach George-

town kommen kannst, treffen wir uns in einer Bar namens Rooster & Bull. Ich texte dir die Adresse.«

Kopfschüttelnd stand Levi auf und ging zurück zu seinem Mietwagen. »Hätte dich nicht für den Kneipentyp gehalten, Brice. Ich bin in 20 Minuten da. Worum geht's?«

»Ganz ehrlich? Keine Ahnung. Man hat mir nur gesagt, dass Mason sich heute mit dir treffen will. Die Wege des Managements sind wie die des Herrn unergründlich. Man wird nicht immer in ihre Pläne eingeweiht.«

»Tja, was auch immer Mason geplant hat, ich fliege heute Abend zurück nach New York. Ich hab einen Termin, den ich nicht verpassen will. Sag ihm das.«

»Verstanden, Levi. Ich gebe ihm Bescheid.«

Überall entlang der Strecke vom Lincoln Park durch die National Mall und vorbei an Foggy Bottom auf dem Weg nach Georgetown, wo sich Levi mit Brice und Mason treffen sollte, waren Polizisten unterwegs. Obwohl man in den Nachrichten noch nichts von der Schießerei hörte, von der Brice ihm erzählt hatte, spürte Levi die Anspannung in der Luft, während er durch die Bundeshauptstadt fuhr. Auf der Fahrt begegneten ihm mindestens doppelt so viele Streifenwagen wie sonst, und in Georgetown sichtete er an jedem zweiten Häuserblock zu Fuß patrouillierende Cops. Irgendjemand hatte irgendwie definitiv ins Hornissennest gestochen.

Levi parkte in einer freien Lücke am Straßenrand ein, stieg aus und warf Münzen in die Parkuhr. Dabei fiel ihm ein alter

Mann in schmutziger, abgewetzter Kleidung auf, der ihn von der anderen Straßenseite aus anstarrte.

»Haste was zu essen für mich?«, rief der Greis herüber.

Levi schüttelte den Kopf und ging auf der 31th Street nach Süden, bis er entdeckte, wonach er suchte – ein verblasstes Schild mit dem Profil eines Hahns auf der linken Seite und dem Kopf eines Longhorn-Stiers auf der rechten. Er öffnete die Tür darunter. Sofort wehte der Geruch von abgestandenem Bier und Holzpolitur heraus.

Das Lokal ähnelte so ziemlich jeder anderen gewöhnlichen Kneipe. Schummriges Licht, ein paar Tische, hinter dem Tresen ein grauhaariger Barkeeper, der gerade ein Glas abtrocknete. Offensichtlich herrschte um die Zeit wenig Betrieb. Außer einem etwas pummeligen Mann an der Bar hielt sich kein Gast im Lokal auf. Der Mann, zu dem Levi wollte.

Brice stand auf und streckte die Hand aus. Zwischen Daumen und Zeigefinger hielt er eine Münze. Es handelte sich um ein Erkennungszeichen. Beim Militär kursierten solche Münzen als Bestätigung, dass der Besitzer zu einer bestimmten Gruppe oder Kampagne gehörte. Diese Münze war ein wenig anders. Sie erfüllte zwar denselben Zweck, nur reichte der bloße Besitz nicht, um sich als Mitglied des Outfits zu identifizieren.

Levi ergriff die andere Seite der Münze. Einen Moment lang tat sich nichts. Nach ein, zwei Sekunden jedoch wurde die Münze wärmer. Sie zeigte eine Pyramide ähnlich jener auf der Rückseite des Ein-Dollar-Scheins. Als das Auge in der Pyramide zu leuchten begann und damit die biometrische Identifizierung beider Männer bestätigte, steckte Brice die Münze ein und deutete auf den freien Hocker neben ihm.

»Mason sollte jeden Moment hier sein.« Er winkte dem Barkeeper zu. »Bring meinem Freund ...« Er sah Levi an. »Wenn ich mich recht erinnere, trinkst du keinen Alkohol, stimmt's?«

Levi schaute zu dem angegrauten Barkeeper auf. »Ein Selters wäre toll.«

Der Barkeeper stellte ein Glas Sprudel auf den Tresen. Als Levi die Brieftasche zückte, winkte der ältere Mann ab. »Die Getränke werden bezahlt. Sie brauchen hier kein Geld.«

Eine Minute später traf Mason durch eine Hintertür ein. »Levi«, sagte er, als er sich mit ausgestreckter Hand näherte. Sie schlugen kräftig ein. Der kleinere Mann grinste dabei verschmitzt. »Auf den Tag warte ich schon lange.«

»Tatsächlich?« Levi runzelte die Stirn. »Brice hat Ihnen doch gesagt, dass ich nicht viel Zeit habe, oder? Ich muss ein Flugzeug erwischen.«

Brice nickte. »Ich hab ihm gesagt, dass du wichtige Pläne hast.«

Der Direktor bedachte Levi mit einem schiefen Grinsen. »Bestimmt haben Sie Zeit für einen Rundgang durch unser Hauptquartier.«

Levi seufzte. »Tut mir leid, aber die Zeit reicht nur für eine kurze Besprechung. Sie wissen ja, wie übel der Verkehr da draußen ist.«

»Dann ist es wohl gut, dass wir nicht fahren müssen«, meinte Mason nach wie vor grinsend. »Sie stehen bereits in unserer Lobby.« Er entfernte sich von der Bar und bedeutete

Levi, ihm zu folgen. »Also, Beeilung. Sie haben ja nicht viel Zeit, oder?«

Der Direktor führte die beiden Männer durch die Hintertür des Lokals und anschließend einen schlichten Flur entlang, der an zwei Toilettentüren endete. Mason schob die Tür zur Herrentoilette auf und bedeutete Levi, zuerst einzutreten.

Levi zögerte kurz. »Das versteh ich nicht.«

Brice marschierte mit belustigter Miene an Levi vorbei. »Du wirst schon sehen.«

Während Mason nach wie vor die Tür aufhielt, betrat auch Levi die Toiletten.

Drei geschlossene Kabinen und zwei Pissoirs säumten eine Wand. An der Tür der hintersten Kabine klebte ein Schild mit der Aufschrift »Außer Betrieb«. Hinter den Waschbecken saß ein weißhaariger Mann mit hellbrauner Hose und kariertem Hemd auf einem Hocker. Er nickte Brice zu, bevor er Levi über den Rand einer John-Lennon-Brille hinweg musterte, als wollte er zu einem Kampf gegen ihn antreten.

»Ist das der Neue?«, fragte der alte Bursche.

Brice zuckte mit den Schultern, als Mason hereinkam und die Tür hinter sich schloss.

»Was soll das?«, fragte Levi. »Warum haben wir uns im Klo versammelt, wo mich ein alter Kerl finster anglotzt?«

»Wen nennen Sie hier alt?«, fragte der Weißhaarige und verschränkte die Arme vor der Brust.

»Ich würde empfehlen, es sich nicht gleich am ersten Tag mit Harold zu verscherzen«, warnte Brice. »Sonst gibt er dir das falsche.«

»Das falsche was?«, fragte Levi.

»Das falsche Handtuch. Ist erst ein- oder zweimal vorgekommen«, sagte Brice. Er ließ sich von Harold ein Handtuch reichen und ging damit zu der als außer Betrieb gekennzeichneten Kabine. »Hab ich zumindest gehört«, fügte er hinzu, als die Tür hinter sich schloss.

Aus dem Inneren der Kabine drang ein lautes metallisches Klicken, gefolgt von einem langen, strudelnden Geräusch.

»Die Gerüchte konnten nie bewiesen werden«, sagte Harold über den Lärm der Toilettenspülung. Er streckte ein weiteres Handtuch vor.

Mason bedeutete Levi, es zu nehmen. Levi kam der stummen Aufforderung nach. Es war schwerer als erwartet, aber davon abgesehen so weich und flauschig wie ... nun ja, wie ein Handtuch.

Mason schob die Tür der angeblich nicht funktionierenden Kabine auf. Brice befand sich nicht darin. Die Kabine war verwaist.

»Was zum ...«, entfuhr es Levi. Er blickte auf sein Handtuch. Verbarg sich in der Kabine irgendein eigenartiger Eingang?

»Legen Sie das Handtuch auf den Hebel und spülen Sie«, wies Mason ihn an. »Achten Sie darauf, mit dem Handtuch den Hebel zu berühren, wenn Sie ihn drücken.«

Levi betrat die Kabine und schloss die Tür hinter sich. Er untersuchte die Toilette, spähte hinter den Tank und um die Unterseite der Schüssel herum. Sah aus wie eine gewöhnliche Toilette. Levi tastete das Handtuch mit beiden Händen ab, ließ es durch die Finger gleiten, entdeckte jedoch nichts Ungewöhnliches daran.

»Legen Sie das Handtuch auf den Spülhebel«, erinnerte Mason ihn von draußen.

Levi kam der Aufforderung nach. »Und einfach normal spülen?«

»Ganz genau.«

»Bisschen langsam von Begriff, oder?«, meinte Harold.

Levi schüttelte den Kopf und drückte den Hebel zum Spülen.

KAPITEL ZWEI

Kaum hatte Levi die Spülung betätigt, senkte sich der Boden – samt Levi und der Toilette. Er legte die Hände an den Tank, um sich abzustützen, als er eine Art Fahrstuhlschacht hinunterfuhr.

Ein flaues Gefühl breitete sich in seinem Magen aus, und seine Augen wurden groß, als die braunen Wände der Toilettenkabine erschreckend schnell von schiefergrauem Beton mit abwechselnd gelben und schwarzen Streifen abgelöst wurden.

Dann blieben die Wände über Levi zurück, und der Toilettenaufzug verlangsamte die Fahrt. Levi hatte Mühe, das Gleichgewicht zu halten, als er in einem schmucklosen Raum ankam, ungefähr so groß wie die Toiletten darüber. Die gesamte Konstruktion setzte auf einer Vertiefung im Boden auf und hielt an.

»Überrascht?«

Levi drehte sich um und erblickte Brice, der ihn anlächelte. »Kann man wohl sagen.«

»Komm hier rüber.«

Sobald Levi von der Plattform gestiegen war, stieg die Konstruktion samt Toilette wieder auf und verschwand in der Decke. Eine Reihe klickender Geräusche hallte durch den Schacht herab, als sie oben einrastete.

Levi schüttelte den Kopf und sah sich um. Er stand in einem leeren, schmucklosen Raum. Er enthielt einen mit Handtüchern gefüllten Korb, doch damit hatte es sich auch schon. Abgesehen vom Schacht – falls man über ihn auch nach oben könnte – bildete eine schlichte Stahltür den einzigen Ausgang. Eine Tafel daneben wies den Umriss einer Hand auf.

Der Ort erinnerte Levi an einen Atombunker. In der Luft lag ein modriger Geruch, der ihn an eine verlassene Lagerhalle erinnerte.

Hydraulikkolben zischten, als sich die Toilettenplattform erneut senkte und Mason herunterbrachte.

Levi runzelte die Stirn. »Wo sind wir hier und warum?«

Der Direktor bedachte Levi mit einem verschmitzten Grinsen und forderte ihn mit einer Geste auf, ihm zu folgen, als er auf die Stahltür zuging. »Ich habe grünes Licht dafür bekommen, Ihnen das Allerheiligste des Outfits zu zeigen. Das kommt bei meinen Leuten nicht alle Tage vor.«

»*Ihren* Leuten?« Levi zog eine Augenbraue hoch und wusste nicht recht, wie er die Bemerkung auffassen sollte. Zwar hatte er bereits eine Handvoll anderer Leute kennengelernt, die mit dem Outfit in Verbindung standen – Leute wie Brice –, aber abgesehen davon, dass Mason die Aufgaben eines Personalleiters oder Managers hatte, wusste er nicht, wie die Einrichtung organisiert war. Sehr wohl jedoch wusste er, dass sie Zugriff auf die Mitarbeiter einer Art paramilitärischer Gruppe hatte. Gewissermaßen ein Einsatzteam, nur ohne die üblichen militärischen Ränge und Abzeichen.

»Ja, *meine* Leute.« Vor der Tür drehte sich Mason um und warf Levi einen nüchternen Blick zu. »Meine Aufgabe besteht darin, für das Outfit Leute zu rekrutieren, die sich etwas ... abseits des Mainstreams bewegen. Und diese Verantwortung nehme ich ernst. Aber in der Regel geben wir den Mitgliedern der OCID nicht allzu viel preis ...«

»OCID?«, fragte Levi dazwischen. »Wofür steht das?«

»Für *Organized Crime and Intelligence Division*, unsere Abteilung für organisiertes Verbrechen und Nachrichtendienste. In die Gruppe wurden Sie rekrutiert. Und wie ich schon sagte, in der Regel geben wir ... wie drücke ich das taktvoll aus ... Leuten in Ihrer Branche nicht allzu viel über uns preis. Natürlich besitzt jeder, den ich anwerbe, bestimmte Talente, die für das Outfit nützlich sind. Und natürlich werden alle auf Herz und Nieren geprüft, um zu gewährleisten, dass die charakterlichen Eigenschaften vereinbar mit unseren Anforderungen sind.

Aber obwohl ich mir immer sicher gewesen bin, dass ich nur vertrauenswürdige Leute rekrutiere, sind die Personen *über* mir ... nicht so einfach davon zu überzeugen. Wir vergessen nie, woher meine Leute kommen und was sie tun. Deshalb stellt es eine Ausnahme dar, was wir gerade mit Ihnen hier unternehmen. Man hat mir von höherer Stelle zugebilligt, einen meiner Leute probeweise in alles einzuweihen.«

»Und ich bin das Versuchskaninchen?«

»So ist es.«

»Warum?«

»Erinnern Sie sich daran, dass ich Sie mal einen Engel in Teufelsgestalt genannt habe?«

Levi nickte.

»Das war nicht bloß ein Spruch meinerseits. Ich vertraue darauf, dass Sie das Richtige tun. Aber unsere Organisation ist alt, sehr konservativ. Und es gibt sie deshalb schon so lange, weil sie Risiken sehr genau abwägt. Wir sind auch keine besonders große Gruppe. Verstehen Sie mich nicht falsch – jeder beim Outfit ist hochqualifiziert und effektiv. Es gibt bloß nicht viele von uns.

Sie werden bald mehr erfahren. Für Sie weiten wir unseren Vertrauensrahmen aus, um Ihnen zu zeigen, wer wir wirklich sind. Wenn es gut läuft, könnte das etwas Generelles werden.«

Levi betrachtete mit skeptischem Blick seine Umgebung. »Sind ja alles schöne Worte, nur weiß ich immer noch nicht, was sie bedeuten. Was genau ist hier unten?«

Mason grinste. »Ich bin froh, dass Sie fragen.« Er trat an die Tür und legte die Handfläche auf die glatte Tafel daneben. Eine blaue Linie fuhr unter seiner Hand vor und zurück, eine grüne LED blinkte auf, und aus dem Inneren der Wand ertönte ein Klicken. Der Direktor trat zurück. Drei massive Verriegelungsbolzen glitten auf der rechten Seite der Tür aus ihrem Aufnahmeblock.

»Zurücktreten«, warnte eine digitalisierte Stimme, bevor die Tür langsam nach außen aufschwang.

Brice klopfte mit den Knöcheln an die Außenseite, während sich die Tür bewegte. »Bewehrungsstahl, über einen Meter dick. Das Ding hält einer Atomexplosion stand. Pass auf, dass du dir nicht die Finger einklemmst, wenn sie sich schließt. Sonst musst du für den Rest deines Lebens mit den Zehen malen.«

Levi spähte an der Tür vorbei und erblickte einen schlichten Betonkorridor, der mindestens 30 Meter weit geradeaus zu verlaufen schien.

»Wie um alles in der Welt habt ihr dieses Monstrum von einer Tür hierher runtergeschafft?«, fragte er.

Mason antwortete ihm, während er durch einen schlichten, schmucklosen, von hellen LED-Lampen beleuchteten Flur vorausging. »Es gibt einen weiteren Schacht mit einem Schwerlastaufzug. Trotzdem war es keine einfache Aufgabe. Und das weiß ich, weil die ursprüngliche Tür vor ungefähr zehn Jahren ersetzt werden musste. Das Ding wiegt 18 Tonnen.«

»Wie lange gibt's den Ort hier unten schon?«

»Ursprünglich wurde die Anlage Ende der 1950er Jahre aus dem Boden gestampft.«

Sie bogen um die Ecke, wo der Gang mit einer weiteren Tür endete. Mason hielt ein Auge vor ein Kästchen an der Wand. Ein grünes Lämpchen leuchtete daran auf, die Tür klickte.

Mason schob sie auf. »Willkommen in der US-Zentrale des Outfits, Mr. Yoder.«

Levi trat hindurch.

Danach stand er auf einem Steg aus Metall sechs Meter über dem Boden eines riesigen Raums, größer als die meisten Lagerhallen. Unten bildeten Arbeitsnischen ein Raster, so weit das Auge reichte. Männer und Frauen waren an Computerbildschirmen beschäftigt oder unterhielten sich miteinander. Oben auf Levis Ebene führten Metallstege zu Büros entlang der Ränder des Raums, alle mit Blick auf den zentralen Arbeitsbereich unten. Durch die Bürofenster konnte Levi weitere an Computern arbeitende Personen erkennen.

In der Mitte hingen vier riesige Bildschirme von der Decke, jeder um die 15 Meter breit. Sie zeigten unter anderem Daten, Karten, Fotos und Satellitenbilder an.

»Sieht ja aus wie das Versteck des Schurken aus einem Bond-Film«, merkte Levi an.

Brice schob sich mit einem Lächeln an ihm vorbei. »So hab ich auch reagiert, als ich es zum ersten Mal gesehen habe. Ist zuerst ein bisschen schräg, aber man gewöhnt sich dran.«

Levis schaute überrascht drein, als er das aufgemalte Bild eines riesigen Auges an der Decke bemerkte. »Was hat es mit dem großen, von lateinischen Worten umgebenen Augapfel auf sich? Sieht aus wie das Logo auf unserem Papiergeld.«

Mason nickte. »Das ist das Auge der Vorsehung. Als unsere

kleine Organisation ins Leben gerufen wurde, haben die Gründer dieses Logo entworfen, weil sie das Gefühl hatten, es würde darstellen, wer und was wir sind. ›Novus Ordo Seclorum‹ bedeutet ›Neue Ordnung für das Zeitalter‹, und ›Annuit Coeptis‹ heißt ›Die Vorsehung begünstigt unser Vorhaben‹«.

»Moment.« Levi betrachtete das Bild eingehend und war überzeugt davon, es in der einen oder anderen Form schon überall in D. C. gesehen zu haben. »Soll das heißen, es gibt das Outfit schon länger als unser Land?«

»Verblüfft Sie das wirklich so?«, fragte der Direktor mit einem Anflug von Belustigung. »Die ursprünglichen Mitglieder des Outfits waren Agenten der Revolution. Tatsächlich hat unsere Organisation ursprünglich so geheißen – *Agents of the Revolution*.«

»Und was machen die Agenten der Revolution?« Levi sprach es so neutral aus, wie er ihm angesichts seiner wachsenden Skepsis gelang.

»Ursprünglich wurde das Outfit zur Zeit des Revolutionskriegs gegründet«, erklärte Mason. »Daher auch der Name. Angefangen hat alles mit einer Gruppe britischer Offiziere, die nicht so ganz loyal zur Krone waren. Sie haben sich mit den Mitgliedern des ursprünglichen Kontinentalkongresses zusammengetan. Ihrer Ansicht nach bedurfte es einer Organisation, die umsetzen konnte, was eigentlich sie tun sollten ... aber vor den Augen der Öffentlichkeit nicht tun konnten.«

»Was zum Beispiel?«, fragte Levi.

»Zum Beispiel, einen Anschlag auf den König von England zu verüben.«

Levi zog eine Augenbraue hoch. »Ich bin mir ziemlich

sicher, dass es nie einen Anschlag auf den König von England gegeben hat.«

Mason nickte. »Der Krieg hat geendet, bevor sie dazu gekommen sind, es durchzuziehen. Aber es war in Vorbereitung. Zu der Zeit dachte man, König Georg III. wäre geisteskrank. Sein Sohn Georg IV. war alt genug, um den Thron zu besteigen. Er war ein wesentlich sanfteres Gemüt – ein Förderer der Künste. Washington höchstpersönlich hat die Operation abgeblasen.

Aber das war erst der Anfang. Nachdem wir den Krieg gewonnen hatten, wussten die Gründerväter, dass sie das Outfit weiterhin brauchen würden. Sie hatten gesehen, wie endlos selbst über die simpelsten Kleinigkeiten im Kongress diskutiert und gestritten wurde. Ihnen war klar, dass sie diesen bürokratischen Unsinn umgehen können mussten, wenn für eine Situation schnelles und entschlossenes Handeln nötig wäre.«

»Also hat es schon damals zu viel Bürokratie gegeben.«

»Genau«, bestätigte Mason. »Sie haben ja erlebt, wie es ist – in Ihrer Welt ebenso wie in unserer. Nicht selten wird Gutes von der Last der Bürokratie erdrückt. Das Outfit ist eine Möglichkeit, den ganzen Unsinn zum Wohl aller zu umschiffen.

Aber wir sind hier in Washington, D. C. Da will jeder bei allem die Hände im Spiel haben. Jeder will ein Mitspracherecht bei Entscheidungen. Deshalb haben wir ein Mandat: Wenn wir handeln können, dann handeln wir auch. So simpel ist das. Wir müssen keinen hieb- und stichfesten Fall für ein Gericht zusammentragen, wir müssen keine Politiker auf irgendeinem Golfplatz davon überzeugen, dass ein bestimmtes Ziel ausgeschaltet werden muss. Wir tun es einfach.«

Neugier regte sich in Levi. »Klingt gefährlich. Wie der feuchte Traum eines Anarchisten. Was ist, wenn Sie sich irren oder jemand von Ihren Leuten abtrünnig wird und seine Macht missbraucht?«

»Ein abtrünniger Agent?« Mason schüttelte den Kopf. »Das ist noch nie vorgekommen. Und was die andere Frage angeht – natürlich müssen wir uns ganz sicher sein, dass wir auf der Seite der Engel stehen, bevor wir handeln. Der Unterschied ist nur, dass wir nicht etliche Bürokratenschichten davon überzeugen müssen. Grünes Licht bekommen wir innerhalb der Gruppe.«

Levi runzelte die Stirn. »Fällt mir schwer zu glauben, dass Sie noch nie ein faules Ei in der Truppe hatten.«

»Stimmt aber. Vergessen Sie nicht, uns stehen zwei Arten von Humanressourcen zur Verfügung. Die Art, mit der *ich* am häufigsten zu tun habe, sind unsere Kontakte innerhalb des organisierten Verbrechens – Leute wie Sie. *Ich* vertraue ihnen, weil ich sie persönlich auf Herz und Nieren überprüft habe. Die Organisation hingegen nicht. Deshalb kriegen die meisten unserer Leute nie ein vollständiges Bild davon, wie es bei uns läuft. Sie werden für bestimmte Aufgaben eingesetzt, und damit hat es sich. Offensichtlich haben Sie das ja schon selbst erlebt.«

Mit sarkastischem Gesichtsausdruck nickte Levi.

»Und dann gibt es noch die Agenten, die wir in den inneren Kern aufnehmen. Ihnen bringen wir ein völlig anderes Maß an Vertrauen entgegen. Sie befinden sich gerade in diesem Kreis des Vertrauens. Wie erwähnt ist das eine Art Experiment. Und um es mit Ihren Worten auszudrücken: Sie sind das Versuchskaninchen. Wir wissen, wie loyal Sie zu Ihrer Mafiafamilie in New York sind. Dennoch erwarten wir, dass Sie auch für Ihr Land und dessen Bürger das Richtige tun.«

Levi legte die Stirn in Falten. »Warum ausgerechnet ich? Und warum jetzt?«

»Wir brauchen ein wenig Hilfe«, sagte Brice.

Mason warf ihm einen strengen Blick zu, dann jedoch nickte er. »Brice hat recht. Wir haben Sie nicht um Hilfe bei der Beschaffung dieser belastenden Fotos der Frau eines Kongressabgeordneten gebeten, weil wir auf einmal in die Politik einsteigen wollen. In Washington geht irgendetwas Ernstes ab – etwas, das unsere Regierung ins Wanken bringen könnte. Und wir vermuten, die Fäden könnten von jemandem mit Verbindungen zu kriminellen Organisationen im Ausland gezogen werden, die ihrerseits von ihren Regierungen unterstützt werden.«

Levis Neugier war geweckt. »Die Chinesen? Die Russen?« Er hatte eine Vorgeschichte mit mehreren Syndikaten in Russland sowie mit den Triaden. Außerdem schlief er immer noch gelegentlich mit der ehemaligen Geliebten eines mittlerweile verstorbenen Anführers einer Gang der Triaden.

Brice zuckte mit den Schultern. »Wissen wir noch nicht, jedenfalls nicht mit Sicherheit. Die Fotos, die du dem Stabschef des Abgeordneten gegeben hast ...«

»Moment.« Levis Kiefermuskulatur spannte sich an. »Der Mistkerl im Park war nicht vom FBI?«

Mason sah Brice an, der den Kopf schüttelte.

»Hat er das behauptet?«, fragte Brice.

Levi runzelte die Stirn. »Er hat es jedenfalls angedeutet.« Plötzlich überkam ihn das ausgeprägte Verlangen, dem aufgeblasenen Arsch einen Denkzettel zu verpassen.

Mason grinste. »Tja, das ist ein praktisches kleines Kapitalverbrechen. Sich als Bundesagent auszugeben, kann mit bis zu drei Jahren Haft bestraft werden.«

»Das war dumm von ihm.« Brice schaute überrascht drein. »Der Typ heißt Tony Banks. Er treibt sich schon länger in Washington herum als die meisten Politiker. Bloß ein weiteres Mitglied davon, was wir gern den Sumpf nennen.«

»Den Sumpf?« Levi hatte den Begriff schon in den Medien gehört. »So was gibt's also wirklich.«

»Oh ja, ohne Zweifel.« Mason schnaubte verächtlich. »Jeder kennt die Leute, die gewählt werden. Sie treten ständig vor Mikrofone oder Fernsehkameras und labern Unsinn. Aber sie sind nicht die wahre Macht in Washington, D. C. Die haben die sogenannten Arbeiter, die Dinge ermöglichen. Sie haben die Fäden in der Hand und bringen im Kapitol die Steine ins Rollen. Und von diesen Leuten liest man nie etwas in der Zeitung oder hört von ihnen in den Nachrichten. Leider gibt es sie in fast allen Regierungen.«

Der Direktor sah auf die Armbanduhr und zeigte auf Brice. »Ich muss jetzt los. Den restlichen Rundgang macht er mit Ihnen. Außerdem informiert er sie darüber, wobei wir Ihre Hilfe brauchen könnten.«

Levi schüttelte Mason die Hand. Dann stieg der kleine, rätselhafte Mann mit schnellen Schritten die Metalltreppe zum Erdgeschoss hinunter und verschwand außer Sicht.

Levi wandte sich an Brice. »Na schön. Was jetzt?«

Brice bedeutete ihm, mitzukommen. »Gehen wir in mein Labor. Dort erkläre ich dir alles.«

Der Eingang zu Brice' Labor erwies sich als ungekennzeichnete Tür im unteren Stockwerk. Brice wischte mit dem Finger über ein Sensorfeld. Mit einem Klicken öffnete sich die Tür einen Spalt. »Tut mir leid wegen der Unordnung«, sagte Brice. »Ich bin nicht auf Besuch eingestellt.«

Der Ort erinnerte eher an die Werkstatt eines Tüftlers als an ein wissenschaftliches Labor. Den Tisch, der die Mitte des Raums beherrschte, bedeckten Metallteile, Drähte, Lötwerkzeug und verschiedene Elektronikkomponenten. Brice schenkte all dem keine Beachtung und führte Levi zu einem Schreibtisch in der Ecke, wo er einen Laptop aufklappte.

Levi zog sich einen Stuhl heran. »Hier sieht's gar nicht so anders aus als in Dennys Hinterzimmer«, bemerkte er.

»Überrascht mich nicht. Er ist genauso ein Technikfreak wie ich.« Schmunzelnd tippte Brice auf der Tastatur. »Damals am College hat Denny regelmäßig die Telefonanlage im Wohnheim manipuliert. Zu der Zeit war noch alles weitgehend analog, und ...« Er warf Levi einen Seitenblick zu. »Sagen wir einfach, wir haben nie Ferngesprächsgebühren bezahlt, wenn wir zu Hause angerufen haben. Bezeichnend dafür, was aus ihm geworden ist, findest du nicht auch?«

Levi grinste, als er an seinen langjährigen Freund in New

York dachte. Denny war ein Elektronikgenie und Levis Lieferant für technische Hilfsmittel.

»Klingt so«, erwiderte Levi. »Aber mich überrascht, dass du darauf zurückgreifst. Du kommst mir wie eher ein Typ vor, der nie die Grenze zu einer Grauzone überschreiten würde.«

Brice zuckte mit den Schultern. »Damit hast du grundsätzlich nicht unrecht. Aber Denny und ich kennen uns schon lange, und ... Na ja, ich hab's wohl nie als Grenzüberschreitung betrachtet, was wir damals gemacht haben. Wir waren nur zwei Nerds, die rumgealbert und festgestellt haben, dass manches nichts für Leute wie uns ist.«

Ein Flachbildschirm an der Wand zeigte, was Brice auf seinem Laptop machte. Während er tippte, wurde eine Geländekarte angezeigt. Durch die Mitte verlief ein Fluss. In der Nähe des Ufers blinkte ein roter Punkt.

»Siehst du das?«, sagte Brice. »Das ist Tony Banks mit den Polaroids, die du ihm gegeben hast. Anscheinend ist er unterwegs zu einer abgelegenen Stelle am Potomac.« Er tippte auf ein paar weitere Tasten und rief dieselbe Karte auf, allerdings mit einem größeren Blickwinkel und einer roten Linie quer darüber. »Das ist seine Route. Nachdem er dich im Lincoln Park verlassen hat, ist er über die I-395 S gefahren und schließlich auf die Wisconsin Avenue abgebogen.«

»Wisconsin?«, sagte Levi. »Ist das nicht ganz in der Nähe der Botschaftsgegend?«

Brice' Finger verschwammen auf der Tastatur. Auf dem Bildschirm erschienen Videobilder von einer Straße. Vielleicht von einer Verkehrskamera oder der Außenüberwachungsanlage eines Betriebs. Am unteren Rand befanden sich kyrillische Schriftzeichen.

Brice spulte vor und hielt an, als er fand, was er suchte – einen schwarzen Mercedes mitten im Bild. »Da ist sein Auto. Hier fährt er gerade an der Kamera am Boris-Nemzow-Platz vorbei.«

»Russische Botschaft?«

Brice nickte. »Er ist direkt an der Einfahrt vorbeigerollt.«

Levi zog die Augenbrauen hoch, als ihm dämmerte, wie mühelos sich Brice gerade Zugang zu Überwachungsvideos der russischen Botschaft verschafft hatte. »Okay, unser Mann ist also auf dem Weg zu seinem Angelplatz an der Botschaft vorbeigefahren. Könnte Zufall sein. Vielleicht hat ihn sein Navi so geleitet.«

»Unmöglich«, widersprach Brice. »Der Weg vorbei an der Botschaft hat die Fahrt um 15 Minuten verlängert. Ich wette, der Mann hat irgendeinen passiven Näherungssensor dabei, der beim Vorbeifahren an der russischen Botschaft eine Benachrichtigung an einen Agenten mit zuvor erteilten Anweisungen schickt. Oder es hat eine Burst-Kommunikation stattgefunden, obwohl ich dachte, diese Methode hätten die Russen mittlerweile aufgegeben. Das muss ich überprüfen.«

Levi runzelte die Stirn. »Und was hat unser Polaroid-Mann jetzt vor?«

Brice rief weiteres Videomaterial auf. Diesmal zeigte es, wie jemand eine Böschung zum Ufer des Potomac hinunterging. Allerdings war die Entfernung zu groß, um viel erkennen zu können.

Levi kniff die Augen zusammen. »Trägt er eine Angelrute bei sich?«

Brice vergrößerte das Bild, wodurch es jedoch nur stark verpixelt wurde. »Möglich. Leider sind keine Kameras näher an ihm dran als diese. Das sind Verkehrsüberwachungsbilder aus fast einem halben Kilometer Entfernung auf der Chain Bridge.«

»Also, ich sehe ihn keinen Eimer oder so tragen«, merkte Levi an. »Nur eine Rute. Was für eine Art von Angeln betreibt er?«

»Keinen Schimmer. Aber er ist jetzt schon zum zweiten Mal in der Gegend.«

Levi sah Brice an. »Also habt ihr wohl sein Auto verwanzt, richtig?«

»Nicht verwanzt, aber wir haben einen aktiven Sender an seinem Auto. Außerdem sind die Fotos selbst präpariert. Und ich hab dafür gesorgt, dass alle seine Anrufe – er hat ein Diensthandy von der Regierung – über das Rechenzentrum in Utah laufen, um sie auf Verdächtige abzuhören. Allerdings ist unser Mann gerissen. Am Telefon hält er sich bedeckt. Trotzdem kribbelt mein sechster Sinn wie verrückt.«

Levi zog die Augenbrauen hoch. »Ich vermute mal, ihr habt keine richterliche Erlaubnis dafür eingeholt.«

Brice schnaubte höhnisch. »Denk an unser Motto: Wenn wir handeln können, dann handeln wir auch. Und wenn der Kerl nichts zu verbergen hat, schadet es ihm ja nicht, dass wir wissen, wohin er geht und mit wem er redet.«

Levi gefiel die Bedeutung hinter dem Motto des Outfits. In gewisser Weise hatte er sein gesamtes Leben so geführt. Auch er fragte nicht groß um Erlaubnis. Und obwohl er sich bemühte, gesetzestreu zu handeln, hatten ihn Gesetze nie davon abgehalten, das zu tun, was er für richtig hielt.

»Wie seid ihr auf den Kerl aufmerksam geworden? Und was hat das alles mit mir zu tun? Du hast mir immer noch nicht gesagt, warum ich eigentlich hier bin.«

Brice lehnte sich auf dem Stuhl zurück. »Aus offensichtlichen Gründen ist es nie in den Nachrichten gewesen, aber vor sechs Wochen sind zwei V-Männer des FBI verschwunden. Und letzte Woche hat ein Fleischinspektor der FDA was Seltsames bei einer importierten Lieferung festgestellt, die für einen Tierfutterhersteller bestimmt war. Eine genauere Untersuchung hat menschliche DNA in der Hackfleischprobe ergeben.«

»Einer der V-Männer«, sagte Levi.

Brice nickte. »Ich hab das Fleisch zu einem französischen Pferdehof zurückverfolgt.«

»*Pferdefleisch?* Hätte nicht gedacht, dass es legal ist, so was zu importieren.«

»Ist es, nur käme praktisch niemand in den USA auf die Idee, es zu essen. Und in dem Fall war es ohnehin für Tierfutter. Ich hab ein bisschen weitergegraben. Dabei hab ich festgestellt, dass der Besitzer der Farm Geschäftsverbindungen zu ein paar ziemlich unappetitlichen Individuen aus dem Ostblock unterhält. Diese Partner ... sind Leute mit einem in mancher Hinsicht ähnlichen Hintergrundprofil wie du. Wir haben noch nicht alle Fäden entwirrt, aber wir glauben, wir könnten deine spezielle Hilfe gut gebrauchen. Deshalb wollen wir dir das

Gesamtbild vermitteln. Damit du möglichst effektiv arbeiten kannst.«

Levi hatte schon mit russischen Mafiosi zusammengearbeitet und gegen sie gekämpft. Er wusste, dass es sich um einen berechnenden, launischen Menschenschlag handelte. Diese Leute würden nicht zögern, jemanden zu Hackfleisch zu verarbeiten. Auch seine eigene Mafia-Familie hatte in der Vergangenheit einige eher unschöne Dinge getan.

Brice beobachtete den Monitor, auf dem ihre Zielperson immer noch am Ufer stand. »Weißt du, in Washington hat's immer undichte Stellen gegeben. Das gehört mit zur Kultur. Wir haben ein Sprichwort – wenn mehr als eine Person etwas weiß, sickert es durch. Klingt ein bisschen übertrieben, ist in letzter Zeit aber näher an der Wahrheit dran, als man meinen möchte.

Ich gebe dir ein Beispiel. Erst letzte Woche hat ein Artikel der *New York Times* eine streng geheime Information enthalten, die nur fünf Personen bekannt war. Alle fünf wurden einem Lügendetektortest unterzogen. Alle haben ihn bestanden.«

»Einen Lügendetektor zu überlisten, ist keine große Kunst«, merkte Levi an. »Hab ich auch schon gemacht.«

»Richtig. Aber jetzt stehen alle fünf auf meiner Beobachtungsliste. Wir werden also sehen. Und die Schießerei heute Vormittag ... Ist zwar eine lange Geschichte, aber der Auslöser war eine andere vertrauliche Information, die an die Öffentlichkeit gelangt ist. Es wird zunehmend schlimmer und kommt immer häufiger vor.«

Levi seufzte. »Ich hab's nicht so mit Politik, deshalb interessiert mich nicht groß, wer was in den Zeitungen sagt. Gibt es ein Muster hinter diesen Informationslecks?«

»Haben wir überprüft. Leider sind die undichten Stellen überall verteilt. Uns interessieren vor allem die internationalen, und sei es nur, weil bei den nationalen die Gefahr geringer ist, dass Menschen in die Luft gesprengt oder als Geiseln genommen werden. In der Regel zumindest. Außerdem tut sich auf internationaler Ebene eine Menge, seit der Präsident die harte Linie gegen einige Staatsoberhäupter der ehemaligen Ostblockstaaten fährt. Die Ukrainer und die Russen machen Ärger, und es wird viel über Sanktionen geredet. Darüber, sie auszuweiten, sie aufzuheben, was auch immer. Hinzu kommen verschiedenste Turbulenzen, sogar zwischen befreundeten Nationen. Normalerweise wird über solche Dinge auf Kabinettsebene im Weißen Haus diskutiert, und sie dringen nicht an die Presse. Aber jetzt tun sie es.«

»Ich nehme an, du hast die Reporter unter Beobachtung«, sagte Levi. »Wie kommen sie an die Informationen ran?«

»Nie telefonisch. Sonst wüsste ich es, weil ich, wie du richtig vermutest, praktisch jeden Reporter einer größeren Zeitung über das Rechenzentrum in Utah auf dem Radar habe. Unser Kenntnisstand ist, dass die Informationen in ungekennzeichneten Umschlägen eintreffen. Immer anonym. Praktisch nicht nachverfolgbar. Und natürlich wollen die Reporter nicht mal helfen. Die Zeitungen sind heutzutage nur noch bessere Schmierenblätter, die mehr an Klicks und Kohle interessiert sind als an echtem Journalismus. Auf die nationale Sicherheit geben sie einen Dreck.«

»Aber irgendwas hat euch zu diesem Banks geführt«, sagte Levi. »Wie ist er bei euch auf dem Radar gelandet?«

Brice griff in eine Schreibtischschublade und reichte Levi eine Mappe. »Das ist eine Kopie seiner FBI-Akte.«

»Also hat ihn auch das FBI im Blick?«

Levi klappte die Mappe auf und begann, den Inhalt zu überfliegen.

»Das ist in Washington nicht weiter ungewöhnlich«, erklärte Brice. »Es gibt über etliche Beamte die eine oder andere Akte. Das FBI hat ihn unter Beobachtung, seit man ihn verdächtigt hat, die Überwachung eines mutmaßlichen russischen Spitzels im Weißen Haus sabotiert zu haben. Banks ist den Agenten in Videoaufnahmen aufgefallen. Sie haben eine Gesichtserkennung durchgeführt, und da wurde es interessant.«

Levi zog die Augenbrauen hoch. »Was für Videoaufnahmen?«

»Ich hab sie nicht gesehen, aber von einer Quelle gehört, dass man den Mann in der Nähe eines toten Briefkastens der Russen gefilmt hat.« Brice deutete auf die Akte auf Levis Schoß. »Anscheinend hat das Wiesel eine halb aufgegessene Eistüte in den Müll geworfen und dabei *versehentlich* sein Handy fallen gelassen. Und rein zufällig kurz, nachdem jemand, der vom FBI der Spionage für die Russen verdächtigt wurde, denselben Mülleimer benutzt hatte. Die Agenten glauben, dass Banks geholt hat, was auch immer von ihm in dem toten Briefkasten zurückgelassen wurde.«

Levi runzelte die Stirn. »Haben sie geglaubt, dass Banks der russische Agent war, mit dem der andere kommuniziert hat?«

»Zuerst haben sie sich nichts weiter dabei gedacht, weil sie jemand anderen im Visier hatten und Banks offenbar recht überzeugend vorgegaukelt hat, dass er bloß ungeschickt war. Aber am Ende hat man eine umfassende Untersuchung gegen ihn durchgeführt. Trotz seines Status wurde seine Wohnung durchsucht, mit allem Drum und Dran. Gefunden wurde nichts. Es war eine Sackgasse.

Aber ... das bringt mich zurück zu der vorhin erwähnten undichten Stelle, die der *Times* Informationen zuspielt. Unser Mann arbeitet für einen angesehenen Kongressabgeordneten, der zufällig eine der fünf Personen mit Kenntnis von den Geheiminformationen war, die bei der *New York Times* gelandet sind. Wie gesagt, alle haben einen Lügendetektortest bestanden. Keiner von ihnen hat es durchsickern lassen – jedenfalls nicht absichtlich. Aber einer hat zugegeben, die Information jemand anderem verraten zu haben.«

»Banks' Boss hat ihn eingeweiht.«

»Volltreffer.«

»Ist das nicht illegal?«, fragte Levi. »Ich dachte immer, man braucht eine Freigabe, um Geheiminformationen zu erhalten.«

Brice schnaubte höhnisch. »Natürlich ist es illegal. Trotzdem passiert es. Die Kongressabgeordneten sind alle gleich – Regeln gelten für andere, nicht für sie.

So ist Banks auf dem Radar gelandet. Auch er wurde einem Lügendetektortest unterzogen. Und hat bestanden. Eine weitere Sackgasse. Nur hat es diesmal dafür gereicht, dass er auf *meinem* Radar gelandet ist.« Brice lächelte. »Und glaub mir, wenn ich dir sage, dass man auf meinem Radar lieber nicht aufscheinen will.«

»Was hast du herausgefunden?«

»Erstens, dass er gar nicht so dumm ist, wie er zu sein scheint. Tatsächlich ist auch er zu meinem Leidwesen Absolvent des MIT. Hat dort seinen Abschluss gemacht und arbeitet seither in Washington. Und er hat sich ein beachtliches Netzwerk aufgebaut – Lobbyisten der K Street, Kongressabgeordnete, sogar ein, zwei Richter des Supreme Court.«

Levi schloss die FBI-Akte und gab sie zurück. »Und die Fotos von der Frau des Abgeordneten? Waren die für irgendeine Erpressung?«

Brice zuckte mit den Schultern. »Weiß ich echt nicht, aber man muss wohl davon ausgehen. Ihr Ehemann ist Vorsitzender in einem einflussreichen Unterausschuss. Also ja, sie sind ein Druckmittel, das man durchaus effektiv einsetzen könnte.«

»Leute in meinem Umkreis könnten damit auf jeden Fall etwas anfangen«, sagte Levi mit einem verschmitzten Lächeln.

»Kann ich mir vorstellen.«

Levi deutete auf den Bildschirm, der immer noch dasselbe verpixelte Bild zeigte. »Er angelt nicht wirklich, oder? Ist das überhaupt ein Angelplatz? Und ist da noch jemand?«

Brice zoomte zurück. Zum Vorschein kam ein anderer Angler am gegenüberliegenden Flussufer, etwa 50 Meter entfernt.

Levi kniff erneut die Augen zusammen. »Sieht so aus, als hätte Banks gar nicht in den Fluss ausgeworfen, sondern nur die Spitze der Rute ins Wasser gesteckt. Geh noch mal näher ran.«

Brice kam der Aufforderung nach, und Levi nickte.

»Die Rute, die Rolle ...«, murmelte er. »Ist schwer zu erkennen, aber ich glaube, die Angel ist zu groß für Süßwasser. Das ist Tiefseegerät.«

Beide beobachteten, wie Banks irgendetwas mit der linken Hand machte, während er die Rute mit der rechten hielt.

»Was war das?«, sagte Brice. »Hat ausgesehen, als hätte er in die Hände geklatscht.«

In dem Moment zog Banks die Angel aus dem Wasser und begann, sie zu zerlegen. Er entfernte sich vom Ufer, blieb stehen und kniete sich auf den Boden. Zu den Füßen des Mannes flackerte etwas hell auf. Dann richtete er sich auf und setzte den Weg die Böschung hinauf fort. Was er zurückließ, sah wie ein kleines Feuer aus.

Rechts oben auf dem Monitor blinkte eine rote Anzeige. »Oh Mist«, fluchte Brice. »Wir haben gerade das Signal von den Fotos verloren.«

»*Das* brennt da?« Levi starrte auf den Bildschirm. »Zurückzoomen. Was macht der Mann am anderen Flussufer?«

Brice zoomte zurück. Der Angler auf der anderen Seite des Flusses war verschwunden.

»Gibt's mehr Kameras auf seiner Seite?«

Brice schüttelte den Kopf. »Zufall oder Absicht ... Rätsel über Rätsel.«

Levi sah auf die Armbanduhr. »Tja, das ist wirklich interessant, aber ich muss jetzt los. Ich darf meinen Flug nicht verpassen.«

»Verstehe. Ich begleite dich zurück in die Bar.«

»Musst du das nicht überwachen?«, fragte Levi und deutete auf den Bildschirm.

»Die Rechner protokollieren Banks automatisch bei jeder Kamera, die ihn erfasst. Ist sogar einfacher für mich, wenn ich warte, bis alles für mich zusammengestellt ist.«

Auf dem Weg aus dem Labor wandte sich Brice an Levi. »Meinst du, dass du helfen kannst?«

»Kommt drauf an, wohin das führt und was ihr braucht. Aber wenn ihr was Handfestes habt, das auf Leute meiner Art hinweist ... werde ich sehen, was ich tun kann.«

»Danke, Levi. Der Typ nervt mich, er ist aalglatt. Und ich denke, Mason hat recht, was dich angeht. Wenn du dich erst in etwas verbissen hast, lässt du es nicht mehr los. Apropos – was ist es denn so dringend in New York?«

Levi schüttelte den Kopf. »Du solltest doch wissen, dass du dir die Frage hättest sparen können. Sagen wir einfach, etwas viel Wichtigeres als ein Kerl, der Polaroids verbrennt.«

KAPITEL DREI

Levi atmete den satten Geruch von neuem Leder ein, als er sich auf dem dick gepolsterten Sitz von Vinnies neuem Auto zurücklehnte, einem Mercedes Maybach S580. Als er durchs Beifahrerfenster hinausschaute, erkannte er auf Anhieb, wo sie sich befanden – südöstlich von Lancaster, nachdem sie von der Leaman Road auf einen unbefestigten Feldweg abgebogen waren. Als Kind war er diese ländliche Straße unzählige Male entlanggegangen. Levi schaute nach links zu seinem langjährigen Freund, mittlerweile Oberhaupt der Familie Bianchi. »Gut möglich, dass sich gerade das erste Mal so ein Mercedes ins Hinterland der Amischen verirrt.«

Vinnie fuhr mit dem Finger über die Mittelkonsole und grinste. »Deine Leute sprechen Deutsch, und wir sitzen in einem deutschen Auto, alles passt das schon. Und ich kann ja nicht in irgendeiner Schrottkarre auftauchen. Immerhin hab ich einen Ruf zu wahren.«

»Verwöhn nur die Kinder nicht zu sehr.« Lächelnd dachte Levi an das letzte Mal zurück, als Vinnie ihn zur Farm begleitet hatte. Ohne sein Wissen hatte der Mann eine Fünf-Kilo-Tüte Bonbons mitgebracht. Bis Levis Mutter mitbekommen hatte, was vor sich ging, hatte der Mafiaboss bereits alle nicht nur an Levis Kinder verteilt, sondern auch an andere, die zufällig vorbeigekommen waren. Schlagartig war Vinnie unheimlich beliebt bei der örtlichen Jugend geworden. »Reiß dich diesmal mit den Süßigkeiten zusammen, sonst liegt mir meine Mutter wieder ewig damit in den Ohren.«

Der Mafiaboss wischte Levis Bemerkung mit einer Handbewegung weg, als der Wagen einer schwarzen Pferdekutsche auswich, dem üblichen Fortbewegungsmittel in den von Amischen bewohnten Gebieten Pennsylvanias. »Hin und wieder was zum Naschen schadet nicht. Deine Kinder wachsen hier genauso richtig auf wie du. Mit Dreck unter den Fingernägeln.«

»Leute, wir kommen gleich zur Abzweigung.« Paulie sprach gerade laut genug, dass seine Stimme trotz des Geräuschs der Klimaanlage vom Mikrofon seines Ohrstöpsels erfasst wurde.

Vinnie warf einen Blick durch die Heckscheibe und beugte sich dann vor. »He, Paulie, was ist mit dem BMW? Ich seh ihn nicht.«

BMW? Levi drehte sich um und schaute ebenfalls durch die Heckscheibe. Soweit er sehen konnte, folgten ihnen nur zwei große Cadillacs mit den üblichen Männern fürs Grobe, die den Mafiaboss überallhin begleiteten.

Der Fahrer sah Vinnie im Innenspiegel an und lächelte.

»Don Bianchi, Richie hat gefragt, ob er zum Tanken anhalten kann, bevor er den Wagen zustellt. Ich habe ihm grünes Licht dafür gegeben.«

Vinnie nickte. »Sorg nur dafür, dass er sich nicht verfährt.«

»Moment mal.« Levi drehte sich zu seinem langjährigen Freund und Boss zu. »Was meint er mit zustellen? Du willst doch nicht etwa Alicia ein Auto schenken, oder?«

»Pffft.« Vinnie gab einen abweisenden Laut von sich und schüttelte den Kopf. »Natürlich nicht. Ich hab nur Süßigkeiten zum Verteilen dabei.«

Mit zu Schlitzen verengten Augen musterte Levi seinen Freund, der irgendetwas im Schilde führte, das wusste er. Aber er wusste auch, dass es keinen Sinn gehabt hätte, nachzubohren. Der Mann konnte stur wie ein Maultier sein, wenn er sich etwas in den Kopf gesetzt hatte.

Das Auto bog in einen langen Feldweg ein, der zwischen zwei Feldern verlief. Auf einem wuchs Tabak, das andere lag für die Jahreszeit brach.

Levi bemerkte einen nagelneuen Bentley Continental, der vor der Scheune seiner Mutter parkte. Bei dem Anblick zuckte er zusammen.

Vinnie bemerkte das Auto. Mit einem breiten Grinsen im Gesicht zeigte er in die Richtung. »Ich bin mir ziemlich sicher, dass der nicht deiner Mutter gehört. Ist das der Wagen deiner Drachenlady?«

Levi entdeckte Lucy ein Stück entfernt in der Nähe des kleinen Schulhauses. Sie drehte sich in ihre Richtung. Und obwohl sie sich zu weit entfernt befand, um es zu sehen, spürte er, dass sie direkt zu ihnen starrte.

»Hab nicht damit gerechnet, dass Lucy hier sein würde.«

Paulie zog die Handbremse an, stieg aus und öffnete die Tür auf Vinnies Seite.

Vinnie knuffte Levi verspielt in die Schulter. »Versucht sie immer noch, dir ihr Brandzeichen aufzudrücken?«

Levi zuckte mit den Schultern. »Es ist kompliziert.«

»Kann ich mir vorstellen.« Der Mafiaboss lachte, als sie beide aus dem Auto stiegen.

Mehrere Kinder riefen mit hohen Stimmen »Daddy!« Ein Dutzend Mädchen im Alter von 12 bis 17 Jahren kam in Levis Richtung gerannt.

Er wäre beinah von den Beinen gerissen worden, als die Mädchen ihn erreichten, gegen ihn prallten und ihn in eine Gruppenumarmung zogen. Er hatte sie seit Monaten nicht mehr gesehen. Deshalb flossen ein paar Tränen, und es wurde viel und innig geherzt wie immer nach einer längeren Abwesenheit.

Die zwölf asiatischen Gesichter strahlten, während sie alle gleichzeitig plapperten und um seine Aufmerksamkeit buhlten.

Diese Mädchen bedeuteten Levi alles. Er hatte sie vor langer Zeit aus der Hölle des Lebens auf der Straße gerettet. Zum Glück konnten sich einige nicht mehr an ihre Zeit vor der Farm erinnern. Die anderen waren von ihren früheren Erlebnissen zwar gezeichnet, aber nicht gebrochen.

Aus der Sicht der Kinder waren sie völlig normale amische Mädchen, die auf dem Land lebten. Dass sie asiatischer Abstammung waren und einen Adoptivvater hatten, der als »Problemlöser« für eine Familie der New Yorker Mafia arbeitete, spielte keine Rolle.

Vinnie schlenderte mit einer Tüte voller zellophanverpackter Bonbons auf die Schar der Mädchen zu. Eine der Jüngsten rief »Onkel Vinnie!« und umarmte den Mafioso innig, der prompt begann, die Süßigkeiten zu verteilen.

»Mädchen!«, rief Levis Mutter auf Pennsylvania-Deutsch von der Veranda des Hauses, in dem er aufgewachsen war. »Helft mir, die Tische für unsere Gäste zu decken. Alicia, du kannst dich entspannen und es ruhig angehen lassen. Heute ist dein besonderer Tag.« Dann wedelte sie mahnend mit dem Finger in Levis Richtung: »Lazarus, sagt deinem Freund, dass es vor dem Abendessen keine Süßigkeiten gibt.«

Als die meisten Mädchen loseilten, um ihrer Adoptivgroß-mutter zu helfen, beobachtete Levi schmunzelnd, wie seine fast 70-jährige Mutter die Schar ins Haus scheuchte. »Vinnie, wir sind noch keine drei Minuten hier, und schon bringst du mich in Schwierigkeiten.«

Der Mann klopfte ihm auf den Rücken. »Genau wie früher bei uns im Viertel.« Er wandte sich ab und ging zu dem über zwei Meter großen Paulie. Die beiden tuschelten miteinander.

Alicia, Levis Älteste, näherte sich ihm mit einem strah-lenden Lächeln. »Du bist die Zahnspange los! Schatz, du siehst fantastisch aus.«

Tat sie wirklich. Levi konnte kaum fassen, wie reif und bodenständig sie wirkte, obwohl sie an diesem Tag erst 17 Jahre alt wurde. Er hatte sie noch als die tapfere Zehnjährige vor Augen, die er aus den Händen von Kindersexhändlern gerettet hatte.

Obwohl sie die bescheidene Kleidung eines typisch amischen Mädchens trug und ihr langes schwarzes Haar unter einer weißen Gebetsmütze steckte, ließ sich nicht übersehen, zu was für einer Schönheit sie herangewachsen war. Sie war groß, fast 1,80 Meter, und sie besaß die markanten Wangenknochen und fein geschnittenen Züge eines Models.

Jungs in ihrem Alter würde sie reihenweise den Kopf verdrehen.

Alicia umarmte Levi innig und flüsterte: »*Ahbah*, du hast mir mehr gefehlt, als du dir vorstellen kannst. Ich glaube, ich habe eine Entscheidung über meine Ausbildung getroffen.«

Ahbah war das kantonesische Wort für Vater. Alicia gehörte zu jenen, die nichts von ihrer Vergangenheit vergessen hatten. In vielerlei Hinsicht war das Mädchen erstaunlich. Vom ersten Moment an hatte sie wie selbstverständlich den Jüngeren geholfen und war immer für sie da gewesen, wenn er es nicht konnte. Levi hielt sie auf Armeslänge vor sich und fragte hoffnungsvoll: »Hast du schon von Princeton gehört?«

Alicia legte die Stirn in Falten. »Nein. Das nervt irgendwie. Dabei hab ich sogar dort angerufen. Ich dachte mir, es müsste irgendwas schiefgegangen sein, weil ich gar keinen Brief von dort bekommen habe, nicht mal eine Absage. Nur konnte mir niemand bei der Zulassungsstelle eine klare Antwort geben. Die gute Nachricht ist, dass man mich in Stanford angenommen hat. Das ist ja auch eine wirklich gute Uni.« Alicia ließ den Kopf leicht sinken und fügte in besorgtem Ton hinzu: »Wirklich gut, aber auch irre teuer. Fast 80.000 Dollar im Jahr, und ich hab keine Stipendien bekommen. Wenn das zu ...«

»Moment, junge Dame.« Vinnie kam herüber und bot ihr ein in Zellophan eingewickeltes Bonbon an. Als sie es entgegennahm, fragte er: »Hast du nicht gesagt, du willst nach Princeton?«

Alicia schaute auf und antwortete sachlich: »Schon, aber man hat mich nicht angenommen, also muss ich ...«

»Bist du dir sicher?« Vinnie holte einen Umschlag aus einer Innentasche seines Jacketts hervor und übergab es ihr. »Ich hatte ein Gespräch mit einem Freund, der zufällig mit der Uni zu tun hat. Dekan von irgendwas. Oder so ähnlich. Jedenfalls hab ich ihm alles über dich und darüber erzählt, was für ein kluger Kopf du bist. Und da ich ja wusste, dass ich dich an deinem Geburtstag sehen würde, habe ich ihn gefragt« – der Mafia-Boss lächelte – »ob er mal nach deiner Bewerbung sehen könnte. Dabei hat sich herausgestellt, dass sie wohl irgendwie falsch abgelegt wurde.« Er deutete auf den Umschlag, den mittlerweile Alicia in den Händen hielt. »Nur zu. Schau nach, was drinsteht.«

Levi verspürte einen Anflug von brüderlicher Zuneigung für seinen langjährigen Freund. Obwohl er Alicias Wunsch, in Princeton zu studieren, bei Vinnie nur beiläufig erwähnt hatte, schien der Pate ein paar Fäden gezogen zu haben.

Als sich Lucy der Gruppe näherte, heftete sich Levis Blick unwillkürlich auf die statuenhafte Asiatin, mit der er seit ein paar Jahren eine lose Beziehung unterhielt. Wie immer trug sie ein figurbetontes Kleid. Aus Erfahrung wusste er, dass sie darunter nichts anhatte. Sie zwinkerte ihm zu, bevor sie die Aufmerksamkeit auf Alicia richtete.

Die Hände des Mädchens zitterten. »Das ist von der Zulassungsstelle.«

Behutsam öffnete Alicia den Umschlag, zog mehrere Zettel heraus und faltete das Anschreiben auseinander. Ihr Blick raste über das Papier. Dabei rutschte ihr ein Laut heraus, der sich wie das Fiepen eines überraschten Kükens anhörte.

»Und?« Levi beugte sich näher. »Was steht da?«

Mit wässrigen Augen hielt sie den Brief hoch und las mit zittriger Stimme vor. »Herzlichen Glückwunsch! Der Ausschuss hat Ihre Bewerbung geprüft, und wir freuen uns, Ihnen die Aufnahme in den Jahrgang 2023 anbieten zu können. Princeton hat in diesem Jahr eine Rekordzahl an Bewerbern, aus denen Ihre akademischen Leistungen, Ihr außerschulisches Engagement und Ihre persönlichen Eigenschaften klar hervorstechen. Der Ausschuss war beeindruckt davon, was Sie bereits erreicht haben. Vielen Dank für Ihre Bewerbung. Wir freuen uns darauf, Sie aufnehmen zu können.«

Lächelnd warf Levi einen Blick zu Vinnie, der ebenfalls von einem Ohr zum anderen grinste. »Das ist ja spitze, Liebes ...«

»Aber *Ahbah* ...« In Alicias Augen glitzerten Tränen, als sie den Rest der Unterlagen von der Zulassungsstelle überflog. »Ich hab wahrscheinlich kein Stipendium bekommen, also wäre das unheimlich teuer.« Mit vor Emotionen bebendem Kinn schaute sie zu Levi auf, bevor sie den Blick auf die Füße senkte. »Es ist zu ...«

»Liebes, das ist schon in Ordnung.« Levi trat vor und umarmte seine älteste Tochter. Die Mädchen wussten nicht, womit er sich wirklich den Lebensunterhalt verdiente. Für sie und seine Mutter war er ein Geschäftsmann, der sich um Angelegenheiten im Zusammenhang mit Vinnies Import- und Exportgeschäft kümmerte. »Kleines, ich habe Vorsorge fürs

College für euch alle getroffen. Zerbrich dir also darüber nicht den Kopf. Es ist alles abgedeckt.«

»Und das sollte auch helfen.« Lucy lächelte, als sie Alicia einen roten Umschlag überreichte. Es entsprach der chinesischen Kultur, Geldgeschenke in einen roten Umschlag zu stecken. »Das sollte die Ausgaben für einen Teil deiner Bücher decken.«

Alicia küsste Levi auf die Wange und nahm den dicken roten Umschlag mit zittriger Hand entgegen. »Ich glaub das einfach nicht. Ihr tut alle viel zu viel.«

Lucy gestikulierte ungeduldig. »Jetzt mach schon auf.«

Alicia öffnete den Umschlag. Ihre Augen wurden tellergroß. Levi erspähte darin zwei banderolierte Bündel mit Hundertdollarscheinen. Sie sah Levi an.

»He!« Lucy wechselte abrupt zu Kantonesisch. »Dafür schaust du *nicht* deinen Vater an und fragst ihn um Erlaubnis. Das ist mein Geschenk an dich – dabei hat er nichts mitzureden.«

Levi grinste und nickte Alicia zu, bevor er Lucy ansah. »Vor einem solchen Geschenk solltest du echt mit mir reden.« Er richtete den Blick wieder auf Alicia und tätschelte dem Mädchen die Wange. »Gehen wir rein und sehen wir nach deiner Großmutter ...«

»Moment, wir sind noch nicht fertig.« Vinnie unterbrach ihn mit einem breiten Grinsen und stupste Levi verspielt mit dem Ellbogen in die Rippen. »Dein Vater hat noch ein Geschenk, das er zu erwähnen vergessen hat.«

Levi drehte sich zu dem Mafiaboss zu und starrte ihn

verständnislos an. Er hatte keine Ahnung, wovon sein Freund redete.

Vinnie gab Alicia ein Zeichen. »Komm mit, Liebes. Ich habe es einen meiner Jungs herbringen lassen.«

»Was herbringen?«, fragte Alicia, als sie alle in den Einfahrtsbereich der Farm gingen, wo der Rest von Vinnies Mannschaft geparkt hatte.

Levi heftete den Blick auf einen der Mafiosi, der eifrig einen Seitenspiegel polierte, und plötzlich wusste er, was Vinnie vorhatte. Levi gefiel es zwar nicht, die Kinder mit materiellen Dingen zu verwöhnen, aber an diesem Tag hatte das Oberhaupt der Familie Bianchi andere Pläne, gegen die sich unter den gegebenen Umständen wenig unternehmen ließ.

Vinnie legte Alicia den Arm um die Schultern und wandte sich in verschwörerischem Ton an sie. »Dein Vater ist bescheiden, aber er arbeitet für mich an einigen großen Projekten und hat dafür ein paar stattliche Prämien kassiert. Er wollte sichergehen, dass du was Zuverlässiges hast, wenn du zur Uni fährst.« Der Mafiaboss hob den Arm und zeigte auf das glänzende neue Cabrio, das hinter zwei Cadillacs stand. »Was hältst du davon?«

Alicia schnappte nach Luft, als sie sich dem schillernd orangefarbenen BMW näherte. Im ländlichen Lancaster wirkte das Auto völlig fehl am Platz.

Vinnie reichte Levi verstohlen einen Satz Autoschlüssel und zwinkerte ihm zu.

Er knurrte dem Paten leise entgegen, doch der Mann lachte nur. »Coole Farbe hast du ausgesucht, Levi.« Vinnie sagte es so laut, dass es alle hörten. »Ist das Sunset Orange?«

Lucy stieß einen anerkennenden Pfiff aus und tätschelte Levis Arm. »So was sollte eine junge Dame fahren, die an einer Eliteuniversität studiert. Beeindruckend, dass ihr knausriger Vater tatsächlich sein verstaubtes Portemonnaie für so 'ne schicke Karre geöffnet hat.«

Alicia wandte sich vom Auto ab und sah Levi an. Tränen liefen ihr übers Gesicht. »Das verdiene ich nicht.« Sie schluchzte.

In dem Moment wusste er, dass es in Ordnung wäre, sie das Fahrzeug behalten zu lassen. Levi passte sich schnell an die Situation an, warf Alicia die Schlüssel zu und sagte: »Komm, Kleines. Beweis mir, dass du das Ding auch fahren kannst.«

Als Alicia zur Fahrerseite eilte, drückte Levi seinem Freund und Boss auf jede Wange einen Kuss und klopfte ihm auf die Schulter.

Worte brauchte es zwischen ihnen nicht.

»Sie sind nur einmal in dem Alter.« Lächelnd deutete Vinnie auf den Wagen. »Fahrt und amüsiert euch ein bisschen.«

»Lazarus!«, rief Levis Mutter auf Pennsylvania-Deutsch von der Haustür herüber. »In zehn Minuten steht das Essen auf dem Tisch. Sag deinen Freunden, sie sollen sich waschen.«

Lucy gab Levi einen Klaps auf den Hintern und kündigte an: »Ich sage deiner Mutter, dass ihr rechtzeitig zum Essen zurück seid.«

Der Motor des BMW erwachte röhrend zum Leben. Levi eilte zur Beifahrerseite und stieg ein.

Seine gesamte Aufmerksamkeit galt seiner Ältesten, als sie den Gang einlegte und langsam auf den Feldweg rollte.

Ein Blick auf den Ausdruck unbändiger Freude in Alicias

Gesicht rührte etwas in ihm. Er deutete mit der Hand in Richtung der Stadt. »Fahren wir nur nach Lancaster und wieder zurück. Deine Großmutter bringt uns glatt um, wenn wir zu spät kommen.«

Während Alicia langsam über die holprige Straße fuhr, schaute sie zu ihm. »*Ahbah*, ich bin jetzt 17. Findest du nicht, es ist an der Zeit, mir die Wahrheit zu sagen?«

Levi drehte sich auf dem Sitz zur Seite und musterte Alicias Profil, während sie sich wieder auf die Straße konzentrierte. »Die Wahrheit worüber?«

»Heißt Onkel Vinnie nicht mit Nachnamen Bianchi?«

»Ja«, bestätigte Levi nach kurzem Zögern. Er konnte sich nicht erinnern, den Kindern je Vinnies Nachnamen gesagt zu haben. »Warum fragst du?«

»Komm schon, ich bin nicht dumm. Onkel Vinnie ist gerade mit dir in einem Maybach angekommen. Kosten solche Autos nicht um die 200.000 Dollar? Und ich weiß seit Jahren, dass Lucy mal bei der Mafia oder zumindest mit einem Mafioso verheiratet war.«

»Langsam.« Levi runzelte die Stirn und spürte, wie sich Anspannung in ihm aufbaute. Mit einem *solchen* Gespräch hatte er nicht gerechnet. »Wer hat dir das erzählt?«

»Na, sie!« Alicia schwenkte abwiegelnd die Hand in seine Richtung. »Weißt du, Frauen reden halt miteinander.«

»Verstehe«, murmelte Levi, alles andere als begeistert darüber, wohin die Unterhaltung führte.

»Und ihr seid nicht verheiratet, aber ich weiß, dass ihr irgendwie zusammen seid.«

Insgeheim betete Levi, dass Lucy genug Verstand besaß, um wenigstens *manches* zwischen ihnen für sich zu behalten.

»Also, ich hab in der Bibliothek eine umgekehrte Bildersuche durchgeführt und herausgefunden, dass Vinnie das Oberhaupt der Familie Bianchi in New York ist.«

»Du hast was gemacht?« Levi hatte keine Ahnung, wie man im Internet nach Bildern suchte, schon gar nicht umgekehrt. »Egal, spielt keine Rolle. Vinnie ist ein sehr erfolgreicher Geschäftsmann. Über Leute wie ihn kursieren immer schräge Gerüchte. Schatz, es gibt wirklich keinen Grund, dir Sorgen zu machen.«

Alicia lachte. »Ach, ich mache mir doch keine Sorgen. Ich hab mich nur gefragt, wie es möglich ist, dass ein Amischer wie du zur Mafia gehört.«

»Alicia!«, blaffte Levi. »So was darfst du nie laut aussprechen.«

»Also gehörst du *wirklich* zur Familie Bianchi?« Alicias Augen weiteten sich, und ihr Mund klappte auf, der Inbegriff einer verdatterten Miene.

Levi schüttelte den Kopf und sich zurück. »Ich habe euch Mädchen immer die Wahrheit gesagt und höre jetzt nicht damit auf. Ich bin echt gut darin, Probleme zu lösen. Und genau das mache ich. Übrigens, dieses Gespräch führen wir nur einmal und dann nie wieder. Verstanden?«

Alicia nickte.

»Ich kenne Vinnie seit fast 30 Jahren. Die Gerüchte über ihn in den Zeitungen sind Schrott, beachte sie gar nicht. Und was ich mache ... Also, ich hab ein paar Freunde, die sind ziemlich schillernde Persönlichkeiten ...«

»Ein paar habe ich ja kennengelernt. Sie sind alle Italiener, oder?«

»Nicht alle.« Levi schmunzelte. »Aber viele. Du bist ja schon bei mir in der Upper East Side gewesen. Da sind nicht viele Italiener. Aber Vinnie, ich und etliche seiner Leute kommen aus einem Teil von New York City, der sich Little Italy nennt. Abgesehen davon kennst du Denny, und der ist ungefähr so italienisch, wie du jüdisch bist. Aber egal. Ich kann dir nicht genau sagen, was ich tue, weil es manchmal geheim ist.«

Wieder wurden Alicias Augen groß. »Geheim? Meinst du Regierungsgeheimnisse?«

»Ja. Das ist alles, was ich dazu sagen kann.«

»Oh, super. Willst du damit sagen, mein Vater ist 007?«

»Ich will damit gar nichts sagen, aber man hat mich schon Merkwürdigeres genannt.« Levi lachte und deutete mit der Hand eine Umkehrbewegung an. »Lass uns zurückfahren. Sieht so aus, als hätte ich die Fahrstunden nicht umsonst bezahlt. Du hast das Auto nicht geschrottet, und wir sitzen in keinem Graben fest. Du, um auf das Studium zurückzukommen, interessierst du dich immer noch für Wissenschaft?«

»Das ist das Tolle an Princeton. Dort gibt's eine neurowissenschaftliche Fakultät. Darauf will ich mich konzentrieren ...«

Aufgeregt erzählte sie weiter von der Universität, und Levi atmete erleichtert durch. Abgesehen davon, dass er sich der New Yorker Familie gegenüber zu Schweigen verpflichtet hatte, diente es Alicias Schutz, sie mit keinem Wissen über irgendetwas zu belasten. Und er log nicht ... so gut wie nie.

Levis Telefon vibrierte, und er tippte an seinen Ohrstöpsel. »Was gibt's?«

»Levi, kannst du zu reden?«

Vinnie. Als Alicia zu ihm spähte, bedeutete er ihr, die Aufmerksamkeit auf der Straße zu lassen.

»Ja, ich habe den Ohrstöpsel drin.«

»Frankie hat grade angerufen. Es hat irgendeinen Tumult im Helmsley gegeben.«

Das *Helmsley Arms* war der Wolkenkratzer mit Luxuswohnungen der Familie Bianchi in der Park Avenue.

»Und bevor du dich aufregst – ich kümmere mich darum. Du bleibst hier und feierst mit deiner Tochter ihren Geburtstag und die gute Neuigkeit. Ich fahre mit den Jungs zurück.«

»Was ist passiert?«

»Man hat Jimmie Costanza vor dem Helmsley aus einem Auto geworfen. Anscheinend ist er übel zugerichtet. Ein paar der Männer haben ihn zur Untersuchung ins Mount Sinai gebracht. Die Täter haben ihm eine Botschaft ans Hemd geheftet. Auf Russisch. Sie suchen ›den Problemlöser‹ und kündigen an, dass sie wiederkommen.«

»Bist du sicher, dass ...«

»Bin ich. Du bleibst vorerst in Pennsylvania. Paulie startet gerade das Auto. Grüß deine Mutter von mir. Die Drachenlady hat gesagt, dass sie dich nach Hause bringt. Und noch mal, mach dir erst mal keine Sorgen. Morgen ist ein neuer Tag.«

»Okay, aber offensichtlich suchten die nach ...«

»Levi, ich werd mich bemühen, dir etwas von ihnen übrig zu lassen. Ich steige jetzt ins Auto. Komm hoch in meine Wohnung, wenn du zurück bist, dann besprechen wir den Rest.«

Damit war die Leitung tot. Keine 30 Sekunden später raste der große Maybach in die entgegengesetzte Richtung an ihnen vorbei, gefolgt von den beiden Cadillacs.

»Wohin fahren sie?«, fragte Alicia, als sie zur Farm der Yoders einbog.

Levi stellte sich Jimmys misshandelten Körper auf einer Transportliege vor und ballte die Hände so krampfhaft zu Fäusten, dass die Knöchel knackten. »In der Stadt ist etwas passiert, deshalb muss Vinnie zurück.«

Alicia zog eine Augenbraue hoch, als sie einparkte und Levi ansah.

Lächelnd beugte und streckte er abwechselnd die Finger. »Gehen wir rein, bevor Ma aus der Haut fährt.«

KAPITEL VIER

Levi stieg im obersten Stockwerk des *Helmsley* aus dem Aufzug. Die frisch polierte Holztäfelung im Raum schimmerte in warmen Tönen. Zwei muskelbepackte Mafiosi saßen zu beiden Seiten der Doppeltür, die zu Vinnies Salon im Penthouse führte. »Luca, Giuseppe, was macht ihr zwei Hornochsen denn noch hier oben?«

Beide standen von ihren Stühlen auf, als sich Levi näherte. Luca zuckte mit den Schultern. »Seit dem Vorfall heute mit Jimmie will Frankie kein Risiko eingehen und uns für alles gewappnet haben. Er hat die Sicherheitsmannschaft verdoppelt und bis auf Weiteres rund um die Uhr auf dem Posten. Ich glaube, wir werden um Mitternacht abgelöst.«

Giuseppe, der kleinere der beiden, ergriff mit seinem starken italienischen Akzent das Wort. »Der Don erwartet dich.« Er rieb sich die geschwollene Wange, an der Levi bei einem ihrer Übungskämpfe einen blauen Fleck hinterlassen hatte. Dann bekreuzigte er sich. »*Mamma mia*, dieser *pezza di merda* wird sich wünschen, er wäre nie geboren worden, sobald du ihn gefunden hast.«

Levi trat mit verschmitzter Miene auf Giuseppe zu, tätschelte ihm behutsam die geschwollene Wange und sagte auf Italienisch: »Wenn ich ihn finde, unterhalten er und ich uns über die Zukunft seiner Seele. Verlass dich drauf.«

Ein Grinsen breitete sich im Gesicht des bulligen Mannes aus, dann öffneten die beiden Wächter die Doppeltür. Die warmen Klänge einer Oper umfingen Levi, als er den riesigen, verschwenderisch eingerichteten Raum betrat.

Die Musik verstummte fast sofort, als sich Vinnie aus einem gepolsterten Sessel neben dem angezündeten Kamin erhob und den Wachleuten ein Zeichen gab. Sie schlossen die Türen hinter Levi, der den geschmackvoll eingerichteten Salon durchquerte.

Der Raum diente Vinnie zugleich als Arbeitszimmer und eine Art Lobby, indem er die Wohnräume seiner Familie vom Eingangsbereich im Penthouse trennte. Die Einrichtung bestand aus kunstvoll geschnitzten Holzmöbeln, wunderschönen Gemälden und einer Marmorstatue der Venus von Milo in Museumsqualität.

Der Statue hatte Vinnie einen Filzhut aufgesetzt, den er zunehmend öfter trug, seit sein Haaransatz allmählich zurückwich.

Vinnie legte einen Finger an die Lippen und zeigte zu seinem Schreibtisch.

Levi fiel ein schwarzer, pyramidenförmiger Gegenstand aus Stein ins Auge. Oben daran leuchtete eine rote LED. Das

Objekt sah wie ein Zierstück aus, doch er wusste, dass es sich um etwas anderes handelte. Er nickte, holte sein Handy heraus und hielt die Einschalttaste mehrere Sekunden lang gedrückt, um das Gerät vollständig auszuschalten.

Vinnie ging zu einer hinter dem Schreibtisch in die Wand eingelassenen Minibar und füllte sein Kristallglas mit einer bernsteinfarbenen Flüssigkeit. Dann drückte er den Hebel eines großen Metallkanisters – eines altmodischen Wassersprudlers, der mit CO_2-Patronen betrieben wurde. Ein lautes Zischen ertönte, und Vinnie schenkte für Levi frisch zubereitetes Selters in ein hohes Glas ein.

Das rote Licht an der Pyramide wechselte zu Grün. Damit wurde angezeigt, dass in der Umgebung keinerlei Signale mehr empfangen wurden. Levi steckte das ausgeschaltete Telefon zurück in die Tasche.

Vinnie reichte ihm sein Selters, schaute zu der Pyramide und nickte knapp. »Dein Kumpel, dieser Denny, baut cooles Zeug. Er ist doch noch im Geschäft, oder?«

Denny hatte die Sicherheitssysteme im Gebäude auf Vordermann gebracht. Auch die Pyramide stammte von dem Elektronikgenie.

»Klar. Brauchst du was?« Sie schlenderten zum Kamin und ließen sich auf einander zugewandten, dick gepolsterten Leder-sesseln nieder. Levi balancierte sein Selters auf der Armlehne.

Vinnie kramte etwas aus der Hosentasche, beugte sich vor und reichte Levi einen Gegenstand, der wie ein USB-Stick aussah. »Das hat mir Frankie für dich gegeben. Auf dem Stick ist eine Kopie der Überwachungsaufnahmen von dem Vorfall vor dem Gebäude. Frankie und ich haben uns das Video genau angesehen. Irgendjemand hat Jimmie aus einem Lincoln SUV direkt vor unserer Haustür in die Gosse geworfen. Wir konnten weder das Kennzeichen noch sonst irgendwas Nützliches erkennen. Deshalb hab ich mich gefragt, ob vielleicht dein Kumpel aus dem Video etwas rausholen kann, das uns entgeht.«

Levi runzelte die Stirn, trank einen ausgiebigen Schluck Selters und beugte sich vor. »Ich rede mit ihm. Mal sehen, was er tun kann.«

»Wann?«

»Also, ich hatte vor, mich morgen mit Denny zu treffen. Vorher wollte ich noch im Mount Sinai vorbeischauen und Jimmie besuchen ...«

Vinnie winkte ab und verzog die Lippen. »Ich war heute dort. Den Krankenhausbesuch kannst du dir vorerst sparen. Jimmie liegt im Koma. Er würde nicht mitkriegen, ob du da bist oder nicht. Scheiße, die Rockettes könnten in seinem Zimmer tanzen und die Titten vor seinem Gesicht hüpfen lassen, nicht mal davon würde er was merken. Die Ärzte schätzen die Chancen, dass er wieder ganz gesund wird, auf fifty-fifty. Blutungen im Gehirn. Die Schwellung ist zwar nicht allzu schlimm, trotzdem liegt er auf der Intensivstation.« Der Pate deutete mit dem Zeigefinger auf den USB-Stick in Levis Hand. »Sieh zu, ob dein Kumpel aus dem Material da drauf was machen kann und uns einen Namen liefert, dem wir einen Besuch abstatten können.«

»Hast du zufällig den Zettel mit der Botschaft zur Hand, den sie an Jimmie angebracht haben? Vielleicht kann Denny davon Fingerabdrücke nehmen.«

»Hab ich tatsächlich.« Vinnie erhob sich aus dem Sessel und ging zu seinem Schreibtisch. »Leider hatten ein paar der Jungs die Griffel auf dem Zettel. Also keine Ahnung, ob Denny noch was damit anfangen kann.« Er ergriff einen Umschlag und reichte ihn Levi. »Der Zettel ist da drin. Eigentlich wollte ich einen unserer Leute nach Fingerabdrücken darauf suchen lassen, aber wenn dein Kumpel es kann, dann nur zu.«

Levi steckte den Umschlag in die Innentasche seines Jacketts und lehnte sich auf dem Sessel zurück. Er spürte, wie Wut in ihm aufstieg. Wer immer das getan hatte, musste gewusst haben, dass er damit in ein Hornissennest stechen würde. Normalerweise reichte es schon, einem Vollmitglied zu widersprechen, um sich eine Tracht Prügel einzuhandeln. Einen Mafioso der *Cosa Nostra* zu schlagen, war praktisch undenkbar. Dafür würde man im besten Fall von einem Schlägertrupp besucht, der einem genüsslich ein paar Knochen brechen würde. Wer auch immer der Täter sein mochte, war so gut wie tot.

»Vinnie, ich rufe Denny sofort an und sehe zu, was wir tun können. Falls er nicht helfen kann, soll ich dann versuchen, ein paar andere Fäden zu ziehen?«

Der Don legte den Kopf schief. »Was meinst du damit?«

»Na ja, das Outfit könnte ...«

»Nein.« Vinnie schüttelte den Kopf und grinste. »Ich weiß, die Sache mit dem Outfit ist neu für dich, aber glaub mir, das ist nichts für sie. Vergiss nicht, dass diese Leute ziemlich empfindlich in Hinblick darauf sind, was wir so machen.« Er hob einen Finger und trank einen ausgiebigen Schluck von seinem Amaretto.

Levi hatte bis vor kurzem nicht gewusst, dass Vinnie bereits vor etlichen Jahren vom Outfit angeworben worden war. Schon damals, als noch Vinnies Vater den Familienbetrieb geleitet hatte. Und obwohl Vinnie nicht mehr viel für die Geheimorganisation tat, gehörte er immer noch der ungewöhnlichen Gruppe ihrer außenstehenden Mitarbeiter an. Mittlerweile wusste Levi, dass Vinnie bei Levis Rekrutierung die Hand mit im Spiel gehabt hatte.

Sein Freund fuhr fort. »Wenn's bei der Sache nicht um etwas geht, das legitime Ermittlungen rechtfertigt und nichts mit uns zu tun hat, sollten sie besser nichts davon erfahren. Fällt dir irgendein Grund ein, warum es die Russen auf dich abgesehen haben könnten?«

Levi schüttelte den Kopf, dann hielt er inne. »Warte, kurz bevor ich zurückgekommen und wieder ins Geschäft eingestiegen bin, haben mich diese Russen damals im Knast angegriffen.«

»War das nicht abgekartet?«

»War es, und ich bin mir auch ziemlich sicher, dass der Typ, der sie auf mich angesetzt hat, inzwischen tot ist.«

»Stimmt, ich erinnere mich daran. Du hast damals im Gefängnis die ganze Truppe deiner Angreifer aufgemischt.« Vinnie schmunzelte und deutete mit seinem Drink auf Levi. »Die haben nicht mit einem Kung-Fu-Dämon gerechnet, als sie dir einen Besuch abstatten wollten. Vielleicht hast du dir damit Feinde gemacht, von denen du nicht mal weißt. Aber das ist unsere eigene Schmutzwäsche. Halt das Outfit da raus.«

»Na ja, die Botschaft besagt, dass sie nach dem ›Problemlöser‹ suchen. Klingt also eher nach meiner Schmutzwäsche als nach deiner.«

Vinnie erhob sein fast leeres Glas, und sie stießen miteinander an. »Du gehörst zur Familie. Welches Problem diese Russen mit dir haben, sie haben es mit uns allen.« Er deutete zum Eingang und sagte: »Geh und sieh zu, was du mit deinem Freund herausfinden kannst. Danach schauen wir weiter.«

Levi warf einen Blick auf die Armbanduhr. Kurz nach Mitternacht. Denny würde wach sein. Immerhin betrieb er hauptberuflich eine Bar, die erst um drei Uhr morgens schloss.

Er stand auf, und die beiden Männer küssten sich gegenseitig auf die Wangen. Als Levi den Salon verließ, wusste er etwas mit Sicherheit.

Weder Denny noch er würden in dieser Nacht Schlaf bekommen.

Kurz vor Sperrstunde betrat Levi das *Gerard's*, eine Kneipe an der Delancey Street im New Yorker Stadtteil Little Italy.

Das Lokal war fast verwaist, als Rosie, eine Mittdreißigerin aus Puerto Rico, einen älteren Mann auf wackeligen Beinen hinausscheuchte. Als sie Levi erblickte, verdrehte sie genervt die Augen, bevor sie sich wieder darauf konzentrierte, dem Betrunkenen durch die Tür hinauszuhelfen. »*Pappi*, soll ich dir wirklich keinen Uber oder so rufen?«

»Ne, alles gut.« Der Mann wischte den Vorschlag mit einer übertriebenen Armbewegung weg und stolperte durch die Tür, die Levi für ihn aufhielt. »Ich bin Rosie ... äh, ne, ich bin bloß besoffen. Meine Bude ist nur zwei Blocks entfernt.«

Rosie schaute zu Levi auf und deutete ins Lokal. »Denny wartet hinten auf dich, aber kannst du hinter mir abschließen? Ich sorge dafür, dass unser Freund hier in einem Stück nach Hause kommt.«

»Klar.«

Levi beobachtete, wie die Barfrau den älteren Burschen am Arm stützte, während sie zur Delancey Street gingen. Er kannte Rosie als ausgebuffte Frau mit großer Klappe, die ihm regelmäßig auf die Zehen stieg, weil er Denny von der Arbeit in der Kneipe abhielt. Daher fand er es interessant, eine andere Seite von ihr kennenzulernen.

Levi verriegelte die Tür und ging nach hinten, vorbei an den Toiletten, bevor er nach links in einen schwach beleuchteten Flur bog. Die rechte Seite wies ein buntes Mosaik einer Strandszene auf.

Levi kannte von Denny die Kombination der Kacheln, die man drücken musste, um das versteckte Hinterzimmer zu betreten. Als er den Arm zur Wand ausstreckte, ertönte ein Klicken, und mit einem Zischen von Luft erschienen die Umrisse einer Tür.

Sie schwang nach innen auf, und Denny steckte den Kopf in den Flur heraus. Sein sonst so kurz gestutzter Afro war ein wenig gewachsen, und er wirkte etwas abgehärmt, als er Levi hineinwinkte. »Wir auch verdammt noch mal Zeit. Ich dachte, du würdest früher kommen.«

Levi betrat den höhlenartigen, hell erleuchteten Raum und neigte den Kopf von einer Seite zur anderen, um die steifen

Halsmuskeln zu lockern. »Ich weiß. Zu Fuß wäre ich schneller hier gewesen. Der Uber hat ewig gebraucht, bis er endlich aufgekreuzt ist und mich hergebracht hat.« Er ließ den Blick durch den Raum wandern und betrachtete die zahllosen Regale voller elektronischer Überwachungsgeräte, Oszilloskope, Teile zerlegter, topmoderner Sicherheitssysteme und so ziemlich jeder erdenklichen technischen Spielerei. Schließlich reichte er Denny den USB-Stick und den Umschlag von Vinnie. »Du hast wohl nicht vor, mal aufzuräumen, oder? Sieht ja aus, als hätte sich hier drin 'ne Filiale von RadioShack übergeben.«

»Von wegen.« Denny schnaubte, als er zu seinem Schreibtisch ging und sich an seinen Computer setzte. »Viel von dem Zeug hier hatte kein RadioShack je im Sortiment. Abgesehen davon glaub ich, die Firma gibt's gar nicht mehr.«

Levi zog sich einen Stuhl heraus, während der Computerguru den Stick anschloss und die Finger über die Tastatur rasen ließ.

»Okay, das ist 'ne große Datei. Ich übertrage sie in meinen RAID-Speicher, damit ich sie schneller verarbeiten kann.« Nachdem er einige weitere Befehle getippt hatte, richtete er die Aufmerksamkeit auf den Umschlag. Er zog eine Schreibtischschublade auf, holte Latexhandschuhe heraus und sah Levi an. »Das hast du mir noch gar nicht gesagt. Was hat's mit dem Stick und dem Zettel auf sich? Will ich das überhaupt wissen?«

Levi neigte den Stuhl nach hinten und zuckte mit den Schultern. »Ehrlich, wir wissen echt nicht viel. Wie schon am Telefon gesagt, stammt das Video von der Überwachungskamera am Eingang und zeigt, wie jemand einen unserer Jungs auf die Straße wirft. Unser Mann kann uns leider nichts sagen, weil er im Koma liegt.« Er zeigte auf den Umschlag, während Denny mit einer Pinzette vorsichtig ein blutverschmiertes Blatt Papier herauszog. »Der Zettel da war an sein Hemd geheftet.«

»Verstanden.« Denny öffnete eine kleine Plastikdose und streute behutsam ein feines schwarzes Pulver auf den blutverschmierten Zettel mit der handgeschriebenen kyrillischen Botschaft. Mit etwas, das wie ein feiner Pinsel aussah, wischte er sorgfältig einen Teil des Pulvers weg und runzelte die Stirn. »Da hatten aber viele Leute die Wurstfinger drauf.«

Levi beugte sich näher hin und erblickte auf dem Papier zahlreiche verschmierte Flecke, die das Pulver zum Vorschein gebracht hatte.

Denny drehte den Zettel um und wiederholte den Vorgang. Schließlich deutete er kopfschüttelnd auf eine Ecke des Papiers. »Sieht so aus, als hätten wir hier einen Teilabdruck. Ich kann versuchen, den durch die FBI-Datenbank laufen zu lassen.« Mit transparentem Klebeband übertrug Denny eine Kopie des Teilabdrucks auf ein quadratisches Stück Papier. Er legte das Papier auf einen Scanner und rief eine Website mit dem Logo des FBI auf. Nach wenigen Tastenanschlägen erschien ein rotierendes Symbol, das eine laufende Suche anzeigte. »Ich lasse den Abdruck zuerst durch die Datenbank der *Next Generation Identification* laufen. Wenn wir Glück haben, haben wir dort schon einen Treffer.«

»Klingt gut.« Levi zeigte auf den an den großen Computer angeschlossenen USB-Stick. »Was ist mit dem Video?«

Denny verstaute den Zettel wieder im Umschlag, gab ihn Levi zurück und zog die Handschuhe aus. Dann richtete er den

Blick auf den Monitor und seufzte. »Was für USB-Sticks benutzt ihr eigentlich?«

»Warum? Stimmt was nicht?«

Nach ein paar Tastenanschlägen schnaubte Denny. »Lass mich nicht vergessen, dir eine Schachtel mit USB-3.0-Sticks mitzugeben, wenn du gehst. USB 1.1 hab ich seit der Jahrtausendwende nicht mehr gesehen.«

»Ist das ein Problem?«

»Nein, es wird nur dreißigmal länger dauern, die Datei zu übertragen.« Denny stand auf und bedeutete Levi, ihm zu folgen. »Aber macht nichts. Ich hab da was, das du ausprobieren kannst, während die Datei übertragen wird.«

Levi folgte Denny vorbei an Reihen aus Metallregalen und blieb stehen, als sein Freund ein Fedex-Paket von einem langen, schlichten Tisch ergriff.

Er öffnete es und holte daraus etwas hervor, das wie ein Kunststoffbehälter für Kontaktlinsen aussah. Denny reichte es Levi.

»Wieder eine Kontaktlinse?«, fragte Levi. Im Verlauf der Jahre hatte Denny ihn mit verschiedensten technischen Hilfsmitteln und Innovationen versorgt, die ihm aus so mancher Zwickmühle geholfen hatten. Er trug sogar gerade etwas davon. Mittlerweile besaß er fünf Exemplare dieses Anzugs, der mit einem dünnen, wie ein Gürtel um die Brust geschlungenen Akkupack verbunden war. Der Anzug selbst stammte nicht von Denny. Andere hatten ihn nahezu kugelsicher und stichfest angefertigt, eine geradezu geniale Arbeit. Denny hatte Infrarot-Lichtsender entlang der dunkelgrauen Nadelstreifen beigesteuert. Dank der versteckten, vom Akkupack versorgten Emitter wurde Levi gewarnt, wenn ihn jemand anstarrte.

»Ja, wieder eine Kontaktlinse, aber die ist anders.« Denny griff sich einen Laptop von einem nahen Regal, klappte ihn auf und tippte drauflos. »Ich übertrage dir eine App aufs Handy, die sich mit den Linsen verbindet. Die letzte, die ich dir gegeben habe ...« Er schaute zu Levi auf und runzelte skeptisch die Stirn. »Du hast sie doch noch, oder?«

Levi nickte.

»Gut. Wie du weißt, überträgt die letzte alles, was du durch sie siehst, direkt auf dein Handy, und ich kann auf die Daten zugreifen. Aber seit ich sie konstruiert habe, hat sich die Technik weiterentwickelt.« Denny zeigte auf das Etui in Levis Hand. »Setz sie ein, während ich's dir erkläre.«

Levi schraubte den Verschluss auf und betrachtete die in Linsenflüssigkeit schwimmende Kontaktlinse. »Da sind mehr Silberstreifen drin als in der letzten.«

»An der Konstruktion hat sich nicht viel geändert. Das sind Glasfaserkanäle, verwoben mit gebündelten Arrays aus Kohlenstoffnanoröhrchen. Glaub mir, du bemerkst sie nicht, wenn du die Linse eingesetzt hast. Nimm das rechte Auge, weil ich dafür die Messdaten hatte.«

Levi holte die Kontaktlinse aus der Flüssigkeit, platzierte sie auf der Spitze seines Zeigefingers und sah Denny an. »Und diese Werte ändern sich nicht?«

Denny zuckte mit den Schultern. »Schätze, das werden wir gleich erfahren.«

Den Teil konnte Levi nicht ausstehen. Als er den Finger auf seinen Augapfel zubewegte, fragte er sich, warum sich irgendjemand freiwillig für Kontaktlinsen entschied. Die Idee, sich etwas direkt ins Auge zu drücken, erschien ihm verrückt. Und doch tat er es.

»Du weißt ja, wie es geht. Nur leicht draufdrücken, dann heftet sie sich von selbst an dein Auge. Sie richtet sich automatisch aus, wenn du ein paar Mal blinzelst.«

Levi tat, wie ihm geheißen. Die Welt wurde verschwommen, als er die überschüssige Kontaktlinsenlösung wegblinzelte. Dann wischte er die Nässe ab, sah sich um und bemerkte nichts Ungewöhnliches. »Okay, was jetzt?«

»Hol dein Handy raus. Die neue App sollte auf deiner Startseite sein. Tipp drauf, um sie zu aktivieren. Danach solltest du nichts weiter tun müssen. Solange du Empfang oder eine WLAN-Verbindung hast, bist du startklar.«

Levi zückte sein Handy. Kaum hatte er auf die App getippt, wurde vor seinem rechten Auge eine Verbindungsmeldung eingeblendet wie in einem Head-up-Display. Es fühlte sich seltsam an, weil der Text nur wenige Handbreit entfernt zu sein schien. Aber als er den Blick durch den Raum schwenkte, stellte er fest, dass er irgendwie direkt in sein Auge projiziert wurde. »Okay, ich kriege angezeigt, dass die Verbindung gerade hergestellt wird.«

Er richtete den Blick auf Denny. Plötzlich erschien um das Gesicht des Technikgenies herum ein rotes Rechteck. Darunter blinkte »Unbekannt«.

»Oha. Wenn ich dich ansehe, wird dein Gesicht markiert, und darunter steht ›Unbekannt‹.«

»Hervorragend!« Denny grinste. Mit ein paar Tastenanschlägen rief er ein Bild einer bekannten Persönlichkeit auf seinem Laptop auf und zeigte es Levi. »Und jetzt?«

Levi betrachtete es. In dem Moment, als er es erkannte, erschien ein grünes Rechteck um das Gesicht des Stars. Darunter stand in leuchtender Schrift *»Nick Searcy, Schauspieler«*. Während er weiter hinstarrte, scrollten biografische Daten nach oben.

»Das ist ziemlich cool.« Er wandte sich ab und konzentrierte sich wieder auf das Bild. Die Daten begannen mit dem Namen und dem Beruf. »Die Linse erkennt also, wen ich ansehe, und liefert mir biografische Daten, wenn ich länger hinschaue.«

»Genau. Außerdem dreistufig farbcodiert nach Herkunft der Identifizierung, kriminellen Verbindungen und aktiven Haftbefehlen oder ähnlichen Warnhinweisen.« Mit enthusiastischer Miene sprach Denny zunehmend schneller, während er seine Erfindung erklärte. »Das ist dank neuester Fortschritte in der Siliziumtechnologie möglich. Ich kann blitzschnell Hashes berechnen und sie fast wie einen Fingerabdruck für ein Bild verwenden, das du dir gerade ansiehst, indem der Hash ans Telefon übertragen wird und ich recherchieren kann ...«

Grinsend ließ Levi seinen Freund weiter über Dinge referieren, die ihn nicht interessierten und ohnehin seinen Verstand überstiegen. Er holte sein Handy heraus und scrollte durch willkürliche Bilder. Die ältere Kontaktlinse legte ein von einer Stiftkamera übertragenes Bild fast vollständig über sein rechtes Auge. Durchaus nützlich, aber in mancherlei Hinsicht auch unpraktisch. Diese Version beeinträchtigte seine Sicht und Orientierung weit weniger. Sobald der Schwall von Dennys

Erklärungen verebbt war, fragte Levi: »Die meisten Bilder, die ich mir auf dem Handy ansehe, kann deine Linse identifizieren. Aber dich hat sie nicht erkannt. Ist ...«

»Bei der Suche verwende ich die Backend-APIs für den Zugriff auf NGI, das Identifizierungssystem der nächsten Generation des FBI. Außerdem NCIC, INTERPOL, die Passbilddatenbank unseres Außenministeriums und von etwa hundert anderen Ländern. Wenn's sein muss, greife ich sogar auf die umgekehrte Bildersuche von Google zurück.« Denny bedachte ihn mit einem schiefen Grinsen. »Nur hab ich mich selbst aus so gut wie jedem dieser Repositorys entfernt, deshalb funktioniert die App bei mir nicht.«

Levi schwenkte den Blick durch den Raum, als Denny den Laptop weglegte. Er nahm die Linse überhaupt nicht wahr, was er großartig fand.

Denny bedeutete Levi, ihm zu folgen, als er zum vorderen Bereich des versteckten Lagerraums zurückkehrte. »Mal sehen, ob das Video auf mein System überspielt ist.«

Levi steckte den Kontaktlinsenbehälter ein und gähnte, als er Denny zu seinem Schreibtisch folgte. Ein Blick auf die Armbanduhr verriet ihm, dass es auf vier Uhr morgens zuging. Damit war er weit über seine übliche Schlafenszeit hinaus.

Der Computerguru zeigte auf ein am Monitor blinkendes Symbol. »He, die Datenbanksuche hat was ausgespuckt.«

Levi verspürte einen Anflug kribbelnder Erregung, der seine Erschöpfung vertrieb.

Denny rief eine Website mit dem Logo des FBI auf. »Ja, wir haben einen Treffer.« Nach ein paar Tastenanschlägen erschien auf dem Bildschirm eine Textseite mit dem Foto eines

Mannes in der rechten oberen Ecke. »Kennst du einen Anthony Montelaro? Von ihm stammt der Teilabdruck.«

Levi stöhnte. »Ja. Tony hatte an dem Morgen Dienst bei unserer Sicherheitsmannschaft. Er muss den Zettel mit bloßen Fingern angefasst haben.«

»Ist eigentlich keine allzu große Überraschung. Ich wäre unter den Umständen wohl auch nicht so geistesgegenwärtig gewesen, mir erst Handschuhe zu holen.« Denny minimierte das Browserfenster und rief einen anderen Bildschirm auf. »Apropos Umstände, die Datei ist fertig kopiert. Mal sehen, womit wir's zu tun haben.«

Levi beobachtete, wie Denny irgendein Programm öffnete. Sekunden später wurde das Videomaterial der Überwachungskamera auf dem Bildschirm angezeigt.

Die beiden sahen sich die Aufnahmen in Echtzeit an. Ein Geländewagen raste in Sicht und kam mit quietschenden Reifen zum Stehen. Die hintere Tür auf der Beifahrerseite schwang auf, und Jimmie Costanza wurde kopfüber auf die Straße geschleudert. Sofort setzte sich das Fahrzeug wieder in Bewegung und verschwand vom Bildschirm. Sekunden später tauchte eine Gruppe von Männern in Anzügen auf – das Sicherheitsteam der Familie Bianchi. Damit endete das Video.

Es kam einem Wunder gleich, dass die Hinterräder Jimmie nicht den Schädel zermalmt hatten, als der Geländewagen auf dem regennassen Asphalt davongebrettert war.

»Tja, das war hässlich«, kommentierte Denny und spulte zu einer Stelle zurück, an der man das Heck des Fahrzeugs sehen konnte. »Okay, was können wir hier erkennen?«

Er schaltete Bild für Bild weiter, während das Auto vom

Tatort davonraste. Soweit Levi es erkennen konnte, hatte die Kamera kein einziges Mal das vollständige Kennzeichen erfasst. Als Denny das deutlichste Bild vergrößerte, das er finden konnte, erwiesen sich die Buchstaben als völlig verschwommen.

Levi runzelte die Stirn. »Wir müssen wohl die Auflösung unserer Überwachungskameras verbessern.«

»Nein.« Denny schwenkte abwiegelnd die Hand. »Für die Bedingungen sind die Aufnahmen gar nicht so schlecht. Anscheinend war es ein verregneter Tag, also waren die Lichtverhältnisse nicht ideal. Und Überwachungskameras sind grundsätzlich nicht auf perfekte Hochgeschwindigkeitsfotos ausgelegt. Wir haben ein Excelsior-Kennzeichen, also ist es aus New York. Und ich kann dir sagen, dass es irgendwann nach Juni 2020 ausgegeben worden ist.«

Mit gerunzelter Stirn starrte Levi eindringlich auf das verschwommene Bild. Er konnte den goldenen Klecks unten auf dem Nummernschild kaum erkennen. »Und der erste Teil des Kennzeichens scheint ›KKL‹ zu lauten. Aber sonst haben wir nichts.«

»Du, das reicht wahrscheinlich schon.« Denny wechselte das Fenster und rief eine andere Seite auf, die wie die Anmeldeseite für einen Mitarbeiter der Polizei von New York aussah. Er tippte etwas. Es folgten einige weitere Webseiten, bevor das Computergenie das Teilkennzeichen eingab. »An der Karosserieform erkenne ich, dass es ein brandneuer Lincoln Navigator ist. Also rufe ich bei der Zulassungsstelle die Datensätze für jedes Auto mit unserem KKL-Teilkennzeichen und diesem Modell auf.« Nach kurzem Tippen drückte er die Eingabetaste.

Levi beobachtete das Symbol einer Sanduhr in der Mitte des Bildschirms, bevor nach wenigen Sekunden drei Einträge erschienen.

Denny zeigte auf den Bildschirm. »Beim ersten steht, dass der Wagen blau ist, den können wir also überspringen. Der zweite ist schwarz, hat das richtige Baujahr und ist auf eine Frau namens Marsha Springfield in Canarsie zugelassen.« Der Eintrag zeigte ihre Adresse und eine Telefonnummer.

Levi rief sich eine Karte der Gegend ins Gedächtnis und konzentrierte sich auf Canarsie im südöstlichen Teil von Brooklyn. Eine gutbürgerliche Nachbarschaft, in der er im Verlauf der Jahre das eine oder andere Mal gewesen war.

»Bei Nummer drei passen Modell und Farbe. Zugelassen auf einen gewissen Alexander Rybakow ...«

»Warte, was kannst du mir über ihn sagen?«

Denny tippe kurz und rief etwas auf, das wie ein Passfoto aussah. Darunter lief ein kurzer Text über den Bildschirm.

»Anscheinend hat er einen russischen Pass. Geboren in der Ukraine, mit fünf Jahren in eine Region knapp außerhalb von Moskau gezogen. Er ist mit einem abgelaufenen Visum im Land.« Denny tippte rasant auf der Tastatur. Auf dem Bildschirm erschienen neue Logos samt Text. Er sah Levi an. »Der Mann ist bei INTERPOL gelistet. Hat zehn Jahre alte Vorstrafen wegen kleinerer Delikte. Er hat gesessen, ein Jahr in ...« Mit gerunzelter Stirn starrte Denny auf den Monitor. »Das kann ich nicht aussprechen.«

Levi sprach die Worte auf Russisch aus. Ihm fiel auf Anhieb ein, dass er den Namen des Knasts aus einer Dokumentation über die härtesten Strafanstalten Russlands kannte, die er vor etwa einem Jahr gesehen hatte. »Man kennt das Gefängnis unter dem Namen *Schwarzer Delfin*. Gehört angeblich zu den schlimmsten überhaupt. Nicht unbedingt ein Ort für einen Kleinkriminellen.«

Denny zuckte mit den Schultern und überflog weiter die Textseiten. »Aus den Aufzeichnungen von INTERPOL geht nicht hervor, wofür er verurteilt wurde. Hier ist nur der Schweregrad des Vergehens angegeben. Wer weiß, möglicherweise hat er den falschen Kommissar in Moskau gegen sich aufgebracht.«

»Vielleicht. Marshas Adresse habe ich. Hast du auch eine für unseren Russen?«

Die von Levi gewünschten Daten wurden angezeigt.

»Typisch ... Brighton Beach.« Levi beugte sich näher hin und betrachtete eingehend das Foto des Mannes. Die Kontaktlinse in seinem rechten Auge erfasste das Bild und identifizierte das Gesicht als Alexander Rybakow.

»Willst du einen Ausdruck?«

Levi tippte sich an die Schläfe. »Nicht nötig. Hab ich hier oben drin.«

Denny schüttelte den Kopf und seufzte. »Dein eidetisches Gedächtnis gehört mit zum Coolsten, was ich mir vorstellen kann.«

Levi stand auf und klopfte dem Computergenie auf die Schulter. »Ist nicht so fantastisch, wie du es dir denkst. Gut, ich kann mich an Bilder von Dingen erinnern, die ich gesehen habe. Aber das ist nicht dasselbe wie das Wissen, was sie bedeuten. Zum Beispiel hab ich mich in letzter Zeit mit Gesetzbüchern befasst ...«

»Hast du vor, Anwalt zu werden?« Denny lächelte.

»Nein, aber es schadet nicht, in groben Zügen zu wissen, was das Gesetz besagt. Wenn du mich fragst, was auf Seite 205 im Vorbereitungsmaterial für die Anwaltsprüfung steht, kann ich's dir auf Anhieb sagen. Aber wenn du mir eine Frage zu der Antwort auf Seite 205 stellst, könnte ich die Verbindung nicht unbedingt herstellen. Lernen muss ich trotzdem auf althergebrachte Weise.«

»Oh.« Denny wirkte ein wenig enttäuscht. Schließlich stand er auf, gab Levi die Ghettofaust und gähnte. »Brauchst du sonst noch was?«

»Nein danke.« Levi folgte Denny aus dem Lagerraum. Vorn betrat gerade Rosie die Kneipe.

Rosario Fuentes. Seine Kontaktlinse identifizierte sie sofort.

Die Frau warf ihm ihren üblichen finsteren Blick zu, bevor sie die Aufmerksamkeit auf Denny richtete. »Freundchen, du wirst noch krank werden, wenn du Tag und Nacht arbeitest.«

Levi schmunzelte, klopfte Denny auf die Schulter und sagte: »Ich bin dann mal weg.« Er wandte sich an Rosie und deutete mit dem Daumen auf das Elektronikgenie. »Pass gut auf ihn auf.«

»Mache ich immer«, erwiderte sie, schwenkte wegwerfend die Hand, starrte Denny an und tappte ungeduldig mit dem Fuß.

Levi verließ die Kneipe und atmete tief den Geruch der Straßen in der Morgendämmerung ein.

Für ihn rochen sie ... nach einem Zuhause.

Er holte sein Handy heraus und wählte eine Nummer. In

seinem Ohrstöpsel meldete sich die verschlafene Stimme von Frankie Minnelli. *»Levi, ich hoffe, es ist dringend.«*

Er grinste, als er sich durch die dunklen Straßen von Little Italy in Bewegung setzte. »Sieht so aus, als hätte ich eine Spur zu den Kerlen, die Jimmie aufgemischt haben. Ich müsste abgeholt werden und brauche eine Mannschaft.«

In der Leitung raschelte es. Levi stellte sich vor, wie Frankie hastig aus dem Bett aufstand.

Plötzlich klang die Stimme des Mannes stahlhart. *»Wo bist du, und wo ist unser Ziel?«*

»Ich bin in Little Italy, nicht weit vom *Gerard's*. Unser Mann wohnt in Brighton Beach. Ich hab die Adresse.«

»Bleib dran, ich hab da 'ne Mannschaft, die gerade am Pier 36 unterwegs ist.« Frankie verstummte kurz. *»Ich hab ihnen eine Nachricht geschickt. Sie sitzen schon im Auto und sind auf dem Weg zu dir. In ungefähr fünf Minuten sollten sie bei dir sein. Brauchst du irgendwas Besonderes?«*

»Einen ungestörten Ort in der Nähe. Du weißt schon ... damit ich mich mit dem Mann unterhalten kann.«

»Verstanden. Ich schicke noch eine Mannschaft als Verstärkung. In der Gegend dort wimmelt's nur so von Russen. Bis du fertig bist, steht außerdem ein Team bereit, das nach dir aufräumt. Und nur, damit du's weißt ... Jimmie hat's nicht geschafft. Das Krankenhaus hat mir vor ungefähr einer Stunde Bescheid gegeben.«

Levi blieb mitten auf der menschenleeren Straße stehen. Wut stieg in ihm auf.

Jimmie.

Verdammt noch mal.

Scheinwerfer blitzten auf. Ein Auto kam über die Grand Street angerast. 15 Meter entfernt bremste der Cadillac mit quietschenden Reifen ab. Carmine Ricci steckte den Kopf auf der Fahrerseite durchs Fenster heraus.

»Frankie, sie sind hier. Ich melde mich, wenn es vorbei ist.«

Levi beendete den Anruf und ging zum Auto hinüber. Er stieg hinten in der großen Limousine ein und sagte: »Brighton 7th Street. Sehen wir zu, dass wir dort sind, bevor die Leute in der Gegend aufwachen.«

Carmine legte den Gang ein und trat das Gaspedal durch.

Sie hatten alle einen Termin in Brighton Beach.

***

Aus Osten wehte ein leichter Wind. Levi atmete tief ein und genoss den Duft der salzigen Luft von der Sheepshead Bay. Es war kurz vor fünf Uhr morgens. Carmine saß am Steuer des Cadillac, während Levi vor einem Backsteinhaus in Brighton Beach wartete.

Der Rest der Mannschaft bestand aus Gino, einem ihrer besten Einbrecher, und den Gebrüdern Scarpetti, Männern fürs Grobe. Während Carmine im Wagen blieb, waren die anderen hinter das Haus gegangen. Nur Levi stand vorn, in der Morgendämmerung eine schemenhafte Gestalt auf der einsamen Straße.

Er ließ den Blick von links nach rechts wandern, betrachtete die Anordnung der Gebäude, achtete auf jede Einzelheit. Das Viertel war so vielschichtig wie der Großteil der Stadt. Die

Russen lebten unmittelbar neben einem Laden mit kyrillischer Schrift unter einem Schild mit der Aufschrift »Friseursalon«. Daneben wiederum warb ein Schaufenster für Übersetzungsdienste.

Plötzlich bemerkte Levi eine Bewegung, und die Eingangstür öffnete sich.

Kälte lief Levi über den Rücken, als er einen großen, schlanken Mann aus der Doppelhaushälfte kommen sah. Lächelnd rief er Levi auf Russisch zu: »Ich habe mit einem Besuch gerechnet, und Sie haben mich nicht enttäuscht.«

Hinter dem Mann tauchte ein muskelbepackter Hüne mit den Händen in den Taschen seiner Windjacke auf. Taschen groß genug, um eine kurzläufige Schusswaffe zu verbergen.

Levi hatte draußen keine Kameras entdeckt. Aber woher sollte der Russe sonst wissen, dass er hier war? Und wo steckten Gino und die Jungs?

Auf der Straße herrschte eine gespenstische Stille, abgesehen von der Stimme des 15 Meter entfernten Mannes. »Lazarus Yoder, mein Boss möchte Ihre Dienste in Anspruch nehmen ...«

Der große Kerl neben dem Sprecher grunzte, als sich Gino aus einem Fenster im ersten Stock direkt auf dessen Schultern fallen ließ und ihm ein Tuch über Nase und Mund klatschte.

Der andere hob langsam die Arme, als einer der Gebrüder Scarpetti einen Revolver auf seinen Kopf richtete.

Gino sprang von dem Hünen, der zusammenbrach und mit dem Gesicht voraus auf der Eingangstreppe landete.

Der andere Russe betrachtete die auf ihn gerichtete Waffe und rief über die Schulter: »Das ist nicht nötig, Mr. Yoder.

Mein Boss ist Juri Popow. Er möchte eine Vereinbarung mit Ihnen treffen.«

Gino näherte sich dem Russen und sprühte ihm ohne Vorwarnung etwas ins Gesicht, das ihn röchelnd zurücktaumeln ließ. Der Mafioso setzte sofort nach, schlang den Arm um den Hals des Mannes und zerrte ihn zu Boden. Dabei hielt er auch ihm ein Tuch über das Gesicht.

Stöhnend wehrte sich der Russe, doch nach wenigen Sekunden erschlaffte auch er.

Damit war es vorbei.

Levi ging die Stufen hinauf, während Gino in sein Handgelenkmikrofon sprach. »Wir brauchen einen Transport für drei. Und Beeilung, bevor die Leute in der Nachbarschaft aufwachen.«

Levi klopfte den Russen ab. Er fand dessen Brieftasche und klappte sie auf. Sie enthielt eine laminierte Karte mit kyrillischer Schrift und der französischen Übersetzung *PERMIS DE CONDUIRE*.

Der Führerschein eines gewissen Alexander Rybakow.

Ein ungekennzeichneter Kastenwagen hielt vor dem Doppelhaus, und die Gebrüder Scarpetti schleiften die Bewusstlosen zu dem Fahrzeug.

Gino verstaute eine Spraydose und die mit Chemikalien getränkten Tücher in einer wiederverschließbaren Plastiktüte. »Tut mir leid wegen der zwei *Momos*. Sie sind in dem Moment rausgegangen, als ich uns Zugang verschafft habe.« Grinsend hielt er die Tüte mit der Sprühdose und den Tüchern hoch. »Das Zeug funktioniert wunderbar. Ich hab den Russen in der Küche damit besprüht. Er hat mich nur eine Sekunde lang angeglotzt, bevor er zusammengesackt ist wie eine verkochte Nudel.«

Bei der Chemikalie in der Dose handelte es sich um Sevofluran, ein starkes Narkotikum. Levi hatte einigen Mitgliedern der Familie Bianchi beigebracht, wie man es einsetzte. Levi selbst war vor mehreren Jahren durch Leute von der CIA zum ersten Mal damit in Berührung gekommen. Seither bildete es einen festen Bestandteil seiner Trickkiste.

Er bedeutete Gino, ihm zu folgen, als er zum Cadillac ging, der im Leerlauf wartete. Unterwegs hielt er aufmerksam Ausschau nach Anzeichen von Bewegung. Das Letzte, was er brauchte, wäre jemand, der beobachtete, wie zwei leblos wirkende Körper in einen Lieferwagen verfrachtet wurden.

Nachdem sich Levi vergewissert hatte, dass die Luft rein war, nickte er dem Mann am Steuer des Kastenwagens zu, der in nördliche Richtung zur Brighton 7th Street losfuhr.

Levi stieg hinten in den Cadillac ein, Gino wie üblich vorn auf der Beifahrerseite.

Carmine legte den Gang ein und folgte dem weißen Kastenwagen.

»Wie weit bis zum Unterschlupf?«

Carmine warf einen Blick in den Rückspiegel und trat das Gaspedal durch. »Liegt direkt an der Avenue P. Wir sind in etwa acht Minuten dort.«

Levi nickte. Bis dahin würden die Männer höchstwahrscheinlich bewusstlos bleiben.

Er schaute nach Osten. Die Schatten der Nacht zogen sich zurück, als es am Horizont heller wurde und ein neuer Tag anbrach.

Levi rollte die steifen Schultern, um sie zu lockern, bevor er sich zurücklehnte und entspannte. Für ihn war es bereits ein unheimlich langer Tag gewesen, und er würde nicht so bald enden.

Ich habe mit einem Besuch gerechnet, und Sie haben mich nicht enttäuscht, hatte der Russe gesagt. Irgendwie erschien die Äußerung lächerlich, vor allem von jemanden, der anscheinend über ihn Bescheid wusste. *Mein Boss möchte Ihre Dienste in Anspruch nehmen.*

Levi hatte keine Ahnung, wer dieser sogenannte Boss sein mochte. Es spielte auch keine große Rolle. Er würde es aus dem Kerl herausbekommen, bevor er nicht mehr sprechen könnte, so viel stand für ihn fest.

KAPITEL FÜNF

Levi atmete tief ein. Der Geruch von Blut und Schweiß hing durchdringend in der Luft des Unterschlupfs, während er auf die reglose Gestalt von Alexander Rybakow starrte. Der Mann war nach vorn gesackt. Fest angezogene Lederriemen fesselten ihn an einen mit dem Boden verschraubten Stuhl aus Stahl. Das rechte Auge war fast völlig zugeschwollen. Blut tropfte von der aufgeplatzten Unterlippe. Levis letzter Schlag hatte dem Russen das Bewusstsein geraubt.

Die Zimmertür öffnete sich. Paulies fast 2,10 Meter hohe Silhouette füllte den Eingang aus, als er hereinkam und die schalldichte Tür hinter sich schloss. Er schaute auf Rybakow hinab. Seine Nasenflügel blähten sich ein wenig, als er den Kopf schüttelte. »Hast du alles bekommen, was du brauchst?«

Levi spritzte etwas Desinfektionsmittel auf die Handflächen, rieb sie aneinander, griff sich ein weißes Handtuch von dem Stapel auf einem nahen Kartentisch und wischte sich sauber. »Ich hab zumindest genug.« Er musterte den Gesichtsausdruck des großen Mannes. Obwohl Paulie ein *Capo* war, ein Gruppenleiter innerhalb der Familie Bianchi, und schon jeden Aspekt der dunklen Seite des Lebens in der Mafia gesehen hatte, spürte Levi, dass ihm der Anblick eines fast zu Tode Geprügelten an die Nieren ging.

Gut. Das bewies seine Menschlichkeit.

»Paulie, was ist mit den anderen beiden?« Levi deutete zur geschlossenen Tür.

»Es hat sich herausgestellt, dass sie doch Englisch beherrschen. Die beiden waren nur die Handlanger für den Kerl hier. Anscheinend hat sich einer Jimmie von einer Straßenecke irgendwo in der Nähe von Flatbush geschnappt. Der andere hat ihn verhört und anschließend aus dem Auto geworfen. So viel wissen wir.« Paulie reichte Levi sein Telefon. »Frankie hat angerufen und will ein Update.«

Levi nahm das Handy entgegen, wählte eine Nummer und hielt das Gerät ans Ohr.

»*Wer ist da?*«, drang Frankies Stimme grollend über die sichere Leitung.

»Ich bin's. Ich bin hier fertig.«

»*Okay, klär mich auf. Was wissen wir?*«

»Ein Teil muss warten, bis wir uns persönlich sehen, aber die Typen arbeiten für jemanden in Russland namens Juri Popow.«

»*Da klingelt bei mir nichts. Kennst du ihn?*«

»Nie von ihm gehört. Jedenfalls haben die Kerle hier meinen Namen von ihrem Boss. Sie wollten mich für einen Job ausgerechnet in Russland anheuern.«

»Wieso will ein russischer Mafioso externe Hilfe für etwas, das sich in Russland abspielt? Das ergibt keinen Sinn. Irgendwas muss da noch fehlen.«

»Sehe ich auch so. Aber sie hätten in Gold bezahlt, die Hälfte im Voraus. Der Typ hier hatte einen Schließfachschlüssel dabei. Ich hab ihn Carmine zum Überprüfen gegeben. Jetzt bin ich geschlaucht. Ich brauch ein bisschen Schlaf und fahre zurück in mein Apartment.«

»Vinnie wird mit dir reden wollen, wenn er heute Nachmittag zurückkommt.«

»Geht klar. Ich bin seit über 36 Stunden auf den Beinen und brauche ein paar Stunden Ruhe. Danach gern. Sind wir fertig?«

»Ja. Sag Paulie, er soll dich zurückfahren. Überlass den Rest dort der Mannschaft.«

»Verstanden.«

Levi legte auf und wandte sich an Paulie. »Die Adresse drüben in Brighton Beach. Haben wir ...«

»Unsere Leute haben das Haus ausgeräumt. Die Sachen werden gerade in einem unserer Lagerhäuser gesichtet. Ich hab ihnen gesagt, sie sollten alles protokollieren und jeglichen Papierkram zum *Helmsley* bringen. Du weißt schon, Kontaktnamen oder Aufzeichnungen und so.«

»Gut.« Levi gähnte. »Du bist doch mit dem Auto hier, oder?«

Paulie nickte.

»Dann lass uns zurückfahren, ich muss ein wenig schlafen.«

Der große Mann deutete mit dem Daumen auf Rybakow.

»Musst du sonst noch irgendwas aus dem da oder den anderen rausbekommen?«

»Nein. Wir sind fertig mit ihnen.« Auf dem Weg zur Tür schaute Levi zu Paulie zurück und begegnete seinem Blick. »Ich bin sicher, die Typen vermisst keiner.«

Paulie legte den Kopf schief und musterte Levi. »Was ist mit ihrem Boss?«

Levi schnaubte und schüttelte den Kopf. »Seine Leute haben es vermasselt, indem sie einen von uns so behandelt haben. Wir kümmern uns um unsere Leute. Mir ist egal, wer diese Pisser sind, klar?«

Der große Mann grinste und nickte langsam. »Ich sag's der Säuberungsmannschaft. Ich kenne da eine Deponie, die dringend aufgefüllt werden muss.«

Mit vollem Magen nippte Levi an seinem Selters. Über den Travertin-Tisch im Esszimmer hinweg beobachtete er, wie Vanessa und Michael Bianchi, die Kinder des Dons, beide im Teenageralter, gegen die Bekanntgabe ihres Vaters protestierten.

»Dad, das ist nicht fair. Wir planen das schon seit zwei Wochen«, klagte Michael, ein gutaussehender 14-Jähriger mit den blauen Augen seiner Mutter. »Du hast gesagt, wir können dieses Wochenende mit den Ragussos an den Strand.«

»Bitte, können wir?« Vanessa, Michaels zweieiige Zwillingsschwester, klimperte mit den Wimpern und schaute zwischen den Tischenden hin und her. Sie hoffte sichtlich, ihre

Eltern mit ihrer Schmollmiene zu überzeugen. »Ich sorge dafür, dass Michael diesmal keinen Ärger kriegt.«

Phyllis' Stimme fuhr durch die Beschwerden wie ein Schwert. »Ihr habt euren Vater gehört, und damit basta.«

Nach einem Seufzen richtete Vinnie den Blick auf die Kinder. »Es tut mir leid. Ich mach's auch wieder gut. Nur dieses Wochenende ist abgesagt.«

»Aber ...«

»Genug jetzt!« In Vinnies Augen flammte ein Funke der Wut auf, die Levi noch aus der Zeit kannte, als der Don und er Anfang zwanzig gewesen waren. Er gab seinen Kindern ein Zeichen. »Sagt unserem Gast gute Nacht, geht duschen und macht euch bettfertig.«

Michael ließ die Schultern hängen. Jeglicher Trotz verflog, als er und seine Schwester vom Tisch aufstanden.

Beide gingen zu Levi und drückten ihm einen Kuss auf die Wange. »Gute Nacht, Onkel Levi«, sagten sie unisono.

»Gute Nacht, Kinder.«

Die beiden verließen das Esszimmer im Penthouse. Als Phyllis begann, das schmutzige Geschirr einzusammeln, sah sie Vinnie an und fragte: »Ist alles in Ordnung?«

»Nichts, worüber du dir Sorgen machen müsstest, Schatz.« Vinnie warf ihr einen Kuss zu. »Ich bin bloß vorsichtig.«

Mit zweifelnder Miene griff die Frau des Dons nach Levis Teller und sagte: »Solange Levi dabei ist, weiß ich, dass ihr nichts allzu Verrücktes anstellt.«

»Was soll das denn heißen?« Vinnie reagierte mit gespielter Empörung.

»Du weißt genau, was ich meine. Du bist immer noch ein

Hitzkopf, Levi hingegen stets cool wie ein Eisblock.« Sie richtete den Blick auf Levi und runzelte die Stirn. »Aber zu cool bei seiner chinesischen Freundin. Warum seid ihr noch nicht verheiratet und habt eigene Kinder? Und wenn es mit ihr nicht passt, kenne ich viele Frauen, die genauso gut aussehen und vielleicht ein bisschen pflegeleichter wären, wenn du ihnen eine Chance gibst.«

»Und schon geht's wieder los!« Vinnie schüttelte den Kopf.

Levi lachte. »Phyllis, ich weiß deine Besorgnis um mein Liebesleben zu schätzen, aber so, wie es ist, passt es mir vorerst ganz gut.«

Vinnie stand auf und gab Levi ein Zeichen. »Verschwinden wir, bevor Phyllis dir Blind Dates mit ihren aufgetakelten Freundinnen aufschwatzt. Wir reden im Arbeitszimmer weiter.«

Levi stand auf, drückte Phyllis einen Kuss auf die Wange und sagte: »Das Abendessen war großartig.«

Er folgte Vinnie aus dem Esszimmer, vorbei am Foyer und ins vordere Arbeitszimmer, wo der Don zur Bar ging und sich einen Drink einschenkte. »Willst du noch ein Selters?«

»Nein danke.« Levi ließ sich auf dem Sessel neben dem großen Kamin nieder und genoss die Wärme, die vom knisternden Feuer ausging. »Hat Frankie dir erzählt, was wir in Brighton Beach herausgefunden haben?«

»Hat er, und es hat sich was Neues ergeben.« Vinnie holte eine kleine Reisetasche aus Leder von seinem Schreibtisch und kam mit seinem Drink in der anderen Hand herüber. Er stellte die Tasche mit einem dumpfen, schweren Pochen vor Levis Füßen ab und sagte: »Mach mal auf.«

Levi öffnete den Reißverschluss. Zwischen mehreren Handtüchern zeichnete sich ein goldener Schimmer ab. Er fasste hinein und ergriff eines der Frotteebündel. Ein Goldbarren mit russischer Kennzeichnung rutschte heraus.

Den Angaben nach wog der Barren ein Kilo und bestand aus purem Gold, zu 999 Promille rein.

Vinnie zeigte mit seinem Drink auf Levi, als er sich ihm gegenüber auf einem anderen Sessel niederließ. »Du hast da gerade ungefähr sechzig Riesen in der Hand. Und es sind noch vier in der Tasche.«

»Hat Gino das aus dem Schließfach der Russen geholt?«

»So ist es.« Vinnie griff zu dem kleinen Tisch neben seinem Sessel, hob ein ledergebundenes Notizbuch davon auf und warf es Levi zu. »Das haben unsere Leute auch gefunden.«

Levi fing das Notizbuch auf und legte den Goldbarren beiseite. Er schlug das kleine Buch auf und erblickte einen Haufen handgeschriebener kyrillischer Schriftzeichen. Als er durch die Seiten blätterte, wurde schnell klar, dass sie mit Namen, Adressen und Telefonnummern gefüllt waren.

»Das ist ein Adressbuch.«

»Richtig.« Levi grinste, während er weiter durch die Seiten blätterte.

»Apropos.« Vinnie stellte seinen Drink auf den Tisch und beugte sich vor. »Wo um alles in der Welt hast du Russisch gelernt? Ich weiß, dass vor Jahren bei deiner Rückkehr irgendwas Seltsames zwischen einem Russen und dir abgegangen ist ...«

»Wladimir Porschenko.« Levi erinnerte sich an den Namen jedes Menschen, dem er je das Leben genommen hatte.

Porschenko, ein russischer Politiker und Mafioso, war indirekt verantwortlich für den seltsamen Weg gewesen, den Levis Leben eingeschlagen hatte. Auf seinen Befehl hin war Maria getötet worden, Levis Frau.

»Genau. Daran, wie du das Buch durchblätterst, merke ich, dass du die Einträge lesen kannst. Ich würde wetten, du sprichst sogar Russisch. Die Familie hat früher nie viel mit den Russen zu tun gehabt. Woher kannst du es also?«

Levi grinste, während er das Buch weiter durchblätterte und nach einem Namen suchte. »Weiß ich ehrlich gesagt nicht. Nach Marys Tod war ich so viele Jahre in Japan, China, Russland und einigen anderen Ländern. Irgendwie hab ich die Sprachen im Verlauf der Zeit aufgeschnappt.«

»Einfach so?« Vinnie schnippte mit den Fingern und schüttelte ungläubig den Kopf. »Vielleicht hat's was mit deinem verrückten Erinnerungsvermögen zu tun.«

Levi hielt auf halbem Weg durch das Buch an und grinste, als er einen bekannten Namen entdeckte. Er sah Vinnie an und fragte: »Hast du was über Juri Popow rausgefunden?«

Vinnie nickte. »Darüber müssen wir reden. Ich kann dir den einfachen Kram sagen. Er ist ehemaliger ukrainischer Boxchampion. Während du geschlafen hast, hab ich jemanden stöbern lassen.«

Levi legte den Kopf erwartungsvoll schief, als der Don kurz verstummte und die Lippen zu einer schmalen Linie zusammenpresste.

»Er war bekanntermaßen mit diesem Wladimir assoziiert, mit dem du deine Begegnung hattest.«

»Verdammt ... das kann nichts Gutes verheißen.« Levi

verzog das Gesicht zu einer Grimasse. »Steht er mit irgendjemandem in Verbindung, der noch lebt und interessant für uns ist?«

»Da bin ich mir nicht sicher. Mir hat man gesagt, dass er einer von Wladimirs Vollstreckern war. Als du damals den großen Boss ausgeknipst hast, ist drüben ein Machtkampf ausgebrochen – den Juri nicht gewonnen hat.« Vinnie richtete den Zeigefinger auf Levi. »Lass dich davon nicht täuschen. Er hat in Russland trotzdem eine kleine loyale Armee. Und man erzählt sich, dass er sein Geschäft ausweiten will. Er hat schon Leute in ein paar amerikanischen Städten, in Los Angeles, Chicago und hier. Da wir uns ein paar seiner Jungs gekrallt haben, müssen wir uns bei ihm melden und die Sache mit ihm klären. Du weißt schon, branchenübliche Höflichkeit.«

»Hast du deshalb die Pläne der Kinder abgesagt?«

Vinnie zuckte mit den Schultern. »Ich bin nicht gern angreifbar, wenn ich nicht sicher bin, mit wem und was ich's zu tun habe.«

»Leuchtet ein.« Levi grinste und drehte das Notizbuch so, dass Vinnie es sehen konnte. Er tippte auf einen Namen. »Tja, ich hab seinen Namen und eine Nummer. Soll ich ihn anrufen?«

»Jetzt?« Vinnie sah auf die Armbanduhr. »Wie spät ist es dort drüben?«

»Ungefähr vier Uhr morgens.« Levi holte sein Handy heraus und hielt die Einschalttaste gedrückt, um es wieder anzuwerfen. »Er sollte also gerade nicht allzu beschäftigt sein, falls die Nummer überhaupt stimmt.«

Der Don bedeutete Levi, es zu tun, lehnte sich auf dem

Sessel zurück und nippte an dem bernsteinfarbenen Drink, den er sich eingeschenkt hatte.

Levi wählte die Nummer, schaltete den Lautsprecher ein und lauschte dem knisternden Klingelgeräusch am anderen Ende der Leitung.

Nach dem dritten Mal ging jemand ran. *»Da?«*

Ja?

Levi antwortete auf Russisch. »Ist Popow am Apparat?«

»Wer will das wissen?«

»Mein Name ist Yoder.«

Ein Rascheln drang aus dem Lautsprecher des Telefons. Es klang, als stünde der gerade aus dem Bett auf. *»Ah, also hat Rybakow Sie gefunden. Gut. Ich habe versucht, Sie zu erreichen. Ich habe einen geschäftlichen Vorschlag für Sie.«*

»Und der wäre?«

»Holen Sie Alexej ans Telefon.«

»Er ist gerade nicht greifbar.« Levi wusste nicht, wie Popow zu Rybakow stand. Daher hatte er auch keine Ahnung, wie der Mann die Nachricht von dessen vorzeitigem Ableben aufnehmen würde.

»Verstehe. Hat er Ihnen mein Geschenk überreicht?«

Levi bückte sich, wickelte einen der anderen Goldbarren aus und klopfte klirrend damit auf den ersten. »Wenn Sie das Gold meinen, dann ja.«

»Gut. Das ist nur ein Vorgeschmack. Das Zehnfache wartet bei einer Bank in der Schweiz auf Sie, wenn Sie meinen kleinen Auftrag erledigt haben. Ich brauche hier in Russland Ihre Dienste. Wann können Sie herkommen?«

»Moment.« Levi starrte stirnrunzelnd auf das Telefon.

»Warum brauchen Sie ausgerechnet mich? Sie haben eigene Leute. Bestimmt können auch die erledigen, was immer Sie erledigt haben wollen.«

Einen Moment lang lachte Juri leise, bevor er sich räusperte. *»Es gibt da jemanden, den ich sehr gern verschwinden lassen möchte. Nur kommt von meinen Leuten niemand nah genug ran. Sie hingegen würden es.«*

»Wie kommen Sie darauf?«

»Ganz einfach. Der Mann, den ich beseitigen haben will, steht tief in Ihrer Schuld. Und ich weiß, dass er Sie nur zu gern treffen würde. Unter Umständen kennen Sie ihn nicht mal. Aber mit Sicherheit kennen Sie seinen ehemaligen Arbeitgeber. Er war übrigens auch mein Arbeitgeber. Regen sich beim Namen Wladimir Porschenko irgendwelche Erinnerungen?«

»Ja.« Levis Stirnrunzeln vertiefte sich. »Und von wem reden Sie? Wer will sich unbedingt mit mir treffen?«

»Jewgeni Karpow. Sein Vater war Mitglied der Duma, ein recht berühmter Mann. Leider gehört der gute Jewgeni zu den geschützten Personen in meinem Land. Er ist mit dem Präsidenten befreundet. Jewgeni ist ständig von einem Ring von Leuten umgeben, den niemand von meinen Leuten durchdringen kann. Wir haben es versucht. Aber ich weiß, dass Jewgeni mit Ihnen reden will, Lazarus Yoder. Seit Wladimirs Tod. Tatsächlich sind wir Ihnen beide zu Dank verpflichtet, auch wenn es schwierig zu erklären ist, warum. Ich weiß aus sehr zuverlässigen Quellen, dass Jewgeni eine stattliche Belohnung für Hinweise auf Ihren Aufenthaltsort ausgesetzt hat. Wenn Sie sich bei ihm melden, bin ich überzeugt davon, dass Sie an seinen Sicherheitsvorkehrungen vorbei und tun könnten,

was getan werden muss. Glauben Sie mir, die Welt wäre besser dran, wenn Jewgeni nicht mehr atmet.«

Levi schüttelte den Kopf und blätterte erneut durch das ledergebundene Notizbuch. »Wenn der Kerl so gut beschützt wird, wie Sie sagen, fällt mir schwer zu glauben, dass er einfach die Tür öffnen und mich wie einen verschollenen Bruder begrüßen würde.«

»Wenn Sie wollen, kann ich Ihnen seine Handynummer geben.«

Mitten im Blättern hielt Levi inne und starrte auf den Namen »Jewgeni Karpow« mit einer Telefonnummer und einer Adresse.

Juri leierte eine Nummer herunter, die mit der im Notizbuch übereinstimmte. *»Alles verstanden?«*

»Ja.« Levi warf einen Blick zu Vinnie, der ihn mit besorgter Miene musterte. Er hatte eindeutig keine Ahnung, wovon sie sprachen. Levi konzentrierte sich wieder auf das Telefonat, atmete tief ein und langsam wieder aus. »Yuri, ich denke über Ihr Angebot nach. Aber Sie sollten wissen, dass Ihre Leute einen schweren Fehler begangen haben, als sie versucht haben, mich zu erreichen.«

»Was ...«

»Sie haben einen von meinen Leuten umgebracht. Rechnen Sie nicht damit, dass Rybakow oder seine beiden Begleiter Sie je zurückrufen werden. Verstanden?«

Fünf Sekunden lang herrschte Schweigen in der Leitung. Dann sagte Juri: *»Das ist bedauerlich, aber ich habe verstanden. Fehler kommen vor.«*

Levi beugte sich näher zum Telefon. »Um es völlig klarzustellen, ich kann guten Gewissens sagen, dass es zwischen Ihnen und mir kein Problem gibt. Wir sind quitt. Bekomme ich die gleiche Zusicherung von Ihnen?«

»*Einverstanden.*« In Juris Stimme schwang eine leichte Schärfe mit. »*Auge um Auge. Die Lage in Russland ist derzeit kompliziert, trotzdem kann ich dafür sorgen, dass Sie es über die Grenze schaffen. Lazarus, sind Sie dabei?*«

»Das kann ich noch nicht sagen. Ich muss erst ein paar Dinge klären.«

»*Ich kann das Angebot noch versüßen.*« Juris Tonfall wurde milder. »*Falls Sie an einer neuen Zugehörigkeit interessiert sind, in meiner Organisation hat sich offenbar gerade eine freie Stelle aufgetan. Alexej war wichtig für meine Expansionspläne. Vielleicht können wir Konditionen ausarbeiten, die im Vergleich zu Ihrer derzeitigen Situation günstiger für Sie wären. Ich brauche eine Antwort.*«

Levi grinste, und Vinnie bedachte ihn mit einem verwirrten Blick. »Die kriegen Sie von mir, wenn ich alles gründlich durchdacht habe.«

»*Ein Denker, was? Gut ... Eine Woche sollte Ihnen genug Zeit zum Nachdenken geben.*« Juris Tonfall hatte sich leicht verändert. Die Ungeduld, die sich darin eingeschlichen hatte, grenzte an eine Drohung.

»Ich melde mich unter dieser Nummer bei Ihnen. Gute Nacht.« Damit legte Levi auf.

Seine Gedanken überschlugen sich mit den Informationen von Juri. Wahrscheinlich würde er sich an Brice wenden müssen, um etwas darüber zu erfahren, worauf er sich mit diesem Kerl einlassen könnte.

Vinnie starrte ihn an, beide Handflächen nach oben gerichtet, eine typisch italienische Geste. »Worum ist es gegangen?«

Levi grinste. »Wo soll ich anfangen?«

Ein Mann in den Roben eines buddhistischen Mönchs humpelte auf ihn zu. Über dem rechten Auge trug er eine Klappe, unter den Gewändern lugte ein Holzstumpf hervor. Eine Stimme in Levis Kopf sprach den Namen *Amar Van*. »Der Unsterbliche« auf Hindi. Als sich der Mann näherte, nahm Levi einen überwältigenden Geruch von Zimt und exotischen Gewürzen wahr.

Amar Van beugte sich dicht zu ihm und hob die Augenklappe an, entblößte die vertrocknete Höhle, in der sich einst ein Auge befunden hatte. Als er ausatmete, musste Levi beinah von dem Fäulnisgestank würgen, den die Gewürze überdeckt hatten.

»Du bist vom selben Fluch befallen ...«, flüsterte der Mann. *»Du bist genau wie ich ...«*

Japsend richtete sich Levi im Bett auf.

Er atmete tief die klimatisierte Luft seines Apartments ein und schauderte vor Abscheu über den Traum. Er hatte ihn schon oft gehabt, vor allem, wenn er sich gestresst fühlte, trotzdem hatte er nach wie vor jedes Mal dieselbe Wirkung auf ihn.

Der Mann in dem Traum entsprang nicht seiner Fantasie. Levi war ihm in den abgelegenen Regionen Nepals begegnet. Damals war Levi auf der Flucht vor sich selbst und den Erinnerungen an seine tote Frau gewesen. Der Mann hatte sich Narmer genannt und behauptet, er wäre Tausende Jahre alt – offensichtlich bloß ein Märchen, um den Kindern im Dorf Angst einzujagen, damit sie sich benahmen.

»Wenn du deinen Brei nicht aufisst, kommt der alte Narmer und holt dich!«

Während die Erinnerungen in ihm pulsierten, verspürte Levi dieselbe Beklommenheit wie immer nach dem Erwachen aus jenen Bildern.

Er stand auf, ging zum Waschbecken und spritzte sich kaltes Wasser ins Gesicht. Dann betrachtete er auf seiner nackten Brust die Stelle, an der er angeschossen worden war. Nicht der geringste Makel erinnerte daran.

Nicht das einzige Merkwürdige an seinem Erscheinungsbild. Er sah wesentlich jünger aus als 45 Jahre. Viel jünger als sein Freund Vinnie, der nur drei Monate älter war. Der Don sah mittlerweile wie ein gediegenes Oberhaupt einer Mafia-Familie aus – ein bisschen Grau an den Schläfen, hier und da das eine oder andere Kilo zu viel, tiefere Fältchen auf der Stirn und um den Mund herum. Bei Levi zeigte sich nichts davon. Für ihn schien die Zeit stehen geblieben zu sein.

Wie es Narmer gesagt hatte.

Die Wissenschaftler, die Levi nach seiner Rückkehr in die USA beauftragt hatte, konnten keine Erklärung dafür liefern, was sie in seinem Blut entdeckten. Sie hatten keine Ahnung, was sie von den mikroskopischen Dingern halten sollten, die in ihm herumschwammen. Levi hatte sämtliche Beweise jener Untersuchung vernichtet – die Blutproben, die Röntgenbilder, die Elektronenmikrofotografien. Nur die Erinnerung an die dabei aufgedeckten Mysterien konnte er nicht auslöschen.

Die Ärzte hatten eingestanden, dass er ihnen Rätsel aufgab.

Seither hätte Levi mehrmals sterben müssen. Er war vergiftet worden. Angeschossen. Niedergestochen. Alles davon hätte ihn töten können – geradezu *müssen*. Hatte es aber nicht.

Weil in ihm ein überaus aktives Heilsystem arbeitete.

Davor hatte Narmer ihn gewarnt.

Es gehörte zu Levis Vergangenheit, die er zu verleugnen versuchte. Aber jeder Blick in den Spiegel erinnerte ihn daran, dass er sich belog. Nur in den frühen Morgenstunden wie diesmal gestattete er sich Kapitulation vor der damit einhergehenden Furcht.

Was, wenn Narmer recht hatte?

Der Gedanke, ewig zu leben, jagte ihm eine Heidenangst ein. Isolation von anderen. Für immer an seine Fehler gebunden. Der Schmerz, geliebte Menschen altern zu sehen.

Irgendwann würde er sogar den Tod seiner Kinder miterleben müssen.

Er löste den Blick vom Spiegel, kehrte zurück ins Schlafzimmer und betrachtete das neben dem Bett stehende Foto seiner Mädchen. Auch Lucy befand sich darauf. Sie verkörperte einen wichtigen Bestandteil seines Lebens, auch wenn sie kein Paar waren. Jedenfalls nicht im traditionellen Sinn.

Lucy war fast ihr gesamtes Leben lang von den Menschen in ihrer Umgebung missbraucht worden – aber sie hatte sich als stark genug erwiesen, um alles zu überwinden. Sie war die Witwe eines Anführers der Triaden und gehörte zu den wenigen Frauen mit echter Macht in dem chinesischen Verbrechersyndikat. Lucy würde sich nie irgendjemandem unterordnen. Sie war rücksichtslos, doch auf ihre eigene Weise ähnelte sie Levi – auch sie hatte gute Absichten.

Was ihre Methoden anging ...

Nun ja, wenigstens die Absichten waren gut.

Levi und Lucy waren zwei überaus willensstarke Menschen, die zusammen die Welt erobern könnten. Nur kannte Levi kein Machtstreben. Für ihn waren seine Adoptivtöchter alles. Sie standen unangefochten an erster Stelle.

Er sah auf die Uhr. Fünf Uhr morgens, und Alicia würde zu Besuch kommen. Er schnappte sich seine Trainingssachen und zog sich rasch an.

Es gab nur eine Möglichkeit, den Stress abzubauen, den er empfand. Unten im Keller erwartete ihn der schwere Sandsack.

KAPITEL SECHS

Levi stand vor dem Wohnhaus, als ein großer SUV mit getönten Scheiben vor der Adresse in der Park Avenue vorfuhr. Das Beifahrerfenster wurde heruntergelassen. Paulie saß am Steuer und schaute zu ihm herüber. Er bedeutete dem großen Mann, kurz zu warten, da gerade Alicia über seinen Ohrstöpsel mit ihm sprach. *»Dad, das Navi sagt, dass ich in drei Minuten da bin.«*

»Spitze, Kleines. Dann sehen wir uns ja gleich.« Er legte auf und näherte sich dem Fahrzeug, das im Leerlauf wartete. »Alicia ist fast da.«

Paulie schaute an Levi vorbei und rief: »He, Charlie, ruf sofort Joey raus. Der Wagen der Tochter unseres Problemlösers muss weggefahren werden.«

Charlie gehörte zu den Vollstreckern der Familie Bianchi. Prompt verschwand er durch den Eingang des Gebäudes, wo er Wache gehalten hatte. Zurück blieb ein anderer Mann.

Um Bereitschaft zu demonstrieren, hatte Frankie die sichtbaren Sicherheitsvorkehrungen des Wohngebäudes verstärkt, seit sie die Russen drüben in Brighton Beach ausgeknipst hatten. Niemand wusste so recht, wie Popow darauf reagieren würde, dass als Vergeltung für Jimmies Tod einige seiner Leute ins Gras gebissen hatten. Und einen russischen Mafiaboss sollte man nie unterschätzen, auch wenn er versprochen hatte, die Sache nicht eskalieren zu lassen.

In dem Moment, als Alicias BMW vorfuhr, kam Joey aus dem Gebäude, ein drahtiger Mafioso, dem Levi Kampfsportunterricht erteilt hatte.

Alicia hielt an, und Joey ging um das Heck herum, als sie ausstieg.

Levi winkte Alicia zu. »Gib Joey die Schlüssel. Er parkt den Wagen für dich.«

Alicia und die anderen Kinder hatten ihn alle schon in der Stadt besucht. Deshalb kannte sie die meisten Mitglieder der erweiterten Mafiafamilie Bianchi. Aber obwohl seine Älteste immer beherzt gewesen war, fiel Levi offensichtliche Zurückhaltung aus, als sie Joey die Autoschlüssel reichte.

Es war *ihr* Auto. Den Schlüssel einem relativ Fremden anzuvertrauen, kostete sie wahrscheinlich einiges an Überwindung. Wenige Sekunden später reihte sich das knallige Cabrio in den Verkehr ein, bog um die Ecke und verschwand in den Straßen der Upper East Side.

Alicia winkte Paulie zu, als er aus dem SUV stieg. »Hi, Onkel Paulie. Siehst aus, als hättest du zugenommen.«

Paulie öffnete die Hintertür des Wagens, hielt inne und

blickte mit gerunzelter Stirn auf seinen relativ flachen Bauch hinab.

Alicia begrüßte Levi mit einem Kuss auf die Wange und lachte. »Kräftig gebaute Männer wie Onkel Paulie sind bei ihrem Gewicht immer empfindlich.«

Der Hüne wedelte mit einem dicken Finger in Alicias Richtung. »Du weißt wirklich, wie man einen Mann verletzt, du Scherzkeks. Bei deinem bissigen Humor und dem finsteren Blick deines Vaters wird der Mann, der dir irgendwann mal den Hof machen wird, ziemlich selbstbewusst sein müssen.«

»Den Hof machen?« Alicia verdrehte die Augen und schaute belustigt drein. »Wie alt bist du, hundert? So redet längst niemand mehr.«

»Verschieben wir dieses spezielle Gespräch auf ein anderes Mal. Mir macht schon genug zu schaffen, dass mein kleines Mädchen im Herbst allein bei all den schlauen Jungs an der Uni sein wird.« Grinsend deutete Levi auf den SUV. »Das Parken ist in der Stadt ein Albtraum. Deshalb hilft Paulie uns heute aus.«

Alicia ließ sich auf dem geräumigen Rücksitz nieder. Levi setzte sich neben sie, während sich Paulie wieder hinters Steuer klemmte und den Gang einlegte. »Wohin?«

»*Rosen's Sporting Goods.*«

»Oh!« Mit einem überaus mädchenhaften Ausdruck von Freude klatschte Alicia spontan in die Hände. »Esther mag ich unheimlich, sie ist spitze.«

Levi lächelte, als der SUV in Richtung seines alten Viertels beschleunigte.

Diesmal würde Alicia eine andere, für sie neue Seite von Esther kennenlernen.

Bisher war Esther für sie nur die übergewichtige Besitzerin eines Sportartikelgeschäfts, die gern Süßigkeiten verteilte und dem Inbegriff einer typischen molligen jüdischen Großmutter verkörperte.

Alicia würde feststellen, dass Esther Rosen alles andere als typisch war.

Eine Glocke läutete, als Levi die Tür zu *Rosen's Sporting Goods* öffnete. Alicia trat mit fröhlicher Miene ein, während Paulie draußen beim Auto wartete.

Das Geschäft erstreckte sich über eine Fläche von knapp 50 Quadratmeter. Angeboten wurden Sportartikel aller Art. Da der Frühling gerade in den Sommer überging, wurde das Sortiment gewechselt. Von Schneehosen und Skier fehlte jede Spur. In den zahlreichen Gängen fand man alles, was man zum Bogenschießen, Gewichtheben, Fußball und verschiedenste Feldsportarten brauchte.

Levi grinste, als er die ältere, korpulente Besitzerin entdeckte. Sie schaute mit einem Fernglas durch das vordere Schaufenster des Ladens hinaus. »Esther?«

»Still, Levi. Ich bin mit was Wichtigem beschäftigt!«

Levi folgte ihrem Blick zur anderen Straßenseite. Abgesehen vom üblichen morgendlichen Fußgängerverkehr fiel ihm nichts auf, das besondere Aufmerksamkeit verdiente.

»Ein Stück die Straße runter hat ein *Meyer's* eröffnet«, erklärte die ältere Frau, ohne das Fernglas zu senken.

Levi schwenkte den Blick nach draußen, etwa 100 Meter die Straße runter. Es handelte sich um einen auf Bagels spezialisierten Laden. »Bagels?«

»Nicht irgendwelche Bagels, sondern *frische* Bagels«, grummelte Esther und spannte plötzlich den gesamten Körper an. »Moishe! Der Kerl ist gerade mit einem großen dampfenden Korb rausgekommen. Los, los, los!«

Ein dunkelhaariger Teenager stürmte durch den Eingang des Ladens hinaus. Esther rief ihm hinterher: »Sieh zu, dass du mindestens ein Dutzend mit Sesam und ein Dutzend ohne bekommst, bevor sich die Geier darauf stürzen und sich alle krallen!«

Der schlaksige Junge raste wie ein geölter Blitz über die Straße, wich mit knapper Not mehreren Fußgängern aus und verschwand in dem kleinen Bagel-Shop.

»*Oy!*« Esther stöhnte, richtete sich auf und legte das Fernglas beiseite. »Ich werde allmählich zu alt und zu fett für solche Observierungen.« Sie drehte sich Levi zu. Prompt wurden die Augen der grauhaarigen Frau groß, als sie Alicia bemerkte. »*Bubaleh!*« Ein schriller, freudiger Laut entfuhr der Frau, als sie die Arme ausbreitete und die große junge Asiatin in eine erdrückende Umarmung zog.

»Ich war so aufgeregt, als ich erfahren hab, dass wir für einen Besuch herkommen.« Alicias gedämpfte Stimme kämpfte sich mit knapper Not aus der Umarmung.

Schließlich hielt Esther sie auf Armlänge vor sich und musterte sie von oben bis unten. »Du bist ja unheimlich gewachsen!« Sie kämmte Alicia mit den Fingern das lange, glatte schwarze Haar aus dem Gesicht. Die Augen der großmütterlichen Gestalt wurden verträumt, als sie flüsterte: »Du wirst dir die Jungs mit dem Baseballschläger vom Leib halten müssen.« Plötzlich warf die Frau Levi einen anklagenden Blick zu. »Jetzt weiß ich, was für einen Hintergrund deine Frage hatte. Du hättest mir ruhig sagen können, dass es für Alicia ist. Dann hätte ich nicht so viel Krempel aus dem Lager geschleppt. Ich weiß genau, was sie braucht.«

»Was ich brauche?«, hakte Alicia nach.

Die Glocke bimmelte, als Moishe mit zwei große Papiertüten hereinkam. Aus einer kräuselte sich leichter Dampf.

»Moishe, wo sind deine Manieren? Sag hallo zu Alicia. Bestimmt erinnerst du dich an sie. Immerhin war sie schon oft mit ihrem Vater hier.«

Das picklige Gesicht des Teenagers lief knallrot an. Er murmelte etwas Unverständliches, bevor er im Laufschritt in den hinteren Teil des Ladens flüchtete.

Esther rief ihrem entschwindenden Enkel nach: »Lass mit Ira bloß die Finger von denen mit Sesam! Die sind für mich und unsere Gäste.« Sie wandte sich wieder Alicia zu und verdrehte die Augen. »Tut mir leid, dass er sich in der Gegenwart hübscher Mädchen so *meschugge* aufführt. Seine Stimme versagt dann immer, und er wird feuerrot. Irgendwann wird er das schon ablegen, aber heute noch nicht.«

Levi legte Alicia den Arm über die Schultern und musterte die alte Frau. Sie war Anfang 70, kaum größer als 1,60 Meter, trug das ergraute Haar als großen Dutt und wog locker über 90 Kilo. Abgesehen vom zunehmenden Grau ihres Dutts hatte sich Esther in den 20 Jahren, die Levi sie schon kannte, nicht groß verändert. Unter der unscheinbaren Kleidung verbarg sich eine Löwin von einer Frau, die besser schoss als die meisten, die sich Scharfschützen nannten. Und wahrscheinlich hatte sie über Waffen und Sprengstoffe bereits mehr vergessen, als er je gewusst hatte.

Esther ging zur Kasse, die Ira bemannte, Moishes Zwillingsbruder. »Ira, ich bin hinten, falls du mich brauchst.« Sie zeigte auf große Versandkartons mitten im Laden. »Das sind die Tennisschläger und die Kleidung, auf die wir gewartet haben. Sieh zu, dass dein Bruder und du alles auspacken und in den Sommersportauslagen platzieren, hörst du?«

Ira nickte und lächelte in Alicias Richtung. »Hi, Alicia. Hab dich ja schon ewig nicht mehr gesehen.«

Sie erwiderte das Lächeln, und Esther schnalzte in Richtung ihres Enkels geräuschvoll mit der Zunge. »Wenn ihr die Kartons nicht bald weggeräumt habt, gibt's Haue mit den Tennisschlägern für die neue Saison.« Sie sah die Yoders an und bedeutete ihnen, ihr zu folgen. »Holen wir Alicia ihr Geschenk. Ich hab eine Körpernachbildung, an der sie es testen kann.«

Alicias Augen wurden groß, als sie zu Levi aufschaute. »Körpernachbildung?«

Levi zuckte mit den Schultern. Er hatte keine Ahnung, was Esther ausgeheckt hatte, dennoch grinste er breit, während er sich an den Reihen der Ausrüstung zum Bogenschießen und Gewichtheben vorbeischlängelte. Er konnte es kaum erwarten zu sehen, was für eine verrückte Lösung sich Esther ausgedacht hatte.

Sie gingen in den hinteren Teil des Ladens, vorbei an dem Enkel, der sich gerade die Reste von etwas in den Mund schob, das verdächtig nach einem Bagel mit Sesam aussah.

Esther führte ihre Gäste zu einem langen Tisch in der Ecke eines Lagerraums und ließ sich davor auf einen Stuhl plumpsen. Sie deutete auf die beiden Stühle neben ihr, und die beiden Yoders nahmen Platz.

Sie brauchte gerade mal eine halbe Minute, um drei Bagels der Länge nach durchzuschneiden, mit Frischkäse zu bestreichen und auf den Tisch zu legen.

Esther beugte sich auf dem Stuhl vorn, konzentrierte sich auf Alicia und deutete mit dem Daumen in Levis Richtung. »Hat er dir überhaupt gesagt, warum du hier bist?«

Alicia bedachte Levi mit einem Blick, den sie immer dann aufsetzte, wenn sie wusste, dass er etwas im Schilde führte. Sie war immer das Kind mit der schärfsten Auffassungsgabe gewesen. »Nein. Er hat nur gesagt, dass wir auf einen Besuch vorbeischauen.«

Levi nahm einen großen Bissen von dem frischen Bagel. Er war noch so warm, dass der Frischkäse teilweise schmolz. Demonstrativ konzentrierte er sich auf seinen Snack.

Esther streckte die Hand aus und tätschelte Alicias Knie. »Ich kenne deinen Vater schon, seit er ein besserer Teenager war. Er war immer der stille, aber durchtriebene Typ ...«

»He«, warf Levi ein. »Du sagst das so, als wär's was Schlechtes.«

Esther schwenkte wegwerfend die Hand. »Er ist ein schlauer Bursche – manchmal schlauer, als gut für ihn ist. Na, egal. Er hat mir erzählt, dass du in New Jersey studieren wirst, stimmt das?«

»Ja ...« Alicia wirkte überrascht von der Frage. »In Princeton.«

Esther drehte sich Levi zu. »Kann sie gut mit den Händen umgehen?«

Levi nickte. »Die Grundlagen hab ich allen meinen Mädchen beigebracht. Sie sind kompetente Kampfsportlerinnen.«

Mit einer fast unmerklichen Bewegung aus dem Handgelenk erschien ein Dolch zwischen Esthers Fingern. Sie hielt ihn hoch. Das reflektierte Licht funkelte auf der rasiermesserscharfen Schneide, als die betagte Dame ihn drehte. »Hast du schon mit Messern trainiert?«

»Ja.« Alicia nahm einen Bissen von ihrem Bagel und klopfte Levi auf die Schulter. »Er hat uns alle mit versteckten Klingen üben lassen. Aber warum reden wir darüber? Muss ich irgendwas wissen? Gibt's ein Problem?«

»Nein, Kleines.« Levi legte Alicia die Hand auf die Schulter und drückte sie leicht. »Ich bin nur bei allem, was mir lieb und teuer ist, besonders vorsichtig. Zu Hause bist du im Kreis der Familie. In unserer ländlichen Gemeinde gibt's echt nicht viel, worüber man sich Sorgen machen müsste. Aber da du jetzt raus in die große Welt gehst, will ich sicherstellen, dass du für jede Gefahr gewappnet bist.«

»Dad, jetzt klingst du ein bisschen paranoid.«

Wenn Alicia wüsste, was für ein Leben Levi wirklich führte und welche Feinde er haben könnte, wäre sie genauso paranoid.

»*Bubaleh*, das gehört zu den Aufgaben eines Vaters.« Esther lächelte und zwinkerte Levi zu. »Und wenn unsere Kleinen zum ersten Mal das Nest verlassen, ist es für die Eltern meist schwieriger als für die Kleinen selbst.« Wie durch Magie verschwand das Messer aus Esthers Hand. »Und du bist 17, richtig?«

Alicia nickte.

Esther schüttelte den Kopf und seufzte. »Leider spielen die Gesetze in New Jersey den Verbrechern in die Karten. Als 17-Jährige darfst du kaum etwas zur Selbstverteidigung bei dir tragen.

Nicht mal Pfefferspray. Deshalb hat es das Gesindel so leicht. Anständige Menschen, die sich weitgehend an die Gesetze halten, sind in dem Staat praktisch schutzlos. Vor allem Jüngere wie du. Aber ich hab etwas für dich, mein kleiner Engel.« Sie zeigte auf einen Schuhkarton auf dem Tisch. »Nimm dir den Karton und mach ihn auf.«

Alicia ergriff die Schachtel, legte sie auf ihren Schoß und entfernte den Deckel. Mit verdutzter Miene holte sie etwas heraus, das wie eine mittelgroße Taschenlampe aus Metall aussah.

Mit zusammengezogenen Augenbrauen betrachtete Levi den Gegenstand in der Hand seiner Tochter. Auf den ersten Blick schien es um eine Taschenlampe der Marke Maglite zu handeln. Allerdings fielen ihm einige ungewöhnliche Merk-male daran auf. Er sah Esther an. »Ist das eine Spezialanferti-gung von dir?«

»Natürlich.« Esther rückte mit dem Stuhl näher zu Alicia.

Die angehende Studentin hob den Gegenstand in ihren

Händen an und sagte: »Das versteh ich nicht. Ich soll das statt Pfefferspray bei mir haben? Warum nicht einfach einen Gummiknüppel oder so?«

»Das würde nicht funktionieren.« Esther schüttelte den Kopf. Ihre Stimme wurde ernst. »In New Jersey darf man nichts bei sich tragen, das als Waffe interpretiert werden könnte. Ein Gummiknüppel ist unbestreitbar eine Waffe. Wenn du aber eine Taschenlampe als Leuchtmittel mitführst und sich eine Situation ergibt, in der du sie als Waffe einsetzen musst, ist das völlig in Ordnung. Hör gut zu, *Bubaleh*.

Die Grenze zwischen legal und illegal bei der Frage, was als Waffe gilt, ist zumindest in New Jersey der Vorsatz. Gib niemals zu, dass du etwas zur Verteidigung oder zum Angriff bei dir trägst. Es muss einen anderen Zweck erfüllen ...«

»Wie eine Taschenlampe«, warf Alicia ein, während sie das zylindrische Objekt in ihrer Hand eingehend betrachtete.

»Genau.« Esther zeigte auf die Taschenlampe. »Aber das ist nicht ganz, was du da in der Hand hast.«

Levi lächelte. Esther war immer für eine Überraschung gut.

»Nicht?« Stirnrunzelnd strich Alicia mit dem Daumen über den Ein- und Ausschalter.

»Nur zu. Drück drauf.« Esther nickte ermutigend.

Alicia richtete die Taschenlampe auf ein entferntes Regal und drückte den Knopf.

Sofort schoss ein heller Lichtstrahl hervor und hielt an, bis Alicia das Gerät wieder ausschaltete.

»Wie du siehst, funktioniert das Ding wie eine gewöhnliche Taschenlampe.« Esther streckte die Hand aus, und Alicia legte den mattgrauen Metallgegenstand hinein. »Aber sieh mal hier an der Vorderseite der Lampe.« Ihr Finger fuhr an der Einfassung entlang. »Der Teil der Einfassung besteht aus einer Wolframlegierung. Ich habe sie vom Rest der Leuchte isoliert. Wenn sie heiß wird, beeinträchtigt das nicht die Funktion des Reflektors oder der LEDs, die das Licht ausstrahlen.«

Esther klappte einen auf dem Tisch liegenden Laptop auf und brachte hinten an der Taschenlampe ein Kabel an. Dann verband sie ein kleines Gerät über ein USB-Kabel mit dem Laptop und hielt es Alicia hin. »Rechtshänderin oder Linkshänderin?«

»Rechtshänderin.«

Esther klappte das USB-Gerät auf und sagte: »Leg den Zeigefinger auf den Scanner.«

Alicia kam der Aufforderung nach. Die rote LED am Gerät schaltete nach etwa zwei Sekunden auf Grün um, und der Laptop gab einen Piepton von sich.

»Ich hab die Taschenlampe gerade so programmiert, dass sie nur deinen Fingerabdruck erkennt.« Esther entfernte das Kabel von der Taschenlampe und zeigte auf ein etwas dunkleres Quadrat auf der gegenüberliegenden Seite der Einschalttaste. »Wenn du den Zeigefinger zwei Sekunden lang auf das kapazitive Feld hier legst, aktivierst du die Einfassung der Taschenlampe.« Sie stand auf und bedeutete Alicia, ihr zu folgen.

Levi ging hinter den beiden Damen her an mehreren vollen Lagerregalen vorbei, bis sie eine offene Fläche erreichten. Dort hing von den Dachsparren etwas, das nach einem Schweinekadaver aussah.

Esther reichte Alicia die Taschenlampe und sagte: »Wenn

du die Einfassung aktivierst, musst du die Taschenlampe wie eine schussbereite Waffe behandeln.«

»Die Einfassung aktivieren?« Mit fragender Miene begutachtete Alicia die Lampe. »Also soll ich ...«

»Nur zu, probier's aus.« Levi verspürte einen Anflug von Neugier. »Mal sehen, welche Verrücktheit Esther diesmal auf die Welt loslässt.«

Esther drehte sich Levi mit hochgezogener Augenbraue zu. »Muss ich dich daran erinnern, dass dir einige meiner Verrücktheiten schon mehr als einmal den *Tuches* gerettet haben?«

Alicia streckte den Zeigefinger aus und legte ihn auf das andersfarbige Metallfeld der Taschenlampe. Fast sofort nahm Levi einen leichten Brandgeruch wahr.

Innerhalb von Sekunden begann die Einfassung, tiefrot zu glühen.

»Oha.« Mit großen Augen konzentrierte sich Alicia auf das schimmernde Ende der Taschenlampe.

»In der Einfassung ist eine Induktionsspule, die ein elektromagnetisches Feld erzeugt. Ich habe es so eingestellt, dass es weder die Einfassung selbst beschädigt noch die Isolierung zwischen ihr und den eigentlichen Funktionsteilen der Taschenlampe.«

Levi spürte die Hitze, die Alicias neue Waffe abstrahlte. Er zeigte auf den Schweinekadaver. »Stell dir vor, das Schwein ist ein Angreifer, und du hast einen Dolch in der Hand.«

Alicia verlagerte den Griff um die Taschenlampe. »Aber hält die Waffe den Aufprall aus, wenn ich damit etwas treffe?«

Esther schwenkte wegwerfend die Hand. »Der Großteil der Taschenlampe besteht aus Titan, und die Schaltkreise im

Inneren sind darauf ausgelegt, schwere Erschütterungen zu verkraften. Dieses Teil ist so gebaut, dass du es nicht kaputt kriegen wirst.«

»Okay …« Alicia nahm defensive Haltung ein und umklammerte die Taschenlampe mit der rechten Hand. Ansatzlos entfesselte sie einen Vorwärtstritt gegen das tote Schwein und setzte sofort mit einem Hieb der Taschenlampe nach.

Ein Zischen ertönte, und beißender Rauch stieg auf, als sich eine Hautschicht des Schweins löste.

Alicia bleckte die Zähne und stürzte sich mit einer Wildheit auf den Schweinekadaver, die Levi ein Lächeln ins Gesicht zauberte.

Nach etwa einer halben Minute trat die angehende Studentin einen Schritt zurück und löste den Finger vom Aktivierungsfeld der Taschenlampe.

Levi hatte ihr Disziplin im Umgang mit dem Abzug einer Pistole beigebracht, und ihn freute, dass sie das Prinzip von selbst auf diese neue Waffe übertrug.

Er näherte sich dem schwer lädierten Schwein und fuhr mit einem Finger über die tiefen, von der Waffe in das Fleisch gebrannten Rillen. »Da würde sich jeder wünschen, gar nicht erst geboren worden zu sein.« Er drehte sich zu Alicia um und fragte: »Wie war es, damit zu kämpfen?«

Alicia betrachtete das Ende der Taschenlampe, die nicht mehr glühte. Das Gerät schien unversehrt zu sein. »War verblüffend einfach zu benutzen. Ich hab das Schwein mit jedem Hieb erwischt, aber das heiße Ende hat sich wie geschmiert angefühlt. Ich habe Widerstand gespürt.«

»Es war tatsächlich geschmiert.« Levi rieb Daumen und

Zeigefinger aneinander und spürte glitschiges tierisches Fett dazwischen. »Durch die Hitze hat sich das Fett im Nu von der Haut gelöst. Ich könnte mir vorstellen, dass es bei einem Menschen ziemlich ähnlich wäre. Schweine sind uns ja in vieler Hinsicht ziemlich ähnlich und eignen sich deshalb gut als Testobjekte.«

Esther trat auf Alicia zu und tippte mit dem Finger vorsichtig ans Ende der Taschenlampe. »Ist bereits abgekühlt. Man kann es wieder anfassen. Nach dem Ausschalten dauert es nur ungefähr eine Minute, bis sich die Hitze verflüchtigt hat. *Nu, Bubaleh?* Glaubst du, dass du so was an der Uni bei dir tragen kannst?«

»Ich wüsste nicht, was dagegen spricht.« Alicia grinste, bevor sie Levi mit einem eigenartigen Blick bedachte. »Obwohl ich immer noch glaube, dass mein Vater ein bisschen überfürsorglich und paranoid ist. Aber das liegt wohl an seinem Job.«

Esther sah Levi mit großen Augen an. Sie wusste, dass er der organisierten Unterwelt angehörte.

Alicia hingegen hielt Levi für eine Art Geheimagent.

Levi zuckte mit den Schultern. »Ich passe nur auf mein kleines Mädchen auf.«

Die Tür zum Lagerraum öffnete sich. Einer der Zwillinge steckte den Kopf herein und erhob die Stimme: »Oma, der Vertreter von Spalding ist da und sagt, er hat einen Termin mit dir.«

»Ich komme gleich«, rief Esther zurück. »Ich bin hier fast fertig.«

Levis Telefon vibrierte. Nach einem kurzen Blick auf die

Anruferkennung entfernte er sich von den Damen und nahm das Gespräch entgegen. »Brice, dich wollte ich ohnehin demnächst anrufen. Was gibt's?«

»Wir haben eine Spur zu dem russischen Agenten, mit dem unser Handlanger aus Washington geredet hat. Mason will dich darauf ansetzen. Du kannst Russisch und bist einsatzbereit. Also bist du wohl der Richtige dafür, der Spur nachzugehen. Wie schnell kannst du hier sein?«

Levi runzelte die Stirn. »Dir ist schon klar, dass ich nicht euer Angestellter bin, oder? Wir haben nur eine Art Vereinbarung.«

Brice seufzte. *»Weiß ich. Aber wir beide wissen auch, dass du uns in der Angelegenheit sehr wahrscheinlich helfen willst.«*

Damit hatte Brice nicht unrecht, wenn auch aus anderen Gründen, als er dachte. »Wenn's sein muss morgen, aber ich brauche im Gegenzug auch was.«

»Und was?«

»Ich muss alles über einen in der Ukraine geborenen Kerl namens Juri Popow und einen russischen Oligarchen namens Jewgeni Karpow wissen.«

»Scheint mir ein bisschen außerhalb deines üblichen Bereichs zu liegen. Aber egal, ich werd sehen, was ich tun kann. Haben sie noch andere bekannte Verbindungen, von denen du weißt?«

»Angeblich haben sie mal für jemanden namens Wladimir Porschenko gearbeitet.«

Levi hörte das Klacken von Tasten, als Brice tippte.

»Hab's. Oh Scheiße ... Levi, wir haben ein Problem.«

Er schaute zu Esther und Alicia. Die beiden waren damit

beschäftigt, einen Karton mit Holstern durchzusehen, vermutlich für die Taschenlampe.

»Was für ein Problem?« Levi ging zum hinteren Ende des Lagerraums.

»Dein Name ist gerade in einer INTERPOL-Benachrichtigung aufgetaucht. Mein Freund, du wirst wegen Mord an einem russischen Staatsbürger gesucht. Jemandem namens Alexander Rybakow. Klingelt da etwas?«

Der Russe in Brighton Beach. Damit war Popow soeben auf Levis schwarzer Liste gelandet.

»Keine Ahnung. Aber etwas kann ich dir garantieren. Es wird keine Beweise für meinen Mord an irgendeinem Russen geben. Vor allem, weil ich niemanden ermordet habe.«

Brice schwieg einen Moment lang, dann begann er zu tippen. *»Ich muss mir das genauer ansehen. Aber es bedeutet wohl, dass du eine Zeit lang keine öffentlichen Verkehrsmittel benutzen solltest. Keine Flüge, keine Züge.«*

Levis Telefon zeigte summend eine eingehende Nachricht an.

»Ich hab dir gerade die Adresse für einen der Transportknoten des Outfits geschickt. Nimm deinen Outfit-Ausweis mit.«

Levi warf einen Blick auf die Adresse. Sie lag in Harlem. »Dort bin ich schon gewesen. Holt mich am Ziel jemand ab?«

»Keine Sorge, darum kümmere ich mich. Was meinst du, wann du kommen wirst?«

»Ich gehe davon aus, dass es kein Notfall ist, also wahrscheinlich irgendwann am Vormittag.«

»Verstanden. Ruf an, wenn du einsteigst. Ich recherchiere inzwischen die Namen, die du mir gegeben hast.«

Damit endete der Anruf, und Levi ging zurück zu den Ladys. Er legte die Arme um beide und fragte: »Habt ihr Lust auf ein anständiges Mittagessen?«

Esther streifte Levis Arm ab, kniff ihn in die Wange und klopfte Alicia auf die Schulter. »Führ du nur deine Tochter aus und amüsiert euch zusammen. Ich muss mich um den Laden kümmern und um einen Vertreter, der vorn auf mich wartet.«

Als Esther davonging, wandte sich Levi seiner Tochter zu. »Lust auf Italienisch?«

Alicia schlang den Arm um die Taille ihres Vaters, als sie Esther in den Verkaufsbereich des Ladens folgten. »Nur, wenn Onkel Paulie mit reinkommt und mit uns isst. Er ist unheimlich witzig und so leicht in Verlegenheit zu bringen.«

Levi schmunzelte. Er winkte Esther und ihren Enkeln zum Abschied zu, als sie den Laden verließen.

So gern er die spärliche Zeit mit seiner Ältesten genießen wollte, als sie in den SUV stiegen und für ein schnelles Mittagessen zu *Sal's* fuhren, musste Levi unwillkürlich daran denken, was Brice gesagt hatte.

Du wirst wegen Mord an einem russischen Staatsbürger gesucht.

KAPITEL SIEBEN

Der Uber näherte sich der Ecke Lenox Avenue und West 127th Street in Harlem. Levi dankte dem Fahrer und stieg aus. Es war kurz vor sechs Uhr morgens. Auf den Straßen ging es ruhig zu. Der Großteil der Menschen im Viertel schlief noch, obwohl die Sonne demnächst über den Horizont klettern würde.

Als Erwachsener hatte Levi überwiegend in der Stadt gewohnt, und bis vor einigen Jahren war sein Leben unkompliziert gewesen. Für Normalsterbliche gehörte er zu den namenlosen, gesichtslosen Fußgängern, die durch die Stadt liefen. Eingeweihte kannten ihn als Vollmitglied der *Cosa Nostra*. Als Problemlöser der Mafiafamilie Bianchi. Im Augenblick jedoch hatte er das Gefühl, zwei Leben zu führen.

An diesem Morgen war er weder der Problemlöser noch der Mafioso. Er war ein Agent des Outfits. Und obwohl Vinnie davon wusste, fühlte es sich seltsam an, wie jemand anders als der Mann durch die Stadt zu gehen, der er immer gewesen war.

Zu diesem Ort konnte er sich nicht von einem der Jungs chauffieren fahren lassen. Das würde zu viele Möglichkeiten für Fragen eröffnen – Fragen, die er nicht beantworten konnte.

Erst kürzlich hatte er selbst diesen ungewohnten Zwiespalt seiner Rollen gefestigt, indem er Alicia anvertraut hatte, dass er für eine geheime Organisation arbeitete. Von den Einzelheiten hatte sie keine Ahnung, und er hielt es für besser, die Realität seines anderen Lebens so weit wie möglich von ihr fernzuhalten.

Levi näherte sich dem unbeschilderten Nachtclub. Er musste grinsen, als er sich vorstellte, wie er in die Rolle von jemandem schlüpfen würde, den die meisten Menschen wohl als Bond-Verschnitt betrachten würden.

Technomusik dröhnte durch eine von lila Neonlichtern umgebene Tür heraus. Die beiden Rausschmeißer links und rechts daneben starrten ihn an, als er sich näherte.

Jeder der beiden Muskelprotze wog vermutlich um die 130 Kilo und hatte den Körperbau eines Gewichthebers. Keiner ließ auch nur einen Hauch von Humor erkennen. Man hätte meinen können, sie wären direkt von einem Casting rekrutiert worden, bei dem nach jemandem wie Clubber Lang auf Steroiden gesucht worden war.

Levi trug die Kontaktlinse von Denny. Er hatte sich bereits fast daran gewöhnt, dass sie automatisch das Gesicht einer Person hervorhob und ihm den Namen dazu anzeigte. Aber als er sich den Männern an der Tür des Nachtclubs näherte, erschienen rote Rahmen um ihre Gesichter, und darunter blinkte *unbekannt*. Nicht weiter überraschend bei Leuten, die für das Outfit arbeiteten. Levi wusste es zwar nicht mit Sicherheit, hielt es jedoch für wahrscheinlich, dass die Mitglieder der Organisation aus den meisten Datenbanken gelöscht wurden.

Er trat vor die Türsteher. Bevor er das Wort ergreifen konnte, tat es einer der beiden mit einem leichten jamaikanischen Akzent. »Ich muss einen Ausweis sehen, Mr. Yoder.«

Offensichtlich wurde er erwartet.

Levi kramte die Münze aus der Tasche und streckte sie vor sich.

Der Türsteher ergriff den anderen Rand der Münze, und als das Auge darauf leuchtete, traten beide Männer zur Seite und bedeuteten Levi, einzutreten.

Obwohl er wusste, dass es sich beim Aussehen des Gebäudes nur um eine Fassade handelte, wappnete sich Levi beim Öffnen der Tür für einen akustischen Ansturm.

Aber kaum hatte er sie aufgezogen, verstummte die Technomusik. Er trat in völlige Stille ein.

Als sich die Tür hinter ihm schloss, setzte die Musik gedämpft wieder ein – von *draußen*.

Oder anscheinend aus der Tür selbst.

Es handelte sich nur um eine von vielen Täuschungen, die sich das Outfit ausgedacht hatte. Levi hatte schon in anderen Teilen der Welt mehrere ähnlich getarnte Einrichtungen der Organisation kennengelernt.

Diesmal stand er in einer holzgetäfelten Lobby, in der es frisch nach Holzpolitur und Pfeifentabak roch. Auf der anderen Seite des Empfangsschalters befand sich ein großer, dünner, weißhaariger Mann. Grinsend steuerte Levi auf den Schalter zu.

Er war dem Mann schon begegnet.

»Mr. Yoder, wie schön, Sie wiederzusehen. Sie werden erwartet.« Der Mann sprach mit einem überaus vornehmen britischen Akzent, der Levi an den Butler aus *Downton Abbey* erinnerte. »Ihren Ausweis bitte.«

Levi streckte die Münze aus, und als der Mann den anderen Rand ergriff, begann das Auge zu leuchten. »Schön, Sie wiederzusehen, Watkins. Lösen Sie sich diesmal wieder in Luft auf?«

»Sir?« Der ältere Mann legte den Kopf schief. In der sonst stets so stoischen Miene zeichnete sich ein Hauch von subtiler Belustigung ab.

»Egal. Ich bin wohl hier, um nach Washington zu reisen.«

»Ach, richtig.« Watkins nickte. »Wie ich höre, haben Sie leichte Schwierigkeiten mit INTERPOL.«

»Sie hören ganz schön viel dafür, dass sie nur der ... wie haben Sie sich letztes Mal genannt? Ach ja, dafür, dass sie nur der Besitzer dieser Einrichtung sind.«

Watkins zuckte mit den Schultern. »Ich weiß genug, um die Mission ordnungsgemäß in die Wege zu leiten.« Er winkte Levi in einen Gang auf der linken Seite. »Bitte folgen Sie mir, bevor Sie gehen.«

Levi begleitete Watkins durch einen Flur, erhellt von altmodischen Wandleuchtern mit Glühbirnen, die wie Flammen flackerten. Diesmal achtete Levi mit geschärften Sinnen auf jede noch so kleine Einzelheit.

Beim letzten Mal war Watkins wie von Geisterhand verschwunden, und die Gänge hatten nicht alle dorthin zurückgeführt, wo sie ursprünglich begonnen hatten. Das gesamte Gebäude hatte etwas von einem Spukhaus, in dem sich Korridore verschieben und der Besitzer spurlos verschwinden konnte. Diesmal wollte Levi die Tricks durchschauen.

Am Ende des Flurs stand eine Tür einen Spalt offen. Watkins blieb davor stehen. »Sir, wie zuvor betreten wir ab hier die Domäne unseres Quartiermeisters.« Mit einer ausladenden Geste deutete Watkins zur Tür. »Nach Ihnen.«

Levi schob die Tür auf. Dabei bemerkte er, dass sie etwa 15 Zentimeter dick war. Obwohl sie Hunderte Kilo wiegen musste, bewegte sie sich geräuschlos auf gut geölten Scharnieren.

Als Levi hindurchtrat, ging flackernd Licht an und erhellte einen Raum mit einzelnen Spinden. Er wandte sich an Watkins. »Gibt's einen Grund, warum wir nicht direkt zum Zug gehen?«

Watkins zuckte mit den Schultern. »Ich befolge nur Anweisungen, Mr. Yoder.« Watkins deutete auf eine Stange in der Mitte des Raums. Etwa in Augenhöhe befand sich ein Sichtfeld, das an ein Periskop an Bord eines U-Boots erinnerte. »Wenn Sie so nett wären, blicken Sie bitte in den biometrischen Scanner.«

Levi schüttelte den Kopf, als er sich dem Scanner näherte. Dieselbe Routine hatte er schon vor einigen Jahren abgespult, und diesmal fühlte es sich ein wenig seltsam an. Er musste nur ein paar hundert Kilometer nach Süden reisen. Diesmal hatte er keinen Angriff auf das geheime Hauptquartier ehemaliger Nazis in Südamerika vor. Zumindest wusste er nichts davon.

Als Levi die Augen vor das Visier hielt, ging ein grünes Lämpchen an, gefolgt von einer Reihe klickender Geräusche. Dann nichts mehr.

Levi trat zurück und stellte fest, dass die Türen mehrerer Spinde aufgesprungen waren.

»Sir«, ergriff Watkins das Wort und deutete auf den nächsten Spind, »ich glaube, Sie kennen den Ablauf. Das Hauptquartier hat mich ersucht, Sie für den bevorstehenden Einsatz angemessen auszustatten.«

»Einsatz?« Levi runzelte die Stirn, als er zum Spind ging. Er hatte sich noch nicht zu einem Einsatz verpflichtet.

Aus dem ersten Spint entnahm er eine Pistole mit einem Schulterholster und mehreren Reservemagazinen.

»Das ist eine Lebedew russischer Bauart, Modell PL-15K. Es handelte sich um eine kompakte Neun-Millimeter-Pistole mit einem Magazin für 14 Patronen und einer bereits im Lager. Sie hat einen Direkt-Abzug mit geringem Abzugsgewicht und kurzer Lauflänge.«

Levi drehte sich Watkins zu und hielt die Waffe hoch. »Ich habe schon zwei Schusswaffen bei mir. Warum diese?«

»Sir, ich denke, das Management hat seine Gründe.«

Levi zog sein Jackett aus, legte das Schultergurtzeug aus Leder an und steckte die russische Pistole ins Holster.

Der nächste Spind enthielt eine Brieftasche mit einem militärischen Ausweis namens CAC für Common Access Card, eine einheitliche Zugangskarte. Auf einer gelben, daran befestigten Haftnotiz stand: *»Nach der Ankunft im Hauptquartier abzugeben.«*

Levi steckte den Ausweis ein. Vermutlich würde er ihn nur brauchen, weil er mitten auf der Joint Base Andrews auftauchen würde.

Er ging zum letzten offenen Spind und holte ein handtellergroßes rotes Heft mit kyrillischer Schrift auf der Umschlagseite heraus. Ein russischer Pass.

Levi klappte ihn auf. Sein Gesicht blickte ihm entgegen. Der Reisepass lautete auf den Namen Maxim Wolkow.

Die halbautomatische russische Pistole und der Reisepass lieferten deutliche Hinweise dafür, dass dem Outfit für ihn vorschwebte, und es beinhaltete eine Reise nach Russland.

Dem hatte er noch nicht zugestimmt.

Er dachte daran zurück, was der russische Pate darauf erwidert hatte, dass einige seiner Leute ihn nie wieder zurückrufen würden.

Das ist bedauerlich, aber ich habe verstanden. Fehler kommen vor.

Fehler kommen vor ...

Nur der russische Mafioso konnte ihm INTERPOL auf den Hals gehetzt haben. Offensichtlich hatte der Mann eigene Pläne für Lazarus Yoder.

Falls Popow ihn ungeachtet seiner Worte beseitigen lassen wollte, musste sich Levi um die Bedrohung kümmern. Vinnie würde sich verpflichtet fühlen, ihm zu helfen, weil die Ursache des bösen Bluts eine Angelegenheit der *Cosa Nostra* gewesen war.

Einen Mafiakrieg konnte die Familie Bianchi nicht gebrauchen.

Watkins zeigte in Richtung der Tür, durch die sie eingetreten waren. »Mr. Yoder, wenn ich mich nicht irre, benötigen Sie eine Reise.«

Levi nickte. Er musste unbedingt ein Gespräch mit Brice

führen. Vielleicht wäre eine Reise nach Russland tatsächlich sinnvoll. »Gehen wir.«

Der weißhaarige Mann lächelte und bedeutete Levi, ihm zu folgen.

Sie kehrten durch denselben Flur zurück, durch den sie gekommen waren. Wie beim letzten Mal war der Eingangsbereich verschwunden. Wieder hatten sich die Gänge irgendwie verschoben, obwohl Levi diesmal auf jede Kleinigkeit geachtet hatte. Sie gelangten stattdessen in einen kleinen Raum mit einer nach unten führenden Treppe.

Levi sah Watkins an. »Warum ändert sich, wo die Flure beginnen und enden? Wo ist der Eingangsbereich?«,

»Sir, Sie wissen so gut wie ich, dass Sie nicht in den Eingangsbereich müssen.« Watkins warf ihm einen geradezu mitleidigen Blick zu und deutete zur Treppe. »Der Zug wartet auf Sie.«

Da Levi noch vom letzten Mal wusste, dass es keinen Sinn hatte, mit dem Mann zu diskutieren, trat er den Weg die Treppe hinunter an.

In der kleinen Kammer unten erblickte Levi einen schnittigen Eisenbahnwaggon, der ihn mit offenen Türen erwartete.

Nur wenige in die Decke eingelassene LED-Leuchten erhellten schwach den Raum. Es roch leicht nach Feuchtigkeit, was wahrscheinlich vom Grundgestein ausging.

Levi stieg ein.

Von einer körperlosen Stimme wurde verkündet: *»Der Zug fährt in zehn Sekunden ab. Bitte halten Sie sich an einer Stange fest, sonst werden Sie wahrscheinlich rückwärts geschleudert. Dies ist die einzige Warnung.«*

Levi nahm Platz und griff nach einer der Stangen.

»Fünf Sekunden. Vier. Drei. Zwei. Eins.«

Levi rutschte rückwärts, als der Zug mit einer Geschwindigkeit beschleunigte, die mit der eines Rennwagens mithalten konnte. Innerhalb von Sekunden wurde der Fahrtwind heftiger, als der Zug durch die Dunkelheit raste.

Anders als bei seiner ersten Fahrt wusste er mittlerweile etwas mehr über das Outfit und dessen Geschichte. Der Zug stellte nur ein Beispiel für die verborgenen Ressourcen der jahrhundertealten Organisation dar. Kaum vorstellbar, dass man ihn bauen konnte, ohne dass andere davon erfahren hatten.

Immerhin musste es Jahre gedauert haben, den Tunnel durch all das Gestein zu treiben.

Knapp 40 Minuten lang raste Levi mit halsbrecherischer Geschwindigkeit dahin, bevor sich die Fahrt verlangsamte.

Die körperlose Stimme ertönte wieder. *»Wir treffen in etwa fünf Minuten auf der Joint Base Andrews ein. Bitte steigen Sie erst aus, wenn der Zug vollständig zum Stehen gekommen ist.«*

Levi schätzte, dass er innerhalb einer Stunde über 300 Kilometer entlang der Ostküste zurückgelegt hatte – ein Tempo, das dem des japanischen Hochgeschwindigkeitszugs entsprach.

Nach dem Einfahren in einen hell erleuchteten Raum kam er sanft zum Stillstand.

Die Türen öffneten sich, und Levi stieg aus. Eine junge Offizierin nahm ihn in Empfang. »Mr. Yoder, kann ich bitte Ihre CAC sehen?«

Levi holte den laminierten Militärausweis hervor, die so genannte Common Access Card, und reichte ihn der Frau.

Sie führte die Karte in ein Lesegerät ein, und eine LED

blinkte mehrmals gelb, bevor sie konstant grün leuchtete. Lieutenant Humphries gab ihm den Ausweis zurück und deutete mit dem Daumen in Richtung der Treppe zu ihrer Linken. »Mr. Yoder, auf dem Rollfeld wartet auf Sie ein Wagen, der Sie zu Ihrem Ziel bringt.«

»Danke, Lieutenant.«

Levi lief die Treppe hinauf und kniff die Augen zusammen, als ihn auf dem großen Flugplatz grelles Sonnenlicht begrüßte.

Beim letzten Mal war er mitten in der Nacht gerade noch rechtzeitig zum Beginn einer gefährlichen Mission eingetroffen.

Ein SUV mit schwarz getönten Scheiben und Blaulicht rollte neben ihn. Das Fenster auf der Fahrerseite wurde heruntergelassen. Am Steuer saß Direktor Mason. »Levi, steigen Sie ein. Wir müssen reden.«

Levi schaute von den Überwachungsberichten auf, die er gerade studierte, als sich die Tür zum Besprechungszimmer öffnete und Mason mit Brice eintrat. Nach ihnen folgten ein Mann mittleren Alters mit olivfarbenem Teint und ein großer, vornehm wirkender, blasser Mann mit dunklem Haar und grau melierten Schläfen. Beide hatte Levi noch nie zuvor gesehen.

Als die Tür geschlossen wurde, färbten sich die Fenster milchig weiß, wodurch niemand hereinsehen konnte. Alle nahmen Platz, Mason am Kopfende des Tischs.

Der Direktor der OCID zeigte auf den dunkelhäutigen Mann und sagte: »Levi, das ist Giuseppe Russo. Vielleicht ist er Ihnen in Washington schon über den Weg gelaufen. Er war früher bei der DIA und überwacht einige unserer verdächtigen Kongressabgeordneten.«

Der Mann stand auf, beugte sich über den Tisch und reichte Levi die Hand. »Nennen Sie mich einfach Joe.«

»Zu Ihrer Rechten sitzt Gregor Manheim. Da er diese Woche hier ist, habe ich ihn zu der Besprechung eingeladen, damit Sie beide sich kennenlernen können. Er ist unser Direktor für Europa und Eurasien. Normalerweise arbeitet er von Deutschland aus.«

Levi schüttelte auch ihm die Hand.

»Er verkörpert die Augen und Ohren für das Outfit in dem Teil der Welt. Wahrscheinlich wird er uns bei der Logistik für Ihre bevorstehende Mission helfen.«

»Moment.« Levi tippte auf Papierstapel, den Mason bei ihm gelassen hatte. »Ich bin noch nicht alles durch, aber von welcher Mission reden wir?«

»Eine Verkettung von Ereignissen hat uns hierhergeführt.« Masons starrer Blick richtete sich mit einem kaum merklichen Lächeln auf Levi, bevor er sich an den Italiener wandte. »Joe, informieren Sie Levi kurz über den bisherigen Stand der Dinge. Danach können wir die nächsten Schritte besprechen.«

Russo räusperte sich und schaute nachdenklich drein, als müsste er sich erst sammeln. »Also, wir überwachen mehrere Kongressmitglieder und bestimmte wichtige Beamte.« Er deutete auf Levi. »Einem dieser Beamten, Tony Banks, haben Sie kompromittierende Fotos der Frau eines bestimmten Kongressabgeordneten übergeben. Wir haben danach die Überwachung für ihn und seiner Frau intensiviert, weil wir wussten, dass mit überdurchschnittlich hoher Wahrscheinlichkeit irgend-etwas passieren würde.

Wir hatten recht.

Der betroffene Abgeordnete hatte einen heftigen Streit mit seiner Frau. Wir haben die vollständige Tonaufzeichnung davon.

Dem Beamten, dem Sie die Fotos übergeben haben, ist es eindeutig irgendwie gelungen, mit dem Abgeordneten zu reden. Das war der Kern des Schreiduells zwischen dem Paar.«

Russo runzelte die Stirn. »In unserer Überwachung muss es eine Lücke geben. Der Beamte muss mit dem Abgeordneten gesprochen haben, weil sich der Streit um Fotos gedreht hat. Aber wir wissen nicht, wie der Beamte an ihn rangekommen ist. Wir dachten, wir hätten sämtliche Kommunikationswege im Blick. Aber der Dialog ist uns entgangen. Also haben wir die Streckenmuster sowohl des Abgeordneten als auch des Beamten analysiert.«

»Peilsender an ihren Autos?«, fragte Levi.

Brice nickte. »Ja. Haben wir an den Privatautos fast aller Abgeordneten. Außerdem an allen Limousinen und Dienst-fahrzeugen.«

Russo deutete mit dem Daumen in Brice' Richtung. »Dank Agent Brice wissen wir, dass der Beamte und der Kongressab-geordnete auf demselben Supermarktparkplatz in Bethesda waren. Nur fünf Minuten, dann sind beide wieder gefahren.«

»Das könnte erklären, wie der Abgeordnete von den Fotos erfahren hat.« Levi legte die Stirn in Falten. »Aber es erklärt nicht, wie das Treffen bei Supermarkt zustande gekommen ist.«

»Richtig.« Russo nickte. »Agent Brice hat uns außerdem

einen langen Verlauf der Fahrstrecken des Beamten verschafft. Wir haben nach Mustern gesucht und keine gefunden. Aber wir hatten Glück ...

Es war reiner Zufall, dass ich ausgerechnet in einer Pizzeria in Arlington war. Sie liegt nur etwa einen Kilometer von meiner Wohnung entfernt. Ich weiß noch, dass ich mich fast an einem Stück Pizza verschluckt hätte, als der Beamte reingekommen ist. Damals war ich eben erst auf ihn angesetzt worden und zu dem Zeitpunkt nicht im Dienst. Ich habe mich nicht allzu sehr auf ihn konzentriert, weil ich seine Aufmerksamkeit nicht erregen wollte. Aber rückblickend war die Begegnung irgendwie merkwürdig.«

»Inwiefern?«, fragte Levi.

»Na ja, er ist reingekommen, hat sich im Flüsterton mit jemandem hinter dem Tresen unterhalten und ist dann nach hinten verschwunden. Dort sind im Restaurant die Toiletten, deshalb dachte ich mir, er wäre pinkeln gegangen. Kurz darauf hat er das Restaurant mit leeren Händen verlassen und ist davongefahren.«

Brice grinste. »Nur hat der Mann die Pizzeria in den letzten drei Wochen sieben Mal besucht. Und nie länger als ungefähr fünf Minuten.« Er deutete auf Russo. »Dann hat er mir von der Zufallsbegegnung erzählt, und mein sechster Sinn hat Alarm geschlagen.«

Levi grinste. Brice besaß etliche Fähigkeiten, die ihn zum Quartiermeister und Technikguru des Outfits gemacht hatten. Mittlerweile hatte Levi jedoch festgestellt, dass der Mann zudem hervorragende Instinkte hatte.

»Ich hab über die Pizzeria recherchiert«, fuhr Brice fort.

»Und siehe da – sie gehört einem Eingebürgerten. Ehemaliger Greencard-Inhaber. Ist vor etwa acht Jahren in die USA gekommen.«

»Lass mich raten.« Levi spürte das Gewicht der russischen Lebedew-Pistole im Schulterholster. »Der Besitzer stammt aus Russland?«

»Volltreffer.« Brice nickte. »Nachdem ich das rausgefunden hatte, hab ich noch tiefer gegraben. Zu dem Grundstück führen drei aktive Telefonleitungen. Nachforschungen haben ergeben, dass zwei für den Betrieb gelistet sind und auch aktiv dafür genutzt werden. Eine Sprachleitung, eine für Bestellungen per Fax. Die dritte Nummer scheint in keinerlei Werbung des Ladens auf.

Ich habe alle drei Leitungen angezapft und festgestellt, dass zwei tatsächlich für den legitimen Restaurantbetrieb verwendet werden. Die dritte hat bei mir alle möglichen Alarmglocken ausgelöst. Die Daten, die wir von den wenigen Nutzungen der dritten Leitung extrahiert haben, waren Schrott. Sie ist mit einer starken Punkt-zu-Punkt-Verschlüsselung gesichert. Ich kann nicht sagen, wofür sie verwendet wird.«

»Ich glaube, ich kann dir nicht ganz folgen.« Levi beugte sich auf dem Stuhl vor. »Du hast gesagt, du hast die Leitung angezapft. Kannst du nicht einfach feststellen, ob darüber gesprochen oder etwas anderes übertragen wird?«

Brice schüttelte den Kopf. »So funktioniert das nicht. Wenn ich eine Telefonleitung anzapfe, dann in der Zentrale, wo die Anrufe und Daten über die Kabel im Telefonnetz laufen. Auf einer normalen, unverschlüsselten Leitung kann ich alles übersetzen, was über die Verbindung läuft, ob Sprache oder Daten.

Aber die Verschlüsselung beschränkt massiv, was ich machen kann.«

»Kannst du sie nicht entschlüsseln?«

»Hab ich versucht, das kannst du mir glauben.« Brice grinste. »Ich habe die Datenmuster analysiert. Vermutlich ist die verwendete Methode eine Kombination aus Axolotl-Ratchet-Protokoll und erweitertem, dreifachen Diffie-Hellman-Schlüsselaustausch. Würde mich nicht wundern, wenn Curve25519 für die asymmetrischen kryptographischen Operationen eingesetzt wird. Mit anderen Worten, jemand muss da rein und eine simple Wanze anbringen.«

Levi zog eine Augenbraue hoch. »Und da komme ich ins Spiel?«

»Ja und nein«, warf Mason ein. »Wir haben Grund zu der Annahme, dass dieser Beamte mit jemandem in Russland kommuniziert – aber wir brauchen es bestätigt und müssen wissen, mit wem, bevor wir übereilt handeln.«

»Wir wissen, dass die verschlüsselte Leitung von dem Beamten benutzt wird, mit dem du dich getroffen hast«, streute Brice ein. »Die Leitung scheint mehrmals pro Woche benutzt zu werden, die halbe Zeit zufällig dann, wenn unser Mr. Banks in der Pizzeria ist.«

Mason nickte. »Ich hätte da ein paar Ideen, wie Sie uns helfen können, mehr Informationen zu sammeln. Aber bevor wir darauf eingehen, möchte ich über die Namen reden, die Sie Brice genannt haben. Popow und Karpow.« Er wandte sich an den Mann rechts von Levi und sagte: »Gregor, klären Sie uns auf, wer die beiden sind, ja?«

Manheim drehte sich Levi zu und ergriff mit einem leichten

deutschen Akzent das Wort. »Juri Popow hat eine Führungsrolle in der berüchtigten Gruppe Wagner. Das ist eine paramilitärische russische Organisation, die von den umstrittenen Regionen der Ukraine aus operiert. Wir wissen mit Sicherheit, dass die Gruppe Wagner Verbindungen zum Kreml hat. Und da zwischen Russland und der Ukraine immer wieder Grenzstreitigkeiten aufflammen, vermuten wir, dass Popow und seine Mitarbeiter bei der russischen Regierung punkten wollen, indem sie die Ukraine destabilisieren. Soweit ich es in Erfahrung bringen konnte, ist er ein unangenehmer Zeitgenosse mit einem guten Draht zur russischen Staatsführung. Über seinen Alltag ist wenig bekannt.«

Levi knirschte mit den Zähnen, als er daran zurückdachte, was Popow ihm über seinen Rivalen erzählt hatte:

Leider gehört der gute Jewgeni zu den geschützten Personen in meinem Land. Er ist mit dem Präsidenten befreundet. Jewgeni ist ständig von einem Ring von Leuten umgeben, den niemand von meinen Leuten durchdringen kann.

Glauben Sie mir, die Welt wäre besser dran, wenn Jewgeni nicht mehr atmet.

Wenn Popow einer Gruppe mit Verbindungen zum Kreml angehörte und der Kreml neuerdings mit dem russischen Präsidenten gleichzusetzen war, wurde das Fundament von Popows Geschichte ziemlich bröcklig.

»Und Karpow?«, fragte Levi.

Gregor rieb sich den Nacken. »Jewgeni Karpow ist ein interessanter Mann. Sein Vater war Mitglied der russischen Staatsduma. Man kann ihn sich als Pendant eines amerikanischen Kongressabgeordneten vorstellen.

Wie sein Vater bewegt sich Jewgeni in politischen Kreisen, allerdings scheint er sich mehr für schnellen Reichtum aus den Trümmern der ehemaligen Sowjetunion zu interessieren. Hauptsächlich beschäftigt sich seine Firma, die Wostok Gruppe, mit Rohstoffhandel.«

»Vergessen Sie nicht, dass auch dafür der Segen der russischen Regierung nötig ist. Deshalb ist es trotz legitimem Anstrich suspekt«, merkte Mason mit verzogenem Gesicht an. »Korruption in der einen oder anderen Form zieht sich heutzutage durch praktisch alle politischen Kreise.«

Manheim nickte. »Eine treffende Einschätzung. Erschwerend kommt das feindselige Klima an der russischen Grenze hinzu. Die westlichen Sanktionen gegen Russlands Zugriff auf SWIFT ...«

»SWIFT?«, fragte Levi dazwischen.

»Ich vergesse immer wieder, wofür genau die Abkürzung steht, aber mit dem System werden Zahlungen von Banken abgewickelt. Zu den Sanktionen gegen Russland gehören Hürden, die das Land daran hintern über das weltweite Bankensystem zu bezahlen oder bezahlt zu werden. Uns liegen etliche Berichte aus Russland vor, dass die Eliten darüber ziemlich aufgebracht sind. Personen mit einem besonderen Nahverhältnis zum Kreml müssen damit rechnen, dass ihre Aktiva im Ausland eingefroren oder beschlagnahmt werden. In der Finanzwelt ist Russland einem Pariastaat gleichzusetzen. Betroffen ist davon nicht nur die Oberschicht. Auch das gemeine Volk knabbert hart daran. Viel davon geht auf die skrupellose Unterdrückung der Medien und der Meinungsfreiheit in Russland zurück. Die russische Bevölkerung ist völlig von ausländischen Medien abgeschnitten, und der Kreml schiebt natürlich alles den westlichen Mächten in die Schuhe, insbesondere den NATO-Mitgliedern.«

Levi verfolgte die Nachrichten nicht allzu genau, aber sogar er hatte Berichte über höllische Zustände in der Ukraine und in Teilen Russlands mitbekommen. Wie viel davon der Wahrheit entsprach, galt als umstritten. Aber was Manheim beschrieben hatte, erweckte den Eindruck, als würden die Medien die Probleme innerhalb Russlands herunterspielen. Er malte sich alptraumhafte Zustände für das russische Volk aus.

Und darauf soll ich mich einlassen?, ging Levi durch den Kopf.

»Bei meinen Informationen über Karpow muss ich ein Wort der Warnung vorausschicken. Die Daten, die ich über ihn habe, sind korrekt und stammen aus der Zeit vor dem Beginn der Krise zwischen Russland dem Westen. Allerdings könnte sich die Lage seither drastisch verändert haben.

Unser letzter Stand ist, dass Karpow zweifellos ein sehr betuchter Mann ist. Wir haben keine Aufzeichnungen darüber, dass er direkt oder indirekt für irgendwelche kriminellen Unternehmungen verantwortlich zeichnet. Alles scheint darauf hinzudeuten, dass Jewgeni Karpow so legitim ist, wie es ein russischer Oligarch nur sein kann. Und wie Direktor Mason angedeutet hat, sollten Sie das mit einer gehörigen Portion Skepsis betrachten.«

Levi nickte.

»Aber« – Manheim deutete in Brice' Richtung, »ich habe mit Agent Brice' Hilfe zu erahnen versucht, warum Sie sich nach diesen beiden Männern erkundigt haben könnten. Ich bin auf keine eindeutige Verbindung zwischen Ihnen und Popow gestoßen. Dafür hat sich bei der Suche etwas ausgesprochen Merkwürdiges im Zusammenhang mit Karpow aufgetan.« Er schaute zu Brice. »Könnten Sie erklären, was Sie gefunden haben?«

»Klar.« Brice zog einen zusammengefalteten Zettel aus der Hemdtasche und faltete ihn auseinander. »Ich habe eine recht einfache Suche durchgeführt, um eine Verbindung zwischen deinem Namen und den beiden herzustellen, die du uns genannt hast. Wie von Manheim erwähnt, hat sich bei Popow nichts ergeben. Aber bei der Suche in den russischen Medien bin ich über etwas sehr Eigenartiges gestolpert. Ausgerechnet in der *Prawda*.«

»Ist das nicht die sowjetische Zeitung, die im Wesentlichen die Propagandaabteilung der UdSSR war?«, fragte Levi.

»Ja. Ob du's glaubst oder nicht, es gibt sie immer noch. Im neuen Russland wird sie von der Kommunistischen Partei der Russischen Föderation geleitet. Dein Name ist darin vor ein paar Jahren in einer Suchanzeige aufgetaucht.«

»Was? Wie ...« Und plötzlich fiel Levi ein, was Popow gesagt hatte.

Aber ich weiß, dass Jewgeni mit Ihnen reden will, Lazarus Yoder.

»Lass mich raten – du hast nach Lazarus Yoder gesucht?«

»Genau!« Brice' Augen weiteten sich. Er blickte auf das Papier. »Ist eine merkwürdige Suchanzeige. Die Übersetzung ist halt von Google, aber so ungefähr steht da: ›*Suche nach lange verschollenem Bruder, Lazarus Yoder. Zahle für Informationen, die führen zu seiner sicheren Rückkehr zur Familie.*‹«

»Schon ein bisschen schräg, zumal ich keine Brüder habe.« Levi presste die Lippen zusammen, während sich seine Gedanken überschlugen und er versuchte, schlau aus dem Text zu werden, hinter dem sich eine zweite Bedeutung zu verbergen schien. »Ich gehe mal davon aus, dass du mir davon erzählst, weil du die Anzeige irgendwie mit Karpow in Verbindung gebracht hast.«

»Richtig. Ich hab mir die Telefonnummer und die Postanschrift in der Annonce angesehen und mich sogar in die Datenbank der *Prawda* gehackt, um mir die Zahlung dafür anzusehen. Die kam von einer Briefkastenfirma, die Karpow gehört.«

»Tja, Mr. Yoder.« Mason richtete einen eindringlichen Blick auf Levi. »Anscheinend warten auf Sie ungelöste Rätsel, die mit einem russischen Oligarchen zu tun haben. Aber lassen wir das mal kurz beiseite. Es lenkt ab. Reden wir über die Pizzeria.«

Levi verlagerte den Blick auf Brice. »Brice, ich vermute, du hast ein paar kleine Geräte, die im und um das Restaurant herum platziert werden sollen. Und wohl auch an dieser dritten Leitung, richtig?«

Der Technikguru nickte. »Ich habe eine Tüte davon für dich vorbereitet.«

»Und der Laden ist in Arlington?«, fragte Levi.

Russo nickte. »Ja.«

»Okay, dann brauche ich deine Wanzen.« Levi ließ den Blick um den Tisch wandern und richtete ihn schließlich auf Mason. »Außerdem brauche ich ein bisschen Bares vom Outfit, ohne dass viele Fragen gestellt werden.«

Mason verzog die Lippen zu einem verhaltenen Lächeln. »Von wie viel reden wir?«

»Etwa 10.000 Dollar sollten reichen. Erwarten Sie es nicht zurück.«

Alle Blicke im Raum hefteten sich auf Mason, der fast zehn Sekunden lang nicht mal blinzelte, bevor er schließlich nickte. »Na schön. Bekommen Sie in 20 Minuten. Was haben Sie vor?«

Levi grinste. »Es ist wohl besser, wenn wir nicht über die Einzelheiten reden. Ich werde tun, was ich kann, damit Brice' kleines Spielzeug platziert wird. Erst muss ich noch ein paar Anrufe erledigen, aber gehen wir davon aus, dass ich mich morgen Abend um die Pizzeria kümmere.«

Mason stand auf und zeigte auf den Papierstapel vor Levi. »Machen Sie sich damit vertraut, während Sie hier sind. Es wird sich als nützlich erweisen, falls sich die Sache in die Richtung entwickelt, die ich vermute.«

Als sich auch die anderen erhoben und nacheinander den Besprechungsraum verließen, wusste Levi, an wen er sich wenden würde.

Dino Minelli würde ihm dabei helfen können, was ihm vorschwebte. In Virginia bedurfte alles der Zustimmung von Don Marino, dem Oberhaupt der Mafiafamilie Marino. Und unabhängig davon, dass Levi in dem Fall für das Outfit handelte, mussten in dieser Welt bestimmte Protokolle eingehalten werden.

Vor allem bei dem, was er für diese Pizzeria plante.

KAPITEL ACHT

Levi betrat *Ma Kelly's Bistro*, ein Lokal, das kein Mitglied der New Yorker Mafia, das etwas auf sich hielt, je aufsuchen würde. Es handelte sich um ein ehemaliges irisches Pub, umgebaut zu einem Laden für Gäste, die nicht interessierte, von welchem Tier das Fleisch stammte, das sie aßen. Eine schmuddelige Kaschemme, in der es nach abgestandenem Bier und ranzigem Frittieröl stank. Wenig überraschend erwies sich das Lokal als nahezu menschenleer. Levi spürte, wie klebrig der Boden war, als er eintrat.

Er sah sich im Raum um und entdeckte den großen, breitbrüstigen Mann, der von einem der Tische aufstand.

Die Kontaktlinse versah sein Gesicht mit einem gelben Rechteck. *»Dino Minelli«* wurde blinkend angezeigt.

Darunter scrollte ein Zusatztext:

»Bekanntes Mitglied der Mafiafamilie Marino.
Keine aktiven Haftbefehle.«

Er kam auf Levi zu, und die beiden küssten sich gegenseitig auf die Wangen. Eine Begrüßung unter Gleichgestellten.

Wie Dennys Linse richtig festgestellt hatte, handelte es sich um Dino Minelli, einen der *Capos* der Marinos in Virginia.

»Levi, mein Freund, wie schön, dich wiederzusehen.« Dino deutete auf die beiden Männer, die bei ihm gesessen hatten und mittlerweile zu beiden Seiten des *Capos* standen. »Links haben wir Joey Pelosi, rechts Victor Romano. Freunde von uns.«

Dennys Kontaktlinse bestätigte es.

Levi schüttelte beiden Männern die Hand. Er wusste genau, was sie verkörperten. Es musste nicht offen ausgesprochen werden.

Mit der *Cosa Nostra* befreundet zu sein, hatte eine besondere Bedeutung. Und es gab einen Kodex, an den sich alle Mitglieder hielten. In Levis Kreisen gab es zwei Möglichkeiten, wie einem anderen Mitglied der Mafia jemand vorgestellt wurde. Entweder als »*mein* Freund« – in dem Fall handelte es sich beim Vorgestellten um einen Mobster, vor dem nicht über Geschäftliches gesprochen wurde. Oder als »*unser* Freund«. Dann handelte es sich um ein *Vollmitglied*, dem man uneingeschränkt vertrauen konnte. Um jemanden, der den Eid abgelegt hatte.

Joey und Victor waren beide bullig. Und *Vollmitglieder*. Jeder brachte deutlich über 100 Kilo auf die Waage und besaß die Statur eines Betonblocks, obwohl beide ein paar Zentimeter kleiner als Levi mit seinen 1,85 Meter waren.

Er richtete den Blick wieder auf Dino und schüttelte den Kopf. »Was hat's nur damit auf sich, dass du dich immer in diesem heruntergekommenen Laden treffen willst?«

Dino grinste, als sie das schäbige Lokal verließen. Er legte Levi den Arm um die Schultern. »Du kennst mich. Ich wollte mich nur vergewissern, dass uns niemand beim Reden sieht. Und der letzte Ort, an dem man Dino Minelli vermuten würde, ist eine versiffte irische Kneipe.« Er richtete den Arm auf einen schwarzen Cadillac XTS am Straßenrand und drückte auf eine Fernbedienung. Das Fahrzeug piepte zweimal und entriegelte die Türen. »Levi, nimm du den Beifahrersitz, damit du uns zum Zielort lotsen kannst.«

Levi war zwar noch nie in der von Russo erwähnten Pizzeria gewesen, aber er hatte sich auf Google Maps mehrere Bilder davon angesehen und sich die genaue Lage eingeprägt. Als Dino auf dem Wilson Boulevard nach Osten fuhr, zeigte Levi nach vorn und nach rechts. »Gleich nach der Emerson sieht man den Laden schon. Er heißt *Pirrone's Pizza*. Es ist das Gebäude mit dem braunen Dach.«

»Verstanden.« Dino verlangsamte die Fahrt und bog am hinteren Ende auf den Parkplatz, wo er neben zwei große Müllcontainer rollte.

Mittlerweile war es spätabends. Die Sonne hatte sich längst verabschiedet. In der Pizzeria hielten sich einige Gäste auf.

Dino schaltete die Scheinwerfer aus, ließ den Motor aber im Leerlauf.

Levi drehte sich zu Joey und Victor um. »Seid ihr bereit?«

»Moment.« Dino verlagerte auf dem Sitz das Gewicht. »Lass uns noch eben die Lage klarstellen. Der Typ, auf den du's abgesehen hast, war in eurem Territorium und hat bei der Schwester eines von Don Bianchis Vollmitgliedern eine Grenze überschritten. Ich persönlich würde ihm ja 'ne Kugel in den Schädel jagen, und gut wär's. Aber ihr wollt ihm stattdessen die Daumenschrauben anlegen. Das ist alles? Joey und Victor sind nur sicherheitshalber dabei, um einzugreifen, falls was schiefläuft?«

Levi nickte. »Ich gehe ins Restaurant voraus, Joey und Victor bleiben zurück. Ich führe den Besitzer nach hinten und mache ihm klar, dass er im Leben ein paar schlechte Entscheidungen getroffen hat und Wiedergutmachung leisten muss. Was auch immer ich kriege, gehört euch. Ich brauche nichts davon. Wenn's länger als zehn Minuten dauert, kommt wahrscheinlich jemand in einem Leichensack raus.«

Dino grinste. »Hört sich gut an.« Er sah seine beiden Begleiter an. »Habt ihr noch Fragen?«

Joey beugte sich vor und ergriff im Flüsterton das Wort. »Wir beide machen also gar nichts, es sei denn, Levi gerät in Schwierigkeiten. Richtig?«

Dino klopft Levi auf die Schulter und sagt: »Da drin gilt, was auch immer er sagt, *capisce?*«

Beide Männer nickten.

»Gut.« Dinos deutete in Richtung der Pizzeria. »Ihr geht, ich bleibe im Auto und lasse den Motor laufen. Wenn's länger als 15 Minuten dauert, lasse ich euch alle zurück.«

Levi betastete das linke Schulterholster und spürte das beruhigende Gewicht der Glock 19, die er normalerweise trug. Im anderen hatte er die russische Pistole, obwohl er immer noch nicht recht wusste, warum das Outfit ihn damit ausgestattet hatte. Er stieg aus. Die beiden bulligen Männer folgten ihm schweigend zum Eingang des Restaurants.

Die Glocke an der Tür bimmelte, als Levi sie aufschob. Er sah sich im Gastraum um. Geradeaus befand sich die Theke, die an ein altmodisches Diner erinnerte, mit mehreren freien Sitzplätzen direkt davor. Dahinter standen die Pizzaöfen.

Zu seiner Linken erblickte er mehrere Tische mit je vier Stühlen. Im hinteren Bereich wies ein Schild den Weg zu den Toiletten. Eine ungekennzeichnete Tür daneben führte vermutlich zum Büro.

An zwei Tischen saßen insgesamt fünf Gäste und aßen Pizza.

Hinter der Ladentheke knetete ein Junge in typischem Studentenalter Teig. Jemand im gleichen Altersbereich bemannte den Tresen und die Kasse. Weiter hinten holte ein Mann mittleren Alters mit einer Pizzaschaufel eine fertige Pizza aus dem Ofen und lud sie in einer Schachtel zum Liefern ab.

Levi schaute über die Schulter, als Joey und Victor ihm ins Restaurant folgten. »Bleibt erst mal in Eingangsnähe. Wir wollen keinen Wirbel.«

Er ging zu dem Jungen an der Kasse zu und beugte sich vor. »Sag mal, ist das der Geschäftsführer?« Levi deutete mit dem Kopf auf den Mann, der mit einem Pizzaschneider über die frisch gebackene Pizza fuhr.

Der Junge nickte. »Hatten Sie ein Problem mit einer unserer Pizzen? Vielleicht kann ich Ihnen helfen.«

Als Levi sich noch näher zu dem Jungen beugte, schob er unbemerkt eines von Brice' Abhörgeräten unter den Tresen und erwiderte: »Nein, darüber muss ich mit dem Geschäftsführer reden.«

Der Junge drehte sich um und wandte sich an den Mann, der die frisch aufgeschnittene Pizza gerade fertig verpackte. »Carlo, das ist jemand, der mit Ihnen reden will.«

Levi bewegte sich auf die rechte Seite der Theke zu. Der Geschäftsführer kam ihm entgegen und spähte dabei mit besorgter Miene in Joeys und Victors Richtung. Levi konnte sich vorstellen, was ihm durch den Kopf gehen musste – zwei bedrohlich bullige Kerle in Anzügen am Eingang, während ein anderer Mann im Anzug mit ihm reden wollte. Wahrscheinlich tippte er auf das FBI oder Schlimmeres.

Schließlich setzte Carlo ein gekünsteltes Lächeln auf, als er Levi an der Theke gegenüberstand. Er sprach mit einem starken, eindeutig nicht italienischen Akzent. »Ja, Sir. Wie kann ich Ihnen helfen?«

Um das Gesicht des Mannes erschien ein gelbes Rechteck, darunter wurde der Name *»Carlo Ingenoso«* eingeblendet.

Als Zusatzinformation folgte:

»Geboren als: Sergej Romanow.

Aktive FBI-Akte.

Überwachung durch das FBI, genehmigt durch FISA.

Keine aktiven Haftbefehle.«

Levi platzierte unbemerkt eine weitere Wanze unter den Tresen, beugte sich vor und bedeutete dem Mann, näher zu kommen.

Der Geschäftsführer tat es.

»Sergej, Sie haben etwas von mir.«

Der Mann runzelte die Stirn. Dann öffnete er den Mund, aber es drang nichts heraus.

Levi rückte sein Jackett bewusst so zurecht, dass man einen Moment lang eine der Pistolen im Holster sehen konnte.

Die Augen des Geschäftsführers weiteten sich. Einen Moment lang wirkte er wackelig auf den Beinen, als könnte er die Besinnung verlieren.

Plötzlich klingelte das altmodische Wandtelefon mit einem gekringelten Kabel zum Hörer. Levi riss es mit einem Ruck aus der Wand.

Der Kassierer rief herüber: »He ...«

Der Geschäftsführer drehte sich dem Jungen zu und forderte ihn knurrend auf: »Scher dich um deinen Kram!« In gedämpftem Ton wandte er sich wieder an Levi. »Tut mir leid, aber ich glaube, Sie irren sich.« Nervös schaute er zum Eingang des Restaurants. »Was glauben Sie denn, dass ich habe?«

»Mir wurde gesagt, dass ein Paket von unseren Freunden aus dem Ausland an jemanden namens Ribikow geschickt wurde.« Levi deutete auf den hinteren Bereich des Restaurants. »Ich suche es selbst. Und Sie kommen mit.«

»Aber ...«

Levis Stimme wurde eisig, als er den Mann am Kragen packte und ihn zu sich zog. »Allmählich glaube ich, Sie verbergen absichtlich etwas vor mir. Ich erklär's Ihnen ganz simpel. Entweder gehen wir beide jetzt nach hinten, suchen mein Paket, und ich verschwinde, oder meine beiden Freunde und ich brennen den Schuppen nieder. Was darf's sein?«

»Schon gut, schon gut!« Der Mann nickte schnell und

deutete nach hinten. »Kommen Sie mit, ich schließe den Lagerraum auf. Ich hab nichts zu verbergen.«

Langsam ging der Geschäftsführer die Theke entlang. Der Junge an der Kasse setzte dazu an, etwas zu sagen. Sein Boss brachte ihn zum Schweigen, indem er mit einer Handbewegung androhte, ihn zu schlagen.

Im Vorbeigehen flüsterte Levi seinen Leuten zu: »Joey, du kommst mit und sorgst dafür, dass uns hinten niemand stört. Victor, du stellst sicher, dass hier alles friedlich bleibt. Wird nicht lange dauern.«

Levi ging an den Tischen und den Gästen vorbei, die sich auf ihre Gespräche konzentrierten und kaum Notiz von der Störung genommen hatten.

Mit zittrigen Händen schloss »Carlo« die Tür im hinteren Bereich des Restaurants auf. Als er über die Schulter spähte, erblickte er Levi und den Soldaten der Familie Marino direkt hinter sich.

Als er die Tür öffnete, ging automatisch ein Licht an. Es handelte sich eindeutig um einen Lagerraum. Levi legte Sergej die Hand auf die Schulter und schob ihn hinein. Joey drehte sich um und blieb am Eingang stehen.

»Sergej, verriegeln Sie die Tür.« Levi sagte es auf Russisch.

Während der Mann die Tür schloss und mit dem Schlüssel herumhantierte, ließ Levi den Blick durch den Raum wandern. In der hinteren Ecke erblickte er einen schlichten, schmucklosen Schreibtisch mit einem modern aussehenden Telefon darauf. Es stach an einem Ort heraus, an dem alles andere mindestens 30 Jahre alt zu sein schien.

Levi hörte das metallische Klacken der Türverriegelung, zog seine Glock und richtete sie auf den Kopf des Geschäftsführers. »Schlüssel fallen lassen, drei Schritte zurück und Hände hoch.«

Der Mann zitterte und begann, auf Russisch zu beten, während er tat, was von ihm verlangt wurde.

Levi hob die Schlüssel auf und führte Sergej in die hinterste, dem Schreibtisch gegenüberliegende Ecke des Lagerraums. »Mit dem Gesicht zur Wand auf die Knie.«

Während der Mann langsam zu Boden sank, flehte er auf Russisch: »Bitte, bitte. Ich hab nichts Falsches getan. Ich schwöre, es hat keine Lieferung gegeben. Die ganze Post geht an mich. Ich sehe alles. Mir unterlaufen keine Fehler. Bitte, ich flehe Sie an, ich habe eine Frau und Kinder.«

Levi deutete zur Wand. »Mit der Stirn an die Wand lehnen.«

Der Mann schluchzte, aber er tat, wie ihm geheißen.

»Jetzt die Hände auf den Rücken.«

Wieder gehorchte er.

»Ich schwöre, wenn du dich aus der Position entfernst, während ich nach meinem Paket suche, kriegen deine Frau und deine Kinder noch deine zerstückelte Leiche zu sehen, bevor sie selbst dran glauben müssen. Wenn ich zu Ende gesucht habe und überzeugt davon bin, dass du nicht lügst, lasse ich dich und deine Familie in Ruhe. Verstanden?«

»J-Ja.« Sergej holte zittrig Luft und schloss die Augen.

Levi steckte die Waffe ins Holster, ging zu einem Stapel Kartons und riss einen nach dem anderen auf. Währenddessen versteckte er Brice' Abhörgeräte an unauffälligen Stellen.

Ein Sack Grießmehl brach versehentlich auf und ergoss seinen Inhalt auf dem Boden.

Während Levi weiterhin intensiv so tat, als würde er etwas suchen, arbeitete er sich zum Schreibtisch mit dem Telefon vor. Er warf einen Blick zu Sergej. Obwohl der Mann vor Erschöpfung mittlerweile ein wenig durchhing, konzentrierte er sich nach wie vor ganz auf die Wand vor ihm.

Levi brachte eine Wanze unter dem Telefon an. Als er sah, dass eine Schraube den Deckel des Hörers fixierte, holte er rasch einen winzigen Kreuzschlitzschraubendreher aus einer Tasche seines Jacketts, entfernte die Schraube und setzte ein drahtdünnes Abhörgerät in den Telefonhörer ein.

Nachdem er das Gerät wieder zusammengebaut hatte, trat noch ein paar Mal laut gegen einige Kisten, versteckte die letzten Wanzen und fluchte gerade laut genug, dass nur Sergej es hören konnte.

Insgesamt hatte er etwa vier Minuten gebraucht. Hinzu kam der Aufenthalt im vorderen Bereich des Restaurants. Die Zeit war abgelaufen.

Aber Levi hatte seine Aufgabe erfüllt. Er ging zu Sergej hinüber und befahl mit knurrendem Unterton auf Russisch: »Aufstehen.«

Tränen verschmierten das kreidebleiche Gesicht des Mannes. »Haben Sie es gefunden?«

Levi holte einen Umschlag aus der Innentasche seines Jacketts und reichte ihn Sergej. »Das ist für die Unordnung und den Ärger, den ich verursacht habe. Offensichtlich hat man mich falsch informiert.«

Sergej nahm den Umschlag mit zitternden Händen und verwirrtem Gesichtsausdruck entgegen.

»Nur zu, kannst ihn ruhig aufmachen. Ich gehe jetzt. Du wirst mich nicht wiedersehen. Dafür solltest du dankbar sein.«

Als Levi die Tür aufschloss, hörte er, wie hinter ihm nach Luft geschnappt wurde. Als er sich umdrehte, sah er Sergej mit großen Augen und verblüffter Miene mit einer Faustvoll Hundert-Dollar-Scheinen in der Hand. Levi ließ den Schlüssel auf den Boden fallen und wandte sich an Joey. »Gehen wir.«

Die drei verließen das Restaurant weitgehend so, wie sie es vorgefunden hatten.

Levi stieg auf den Beifahrersitz des Cadillac ein, und Dino fuhr langsam vom Parkplatz.

An einer roten Ampel drehte er sich Levi zu. »Und? Alles erledigt?«

Levi holte einen weiteren Umschlag aus dem Jackett und reichte ihn Dino mit einem schiefen Grinsen. »Wir sind zu einem gegenseitigen Einverständnis gekommen. Ich glaube nicht, dass er seinen Fehler wiederholen wird.«

Dino betastete den dicken Umschlag und warf Levi einen Blick zu, als er weiterfuhr. »Und was ist das?«

»5.000 Dollar. Mehr hatte der Typ nicht in seinem Safe.«

Dino schnaubte und warf den Umschlag nach hinten zu Joey. »Teilt das auf und gebt dem Don seinen Anteil.«

Victor schmunzelte. »Zweieinhalb Riesen für zehn Minuten Herumstehen sind schwer in Ordnung.«

Joey öffnete den Umschlag und stieß einen leisen Pfiff aus. »Dino, das hättest du sehen sollen. Der Kerl hat Levi in weniger als einer Minute aus der Hand gefressen, und zu Bruch gegangen ist dabei nur ein Wandtelefon.«

»Ein Wandtelefon?« Dino bedachte Levi mit einem weiteren Seitenblick und nickte. »Überrascht mich nicht im Geringsten.«

Levi lehnte den Kopf zurück und fühlte sich mit dem Ergebnis des Abends zufrieden.

Er dachte an Sergej und daran zurück, wie erschüttert der Mann gewesen war. Telefonierte er gerade mit jemandem im Russland und erstattete er Meldung? Oder wechselte er nur die Unterhose und würde früher Feierabend machen?

Bei den zahlreichen platzierten Wanzen würde Brice hoffentlich schon bald Antworten auf eine Reihe von Fragen bekommen, die sich in Levis Kopf bildeten. Vielleicht würde seine nächste Station gar nicht das Bett in seinem Hotelzimmer sein, sondern das Outfit.

»Levi, ich treffe mich noch mit ein paar meiner Leute aus Virginia Beach. Hast du Lust auf ein spätes Abendessen?«

Es kam nicht oft vor, dass Mitglieder verschiedener Familien solchen gesellschaftlichen Umgang miteinander pflegten. So neugierig Levi darauf sein mochte, was sich nach dem Verlassen des Restaurants ereignet hatte, er wusste, dass ihm als Vertreter der Familie Marino damit eine besondere Ehre angeboten wurde.

Er sah Dino an und nickte. »Gern. Wer braucht schon Schlaf, wenn es stattdessen hoffentlich eine gute Schüssel *Pasta e fagioli* haben kann?«

Levi gähnte, als er das Büro von Brice betrat, das von einer großen, mit Lötkolben und verschiedenster Elektronik übersäten Werkbank beherrscht wurde. Es war drei Uhr morgens.

Der bebrillte Leiter der Technik drehte sich auf seinem Stuhl um und bedeutete ihm ungeduldig, Platz zu nehmen. »Wieso hat das so langgebraucht? Ich habe dir vor fünf Stunden getextet.«

Levi ließ sich auf einen freien Stuhl plumpsen und rollte näher zu Brice. »Ich war mit Bekannten beschäftigt. Sag mal, schläfst du auch irgendwann? Was ist so dringend, dass du mich jetzt hier brauchst? Du kannst doch unmöglich schon etwas von den Abhörgeräten haben, oder?«

»Täusch dich mal nicht.« Brice tippte auf die Tastatur und rief etwas auf, das nach einer Audioanalysesoftware aussah. »Ich kann dir sagen, ich hätte fast Junge bekommen, während du in der Pizzeria warst und ich dich nicht warnen konnte. Willst du wissen, warum?«

Levi lehnte sich vor. »Ja. Was ist passiert?«

Brice drehte sich Levi zu. »Es hätte ein totales Desaster werden können. Aber wir hatten gerade noch mal Glück. Du erinnerst dich doch an den Beamten, mit dem du dich im Lincoln Park getroffen hast. Ihr wärt euch um ein Haar in der Pizzeria über den Weg gelaufen. Ungefähr eine halbe Minute, nachdem du weg warst, ist er auf den Restaurantparkplatz gerollt.«

Levis Augen wurden groß. »Woher weißt du, wann ich weg bin?«

Brice wandte sich dem Bildschirm zu und rief eine Audiodatei auf. »Du hast neun Wanzen deponiert, die im Telefon nicht mitgerechnet. So konnte ich das Restaurant kartografieren und mitverfolgen, was sich abgespielt hat, indem ich darauf geachtet habe, welcher Sender deine Stimme und Schritte erfasst hat.« Er klickte auf Wiedergabe.

Levi betrachtete den Monitor und stellte fest, dass Brice eine rudimentäre Skizze der Innenwände des Restaurants erstellt hatte. Darin zeichneten sich neun rote Punkte ab, höchstwahrscheinlich die von ihm platzierten Abhörgeräte.

»Sergej, Sie haben etwas von mir.«

Der rote Punkt rechts unten auf der Darstellung blinkte, als Levis Worte ertönten.

»He ...«

Levi nickte. Der Kassierer, erfasst von einer anderen Wanze. Ein anderer roter Punkt blinkte.

»Scher dich um deinen Kram! Tut mir leid, aber ich glaube, Sie irren sich. Was denken Sie denn, dass ich habe?«

»Mir wurde gesagt, dass ein Paket von unseren Freunden aus dem Ausland an jemanden namens Ribikow geschickt wurde. Ich suche es selbst. Und Sie kommen mit.«

Er drehte sich Brice zu und klopfte ihm auf die Schulter. »Die Abhörgeräte funktionieren wunderbar.«

»Richtig. Lass mich ein wenig vorspulen.« Brice klickte ein paar Mal und drückte auf Wiedergabe.

Levi hörte Schritte von dem roten Punkt in der Nähe der Kasse, dann das Bimmeln der Türklingel, als die Eingangstür geöffnet und wieder geschlossen wurde.

Nach einer Pause sagte eine leise Stimme: *»Siehst du nach Carlo?«*

Bevor jemand antworten konnte, kündigte das Bimmeln an, dass die Eingangstür erneut geöffnet wurde.

Weitere Schritte und eine Stimme, die Levi als die des Beamten aus dem Park erkannte. *»Wo ist Carlo?«*

»Hinten, aber ...«

»Hör auf, mit mir zu reden, und kümmere dich um deine Pizzen.«

Levi schüttelte den Kopf. »Du hast recht, das hätte sehr schnell ziemlich unangenehm werden können.« Adrenalin durchströmte ihn, als ihm klar wurde, was passiert war. »Oh Mist. Hast du gekriegt, was du gebraucht hast? Hat er seinen Kontakt angerufen?«

Brice spulte vor und startete erneut die Wiedergabe.

Ein dumpfes Geräusch ertönte, als der Telefonhörer abgenommen wurde. Der Beamte sog hörbar die Luft ein, während er eine Nummer eingab.

Es klingelte einmal ... zweimal ... *»Banks?«*

Der Mann hatte einen russischen Akzent.

»Ja, ich bin's. Ich bin kurz davor, die nötigen Stimmen für die Lockerung der Beschränkungen für NordStream 2 zu kriegen.«

»Ist hilfreich, wenn die Frau eines Abgeordneten drogenabhängig ist, nicht wahr?«

Der Beamte schnappte hörbar nach Luft. *»Woher ...«*

»Mr. Banks, es gibt nichts, was Sie tun, wovon ich nichts weiß. Vergessen Sie nicht, dass Sie in meiner Schuld stehen und ich Loyalität bei der Umsetzung meiner Wünsche erwarte. Doveryay, no proveryay.«

»Tut mir leid, ich verstehe kein Russisch.«

»Das ist ein Sprichwort, das euer amerikanischer Präsident von uns gestohlen hat. Vertrauen ist gut, Kontrolle ist besser. Sie haben gute Arbeit geleistet und sind dafür vergütet worden. Was kann ich noch tun, um Ihnen bei der Abstimmung zu helfen?«

»Ich denke, wenn wir es als humanitäres Anliegen darstellen, könnte das einige Abgeordnete dazu bewegen, gegen die Vorgaben ihrer Partei zu stimmen. Das russische Volk hungert, Europa friert im Winter, etwas in der Art.«

Der Russe ließ ein leises Lachen vernehmen. *»Ich werde ein paar Anrufe erledigen. Mal sehen, was meine Leute tun können. Ich habe Gerüchte darüber gehört, dass über Nord-Stream 1 geredet wird. Was können Sie mir darüber sagen?«*

Banks atmete schwer ins Telefon. *»Im Repräsentantenhaus und im Senat plädieren ein paar Hitzköpfe für ein Embargo gegen das Gas aus dieser Pipeline. Ich denke, diese Drohungen stärken die humanitäre Geschichte. Deutschland und der Großteil der EU sind davon abhängig, was Sie liefern. Und durch die Bewegung gegen fossile Brennstoffe hier in den USA ist es einfach zu verhindern, dass wir aushelfen. Über die Abschaltung von Nummer 1 mache ich mir keine allzu großen Sorgen.«*

Der Russe schniefte. *»Wir wollen nichts dem Zufall überlassen. Ich will von Ihnen eine Liste der Personen in Ihrem Repräsentantenhaus und Senat, die Sie für problematisch halten. Leute, die unserem Anliegen immer ablehnend gegenüberstehen werden. Ich lasse mir etwas einfallen, um sie auf andere Weise zu beeinflussen.«*

Es folgte ein Moment Stille, bevor Banks erwiderte: *»Sie kriegen die Liste.«*

»Ich erledige auf meiner Seite, was getan werden muss. Sie besorgen mir, was ich brauche, und geben mir Bescheid, falls Probleme auftreten.«

»Verstanden.«

Damit endete das Gespräch. Levi hörte, wie der Hörer zurück auf die Gabel gelegt wurde.

»Einfl... wie ... Sa...z.«

»Was hat er gerade gesagt?«, fragte Levi.

»Hab ich mich auch gefragt, deshalb habe ich die Tonoptimierung drüberlaufen lassen.« Brice griff sich einen Notizblock von seinem Schreibtisch. »Banks hat gesagt: ›Einfluss wie Sanchez.‹«

»Sanchez? Irgendeine Ahnung, wer das ist?«

Brice zuckte mit den Schultern. »Sicher bin mir nicht, aber ich bin beim Recherchieren auf einen Kongresskandidaten gestoßen, der auf Wahlkampftour einen Herzinfarkt erlitten hat. Er hat sich für ein hartes Auftreten gegenüber Russland und China eingesetzt.«

»Wie alt war er?«, fragte Levi.

»35. Keine Vorgeschichte mit Herzproblemen.«

»Heilige Scheiße ... das klingt nicht bloß ein *bisschen* verdächtig.« Levi ließ das soeben gehörte Gespräch in Gedanken Revue passieren und verspürte einen Anflug von Wut. »Dieser Banks ist so korrupt, wie man nur sein kann. Warum sperrt ihr ihn nicht ein?«

»Darüber haben wir gesprochen, und letztlich ist das auch geplant. Aber der Typ steht noch mit einigen anderen in Verbindung, die eindeutig Fäden ziehen. Wir müssen erst wissen, wer noch die Finger im Spiel hat.«

Levi runzelte die Stirn. »Die ziehen nicht bloß Fäden. Hört sich eher so an, als wären sie bereit, *alles* zu tun, um ihren Willen durchzusetzen. Was hat es mit dieser NordStream-Sache auf sich? Ich weiß, dass in letzter Zeit immer wieder etwas darüber in den Nachrichten auftaucht. Das ist irgendeine Öl- oder Gaspipeline von Russland nach Europa, richtig?«

»Eigentlich sind es zwei Pipelines. Jede ist für den russischen Staat etwa zehn Milliarden Dollar pro Jahr wert. Die zweite Pipeline verzögert sich durch Sanktionen. Und es wird darüber diskutiert, auch NordStream 1 abzuschalten. Alles wegen der politischen Konflikte mit der Ukraine.«

Levi lehnte sich auf dem Stuhl zurück. »Weißt du, wer der Russe ist?«

Brice nickte. »Hat eine Weile gedauert, bis die Rechner eine ungefähre Übereinstimmung gefunden haben. Vor allem, weil der Mann in dem Fall Englisch gesprochen hat und viele der verfügbaren Sprachdaten auf Russisch waren. Aber wir hatten Glück. Sein Name ist Konstantin Porschenko.«

»Porschenko?« Ein eiskalter Schauder lief Levi über den Rücken.

»Ja. Er leitet ein staatliches russisches Energieunternehmen. Zweifellos stinkreich. Und jemand mit den nötigen Ressourcen, um zu bekommen, was er will.«

»Außerdem hat er anscheinend etliche Leute in Washington fest im Griff.« Levi runzelte die Stirn. Der mögliche Verlust von Einnahmen in Höhe von zehn Milliarden Dollar pro Jahr wäre für wohl jeden ein starker Antrieb. »Dieser Porschenko ... ist er zufällig mit jemandem namens Wladimir Porschenko verwandt?«

»Warte, nach dem hast du mich schon mal gefragt …«

»Richtig. Gleich danach ist mein Name auf der schwarzen Liste von INTERPOL aufgetaucht, und wir sind davon abgekommen.«

»Stimmt!« Brice wandte sich wieder dem Computer zu und tippte mehrere Befehle. Keine Minute später deutete er mit dem Kopf darauf, was über den Bildschirm scrollte. »Wie zu erwarten, scheint Konstantin gute Verbindungen zu haben. Und ja, er hat auch einen Onkel namens Wladimir. Oder eigentlich eher *hatte*. Der Mann scheint kürzlich gestorben zu sein.«

Levi presste die Lippen zusammen, während sich seine Gedanken überschlugen. Bei Wladimirs Ableben hatte er den einen oder anderen Finger im Spiel gehabt.

Brice blätterte in seinem Notizbuch um und tippte auf den Zettel, auf den er gekritzelt hatte. »Hier wird es interessant. Du hast uns doch diesen Namen gegeben, Jewgeni Karpow.«

Levi nickte.

»Also, wie's aussieht, sind Karpow und Porschenko direkte Konkurrenten. Seit dem Zusammenbruch der Sowjetunion haben sie einander bei fast jeder Akquisition von Energieressourcen bekriegt.«

Levi öffnete sein Jackett und zeigte Brice die russische Pistole im Schulterholster. »Interessant, aber warum habt ihr mir eine russische Waffe und einen russischen Pass gegeben? Wie soll ich dabei helfen? Ihr habt doch Leute wie diese Schwarze Witwe, die sich daran aufzugeilen scheint, Leute kalt zu machen. Was denken du und Mason, das ich tun soll? Oder wer auch immer sonst die Entscheidungen trifft.«

Brice grinste. »Zunächst mal ist Annie, die sogenannte

Schwarze Witwe, schwanger und im Ruhestand. Und wir heiraten in ein paar Wochen.«

Levi blinzelte, als er versuchte, sich den eher kleinen, molligen Techniker mit der sadistischen schwarzen Schönheit vorzustellen, die wahrscheinlich Dutzende Morde auf dem Kerbholz hatte. »Herzlichen Glückwunsch. Glaube ich.«

»Und zum anderen ist es recht einfach. Von der Nummer, über die Porschenko mit dem Beamten telefoniert hat, wird regelmäßig in die USA angerufen. Das haben wir überprüft. Bevorzugt an Leute in Washington, sogar im Pentagon. Wir müssen vom Schlimmsten ausgehen, also davon, dass er hier einen Haufen Marionetten hat, die wir nicht klar identifizieren können.«

»Also wollt ihr, dass der Schlange der Kopf abgeschlagen wird?«, fragte Levi.

»Wir hätten es zwar anders ausgedrückt, aber ja. Es lässt sich unmöglich abschätzen, wie viel Schaden der Kerl anrichten könnte. Immerhin hält er sich den Stabschef eines der angesehensten Kongressabgeordneten als Schoßhündchen. Vielleicht hat er sogar ein paar Generäle in der Hand. Oder FBI-Agenten. Wir könnten zwar versuchen, jemanden hinzuschicken, um einen Anschlag auf ihn zu verüben, aber soweit wir wissen, steckt dieser Porschenko in Russland bereits mitten in einem Krieg. Es wird schwer sein, an ihn ranzukommen. Aber du hast eine Hintertür.«

»Tatsächlich? Ach, du meinst durch diesen Karpow, der angeblich nach mir sucht? Lass mich raten. Ihr geht davon aus, dass er mich finden will, um sich mit mir anzufreunden. Und dann hilft er uns gern, seinen Konkurrenten auszuknipsen. Willst du darauf hinaus?«

Einen Moment lang wirkte Brice beinah verlegen, bevor er sich zusammenriss. »Ich habe Karpow mit den Mitteln recherchiert, die uns in Russland zur Verfügung stehen. Er ist nachweislich als geradlinig bekannt, so ehrlich, wie man in Russland sein kann. Eins musst du wissen – Käuflichkeit ist im Sumpf von Washington so verbreitet wie Flöhe bei einem Straßenköter. Sobald wir anfangen, die Flöhe hinter Gitter zu bringen, wird dieser Porschenko merken, was los ist. Und wer weiß, was dann passiert?

Die beste Vorgehensweise scheint zu sein, nicht durchschimmern zu lassen, dass wir im Bild sind, es weiterlaufen lassen ...«

»Und inzwischen fliege ich nach Russland, schleime mich bei einem Oligarchen ein, den ich nicht mal kenne, und puste diesem Porschenko das Hirn dafür weg, dass er sich in unsere Regierungsangelegenheiten einmischt.«

Brice lächelte. »Besser hätte ich's selbst nicht ausdrücken können. Also ist das ein Ja?«

Levi schloss die Augen, als ihn ein Anflug von Erschöpfung überkam. Er holte tief Luft, stieß sie langsam aus und richtete den Blick auf Brice. »Hast du dich schon um die Sache mit INTERPOL gekümmert?«

Brice schüttelte den Kopf. »Ich hab mit Mason darüber geredet. Er hält es für keine gute Idee, jetzt schon was dagegen zu unternehmen. Das könnte gewisse Leute davor warnen, dass etwas im Busch ist, und wir wollen uns nach Möglichkeit nicht in die Karten schauen lassen. Zumindest nicht gerade jetzt.«

»Wie soll ich dann nach Russland?«

»Wenn du zusagst, zieht Mason ein paar Fäden, und du fliegst mit einem Militärtransport nach Incirlik in der Türkei. Dort haben wir eine Außenstelle, die dich über die Grenze bringt. Innerhalb von zehn Stunden nach der Landung in der Türkei bist du in unmittelbarer Nähe zum Kreml.«

Levi lehnte sich auf dem Stuhl zurück und massierte sich die Schläfen. »Ich muss verrückt sein, dass ich mitmache. Na schön, werft die Triebwerke an. Schätze, auf mich wartet Borschtsch.«

KAPITEL NEUN

Als Levis Handy auf dem Nachttisch klingelte, streckte er sich danach und nahm den Anruf entgegen. »Wer ist da?«, fragte er, bevor er laut gähnte.

»Levi, ich habe der Air Force eine C-37B für Ihren Flug abgeschwatzt.« Masons raue Stimme drang über die Leitung. *»Unten wartet ein Fahrer auf Sie, der Sie sofort nach Andrews bringt.«*

Levi schlug das Bettlaken zurück und blickte auf die Uhr. Fünf Uhr morgens und noch dunkel draußen. »Von Schlaf haltet ihr beim Outfit nicht viel, was?«

»Unterwegs haben Sie ungefähr zehn Stunden zum Schlafen. Der Fahrer händigt Ihnen eine Aktentasche mit den Missionsunterlagen aus, damit Sie sich einlesen können. Sie finden darin Hintergrundinformationen über Ihre Zielperson sowie eine Liste von Kontakten im Land.«

Levi schaltete das Telefon auf Lautsprecher und warf es

159

aufs Bett, damit er sich während des Gesprächs anziehen konnte. »Hat Brice besorgt, was ...«

»Alles, was Sie verlangt haben, und ein paar Kleinigkeiten mehr werden auf der Joint Base Andrews in der Maschine sein. Und bevor Sie nach unten hasten, sollen Sie noch wissen, dass wir Sie auf dem gesamten Weg unterstützen. Unsere Leute in Incirlik nehmen Sie bei der Landung in Empfang und bringen Sie ins Feindgebiet. Etwas müssen Sie noch wissen. Alles mit irgendwelchen Identifizierungsmerkmalen wie einer Seriennummer muss zurückbleiben. Beispielsweise eine Handfeuerwaffe in ihrem Besitz, die nicht aus russischer Produktion stammt. Unsere Leute statten Sie mit allem aus, was Sie brauchen.«

Levi schlüpfte in seine kugelsichere Weste. »Was ist mit meinem Anzug und meiner restlichen Kleidung? Ist alles maßgefertigt, hat keine Etiketten und sollte eigentlich nicht rückverfolgbar sein.«

»Auch die Unterwäsche? Die Socken?«

»Na ja, ein paar Sachen habe ich wohl auch von der Stange.« Levi runzelte die Stirn, als er in seine Schuhe schlüpfte und ihm bewusst wurde, dass er nicht die richtige Kleidung für einen körperlichen Einsatz trug.

»In unserer Außenstelle werden Sie einen Mr. Osman treffen. Er kümmert sich darum, was Sie vor Ort brauchen.«

Levi schnappte sich das Telefon, schaltete den Lautsprecher aus und ging zur Tür. »Na, wenn Sie das sagen ... Okay, ich gehe jetzt nach unten.«

»Verstanden. Denken Sie daran, in einem Notfall ist Brice

Ihr Hauptansprechpartner. Er wird alles Nötige veranlassen. Viel Glück, Levi.«

Damit war die Leitung tot. Levi nahm die Treppe ins Erdgeschoss, durchquerte die Eingangshalle und verließ das Gebäude durch den Vordereingang. Ein dunkler Minivan mit Blaulicht erwartete ihn 20 Meter von der Tür entfernt. Auf der Beifahrertür prangten ein Logo sowie die Schriftzüge *»Security Police«* und *»Department of the Air Force«*.

Levi hörte, wie die Türen des Minivans entriegelt wurden. Die Beifahrertür öffnete sich einen Spalt. Er zog sie weiter auf und wurde vom Fahrer begrüßt, einem Mann in Uniform der Air Force.

»Mr. Yoder, der Jet ist aufgetankt und startklar.«

Levi stieg vorn auf der Beifahrerseite ein und schloss die Tür. Während er sich anschnallte, drehte sich ihm der Flieger auf dem Sitz zu und zeigte ihm eine Silbermünze. Auf der Vorderseite befand sich die vertraute Pyramide mit dem Auge der Vorsehung. Eine der Erkennungsmünzen des Outfits. Levi packte die freiliegende Hälfte. Im Nu begann das Auge zu schimmern.

Der Airman verstaute die Münze wieder, legte den Gang ein, und sie fuhren vom Hotel weg in Richtung Osten. Mit einem Blick zu Levi reichte er ihm einen Militärausweis. »Damit kommen Sie am Haupttor vorbei und ins Flugzeug.« Er deutete mit dem Daumen zum Rücksitz. »Hinten ist eine Aktentasche, die Sie mitnehmen müssen. Vom Outfit gesichert.«

Levi holte die Aktentasche nach vorn und stellte sie sich zwischen die Knie. Dann betrachtete er die Ausweiskarte mit seinem Gesicht darauf. Sie wies ihn als »Warren Jennings« aus, First Lieutenant bei der Air Force. Er betrachtete die Uniform des Fahrers, entdeckte Namen und Rang und sagte: »Airman Weaver, offensichtlich kennen Sie meinen richtigen Namen. Wissen Sie, warum auf dem Ausweis ein anderer steht?«

»Sir, nicht mit Sicherheit. Aber ich wurde über Dinge informiert, die damit zusammenhängen könnten. Wenn Sie möchten, kann ich eine Vermutung anstellen.«

»Möchte ich.«

»Mir wurde gesagt, dass es an höherer Stelle in meiner militärischen Befehlskette kompromittierte Personen geben könnte.«

»Aha. Und unsere Leute wollen nicht, dass jemand von meinem kleinen Ausflug erfährt.«

»Korrekt, Sir. Tatsächlich weiß ich, dass die für Incirlik aufgetankte C-37B offiziell als Maschine für ein Treffen zwischen einem amerikanischen und einem türkischen VIP registriert wurde. Es wird wie eine verdeckte Operation behandelt, was nicht weiter ungewöhnlich ist. An Bord lernen Sie den stellvertretenden Missionsleiter kennen. Er gehört zu uns. Auf dem Papier fliegen Sie als technischer Berater und Übersetzer zu dem Treffen.«

Als der Minivan nach rechts von der Dower House Road abbog, fuhren sie an einem Schild mit der Aufschrift »*Pearl Harbor Torzeiten 0500 – 2100*« vorbei. Wenig später erreichten sie einen hell erleuchteten Sicherheitsposten.

Der Airman ließ das fahrerseitige Fenster runter. Als sie anhielten, reichten beide dem Wachmann ihre Ausweise. Nach einer kurzen Überprüfung gab der Soldat sie zurück. Rasch durchquerten sie den Stützpunkt, vorbei an der East Perimeter Road. Kurze Zeit später verlangsamte der Minivan die Fahrt, als sie sich einem mittelgroßen Jet mit der US-Flagge am Heck, dem Logo der Air Force an den Triebwerken, blau-weißer Lackierung und dem Schriftzug »United States of America« über den Passagierfenstern näherten.

Levi war schon mit Militärjets geflogen, kannte sie jedoch fast ausschließlich grau und weitgehend ungekennzeichnet. Dieser sah deutlich anders aus.

Die Tragflächenbeleuchtung blinkte, und die Zugangs-treppe wartete, als er mit der Aktentasche in der Hand und der CAC am Revers aus dem Minivan stieg.

Oben am Eingang zeichnete sich die Silhouette einer Frau ab, die ihm bedeutete, einzusteigen.

Levi eilte die Stufen hinauf und wurde von einem der Besatzungsmitglieder begrüßt, ebenfalls in der Uniform der Air Force.

»Sir, ich müsste zur Bestätigung Ihren Ausweis sehen.«

Levi löste ihn vom Revers und reichte ihn der Frau namens Garcia.

Nach einem Blick auf den Ausweis, sein Gesicht und erneut auf die CAC gab sie ihm die Karte zurück, salutierte und ließ ihn einsteigen. »Lieutenant Jennings, im hinteren Teil der Maschine steht eine gesicherte Kiste für Sie bereit. Wenn Sie sich bitte anschnallen, wir heben ab, sobald ich die Treppe eingeholt habe.«

Levis Blick fiel auf die Kabine. Es handelte sich eindeutig um einen Privatjet. Wahrscheinlich wurde er hauptsächlich für Leute wie den Sprecher des Repräsentantenhauses und andere sogenannte VIPs verwendet. Vorn fanden mühelos sechs Personen Platz. Weiter hinten gab es noch einen Bereich, auf den er durch eine offene Tür einen kleinen Einblick erhaschte.

Ein großer Mann im Anzug näherte sich ihm und schüttelte ihm die Hand. »Schön, Sie an Bord zu haben, Jennings. Ich bin Frank Luck, die Nummer zwei in der türkischen Botschaft. Wir unterhalten uns in der Luft noch ein wenig, aber ...« Er deutete auf die gepolsterten Ledersitze. »Setzen Sie sich erst mal und schnallen Sie sich an. Die Leute von der fliegenden Truppe warten nicht gern.«

Es fühlte sich eigenartig an, dass sich außer den Piloten, die Levi nicht sehen konnte, in der Maschine nur zwei Passagiere und die Frau von der Air Force befanden, die gerade mit der Hand einen Knopf drückte.

Levi ließ sich in der Mitte der Kabine nieder, während ein hydraulisches Geräusch durch das Flugzeug dröhnte.

Der stellvertretende Missionsleiter für die Türkei entschied sich für einen der vorderen Sitze, faltete eine Zeitung auf und vergrub die Nase darin.

Levi beobachtete, wie die Treppe eingeklappt wurde. Nach wenigen Sekunden ertönte ein dumpfes Pochen, und Garcia verschwand im vorderen Bereich der Maschine.

Der Luftdruck änderte sich, die Lautsprecher knisterten.

»Hier spricht Captain John Wunderlich. Ich bin Ihr Pilot für diesen Flug nach Incirlik.

Wir sind an erster Position in der Startreihenfolge. Unsere Reiseflughöhe wird 14.600 Meter betragen, die Geschwindigkeit ungefähr 500 Knoten. Die Flugzeit wird voraussichtlich etwa elf Stunden betragen.

Das ist die einzige Mitteilung, bis wir am Zielort landen.«

Levi grinste. Offenbar hielten die Militärs nicht viel von den Höflichkeiten, die kommerziellen Fluggesellschaften von der FAA vorgeschrieben wurden. Er betrachtete die Aktentasche, die weder ein offensichtliches Schloss noch eine sonstige Möglichkeit zum Öffnen aufwies, nur ein vertrautes Symbol.

Die Pyramide mit dem Auge der Vorsehung, eingraviert auf einer Metallplakette oben an der Aktentasche.

Levi drückte den Daumen auf das Logo. Nach wenigen Sekunden spürte er, wie etwas in der Tasche klickte. Prompt klappte sie einen Zentimeter auf.

Das Flugzeug schwenkte nach rechts, und die Triebwerke heulten auf, als der Pilot die Drehzahl erhöhte.

Levi spähte in die Aktentasche. Sie enthielt einen Stapel Papiere, Fotos und Kartenmaterial.

Ein roter Zettel stach ihm auf Anhieb ins Auge. Er öffnete die Aktentasche weiter und betrachtete das Papier.

»Achten Sie darauf, dass sich vor dem Verlassen des Flugzeugs der gesamte Inhalt wieder in der Aktentasche befindet. Die Verriegelung funktioniert auf dieselbe Weise wie das Öffnen.

Sobald sie wieder einrastet, wird der Inhalt vollständig verbrannt. Danach kann die Tasche samt Inhalt bedenkenlos entsorgt werden.«

Levi spürte, wie er gegen die Sitzlehne gedrückt wurde, als der Pilot die Bremsen löste und der Jet die Startbahn hinunterraste.

Nach wenigen Sekunden befanden sie sich in der Luft und

stiegen wesentlich steiler auf als ein gewöhnliches Verkehrsflugzeug.

Elf Stunden.

Mit etwas Glück könnte er in der Zeit das Datenmaterial der Missionsunterlagen durchgehen und anschließend vor der Landung noch ein paar Stunden schlafen.

Levi lehnte den Kopf zurück und wartete darauf, dass die Maschine in eine horizontale Flugbahn einschwenkte.

Während sie weiter in den Himmel aufstiegen, fragte er sich unwillkürlich, wie die nächste Etappe seiner Reise aussehen würde. Russland war im Wesentlichen abgeriegelt – dennoch schien das Outfit darin kein Problem zu sehen.

Allzu lange würde es nicht dauern, bis diese Vermutung auf die Probe gestellt würde.

Als das Flugzeug zum Landeanflug auf Incirlik ansetzte, drückte Levi den Daumen auf das Auge der Vorsehung und hörte, wie die Verriegelung der Aktentasche einrastete.

Gleich darauf stieg ihm ein schwacher Brandgeruch in die Nase. Die Seiten der Tasche wurden zwar wärmer, aber nie unangenehm heiß.

Das Flugzeug setzte mit einem dumpfen Aufprall auf, und die Triebwerke dröhnten, als Levi durch den starken Einsatz der Bremsen und die Schubumkehr nach vorn schlingerte.

Levi löste den Sitzgurt, als die Maschine in der Nähe einer Reihe von Hangars mit dem Logo der US Air Force zum Stehen kam. Er stand auf und hievte sich den Rucksack über die Schulter, den er aus der Kiste hinten geholt hatte. Der Diplomat, der sich als Frank Luck vorgestellt hatte, gab ihm ein Zeichen, als die Treppe aus dem Rumpf ausgefahren wurde.

»Ich begleite Sie zu Ihrem Anschluss, Lieutenant.«

Levi folgte ihm aus der Maschine und bemerkte eine in der Nähe wartende Mercedes Limousine. Am vorderen rechten Kotflügel wehte eine kleine amerikanische Flagge, am vorderen linken die rote Flagge der Türkei mit Halbmond und Stern.

Der Diplomat winkte dem Soldaten zu, der beim Auto stand. Über den Lärm der in der Nähe vorbeirollenden Jets hinweg rief er hinüber: »Ich bin gleich zurück.« Frank bedeutete Levi, ihm weiter zu folgen, und steuerte auf einen Hangar zu.

Levi reihte sich neben dem Mann ein und fragte: »Wohin gehen wir?«

»Wohin *Sie* gehen, wäre die bessere Frage. Ich bin nicht über die Einzelheiten Ihrer Mission informiert, nur darüber, dass ich Ihnen helfen soll, die Außenstelle zu erreichen.«

Sie betraten den großen Hangar und bogen in einen Gang ein, der zu schlicht eingerichteten Büros führte. Levi folgte dem Mann weiter eine Betontreppe hinunter in eine Umgebung, die nach einem Bunker aussah.

In dem Gewirr schmaler, von LED-Lampen beleuchteter Gänge tauchten immer wieder Schilder mit drei gelben Dreiecken und der Aufschrift »Atomschutzbunker« auf. Schließlich blieb der Diplomat stehen und zeigte einen schwach erhellten Korridor hinab, der eine Sackgasse zu sein schien. »Der Eingang ist da lang. Er ist biometrisch gesichert, also sollten

Sie damit kein Problem haben. Noch Fragen, bevor ich wieder nach oben gehe?«

Levi runzelte die Stirn. »Äh, wird man sich nicht wundern, wo ich abgeblieben bin?«

Der Diplomat schüttelte den Kopf. »Keine Sorge deswegen. Die Besatzung der Maschine, mit der wir hergekommen sind, dürfte längst zu ihrem Hangar aufgebrochen sein, und in der Botschaft erwartet Sie niemand.«

Levi schüttelte dem Mann die Hand und trat den Weg zum Ende des Flurs an.

In der Nähe der Decke befand sich ein altes, aufgemaltes Auge der Vorsehung, an der Betonwand eine schlichte Metallplatte ohne offensichtliche Kennzeichnung oder irgendeinen Hinweis darauf, dass es sich um einen Eingang handelte.

Sah tatsächlich nach einer Sackgasse aus.

Levi spähte über die Schulter, sah niemanden und drückte die Hand mit gespreizten Fingern auf die Metallplatte.

Sie fühlte sich warm an. Fast sofort hörte er ein Klicken. Die Wand vor ihm senkte sich in den Boden und gab den Blick auf einen dunklen Korridor frei.

Kaum war er über die Schwelle getreten, fuhr die Wand wieder hoch und schloss sich mit einem Zischen. Gleichzeitig gingen grelle Lichter an und erhellten den Flur.

»Mr. Yoder, willkommen in der Türkei.«

Die körperlose Stimme klang herzlich und sprach mit einem schwer einzuordnenden Akzent. Möglicherweise aus dem Nahen Osten.

»Bitte begeben Sie sich zum Ende des Korridors und stellen

Sie die Füße auf die Bodenfliesen vor der Innentür. Schauen Sie geradeaus und strecken Sie die Arme seitlich von sich.«

Levi ging den 15 Meter langen Korridor hinab und platzierte die Füße vor einer Metalltür auf den Bodenfliesen. Mehrere Scheinwerfer strahlten ihn an, so grell, dass er in der plötzlichen Helligkeit instinktiv die Augen zusammenkniff.

»Identität bestätigt.«

Die Metalltür senkte sich. Vor ihm stand ein Mann mittleren Alters mit schwarzem Haar und dichtem schwarzen Bart. Der Mann winkte ihn näher. »Willkommen in unserer Außenstelle. Ich glaube, Sie sind das erste Mal in der Türkei, richtig?«

Levi betrat einen Eingangsbereich. Wie zuvor schnellte die Tür hinter ihm zischend wieder nach oben. »Ja.« Er ließ den Blick durch die üppig mit Ledersesseln ausgestattete Umgebung wandern. Gänge führten sowohl links als auch rechts aus dem Raum.

Die beiden Männer schüttelten sich die Hände. »Ich bin Mr. Osman, der Büroleiter. Da Sie einen Auftrag zu erfüllen haben, ist die Zeit knapp. Bitte folgen Sie mir.« Er winkte Levi weiter. Sie gingen nach links, vorbei an verwaisten Ledersesseln um einen Couchtisch, und betrat den Korridor dort.

Die Lichter gingen automatisch an und aus, während sie das Labyrinth der Gänge in dem Komplex durchquerten. »Mr. Osman, haben Sie für mich russische Kleidung, die ...«

»Keine Sorge, wir sind gerade unterwegs zum Vorratsraum. Ich denke, es ist alles berücksichtigt, was Sie brauchen werden. Und falls nicht, sollten wir in der Lage sein, innerhalb kürzester Zeit zu beschaffen, was immer fehlt.«

Als sie weitergingen und mehrere Verzweigungen passierten, wurde Levi allmählich klar, wie riesig dieser Ort sein musste. »Wie ist die Anlage hier entstanden? Muss ja Jahre gedauert haben, das alles aus dem Untergrund zu graben.«

Osman sah ihn an und lächelte. Seine dunklen Augen reflektierten die Lichter. »Viele der Tunnel hier hat es schon lange vor der Gründung des Outfits gegeben. Ob sie von den Römern oder später vom Osmanischen Reich errichtet wurden, ist ungewiss. Die genaue Geschichte der Tunnel liegt im Dunkeln, ist sozusagen in der Zeit verloren gegangen. Aber sie sind in der Tat ein technisches Wunderwerk.«

Sie betraten eine große Kammer, und Levi musste bei dem vertrauten Anblick grinsen, der ihn erwartete. Spinde säumten die Ränder, ähnlich wie in der Außenstelle New York und eigentlich kaum anders als in praktisch jeder Highschool.

Sein Begleiter deutete auf eine ungekennzeichnete Metallplatte an der Wand. »Bitte legen Sie die Hand darauf, dann beginnen wir, Sie für die Mission auszurüsten.«

Levi drückte die Hand auf die warme Metallplatte und hörte Klickgeräusche, als sich mehrere Spinde im Raum öffneten.

»Sir«, sagte Osman gestikulierend, »lassen Sie uns auf dieser Seite beginnen, ja?«

Levi ging zum ersten offenen Spind und entdeckte einige Paar Unterwäsche, weiße T-Shirts, Socken, einige Jeans und Pullover. Als er an den obersten Teilen Etiketten russischer Marken bemerkte, lächelte er.

»Bitte, Mr. Yoder.« Osman deutete auf die Kleidung. »Mir wurde gesagt, Sie sollen alles mit amerikanischer Kennzeichnung zurücklassen – Kleidung, Brieftasche, Militärausweis und alles Sonstige, das auf Ihre Herkunft hinweist.«

Levi ergriff eine Unterhose. Im Augenblick trug er welche der Marke Hanes. »Mit anderen Worten, ich soll mich umziehen.«

»Bitte.« Osman nickte und hielt einen mittelgroßen Stoffbeutel hoch. »Das ist für Ihre abgelegten Sachen.«

Rasch zog sich Levi aus und wechselte Unterwäsche, Socken und T-Shirt.

Während er sich neu einkleidete, holte Osman eine kleine, ungekennzeichnete Ledertasche. »Darin können Sie Ihre Missionsausrüstung verstauen, die nicht in den Rucksack soll.«

Levi entschied, seinen Anzug zu behalten, und packte den Rest der russischen Kleidung in die Reisetasche.

Osman zeigte auf den nächsten Spind.

Levi ging hin. Er enthielt eine schwarze Kampfmontur. Auch sie wanderte in die Tasche, bevor er den Rest der offenen Spinde durchsah.

Die nächsten enthielten Soldatenausrüstung, darunter Kampfstiefel und eine Einsatzweste mit ballistischen Einsätzen, Lastverteilungssystem und Frontplatten sowie Seitenkeramikplatten. Alles stammte aus russischer Produktion und war auffallend dunkel. Auf einem schneebedeckten Feld würde er damit hervorstechen. Dafür würde es ihn nachts wohl ziemlich gut tarnen.

In einem Spind befand sich ein dicker Spazierstock, der Levi gefiel. Spontan gingen ihm mehrere Ideen durch den Kopf, wie er ihn einsetzen könnte.

Dem letzten offenen Spind entnahm Levi eine Brieftasche

mit russischem Bargeld und einer von einer russischen Bank ausgestellten Platinkarte von Visa. Er steckte sie ein.

In dem Stoffbeutel deponierte er seine alte Brieftasche, seine beiden Glocks sowie die Unterwäsche und die Socken, die er ausgezogen hatte. Der Rest seiner Sachen war maßgefertigt und wies keinerlei Erkennungsmerkmale auf. Er reichte Osman den Beutel und sagte: »Ich hoffe, das bekomme ich bei meiner Rückkehr wieder.«

»Keine Sorge.« Osman nickte. »Ich verwahrte die Sachen für Sie.« Der Mann mittleren Alters bedeutete Levi, ihm zu folgen. »Es ist Zeit für die nächste Etappe der Reise.«

Sie folgten demselben Gang, durch den sie gekommen waren. Im Gegensatz zu den seltsamen Verschiebungen zu anderen Räumen in der Außenstelle New Yorker schienen sie hier an Ort und Stelle zu bleiben. Sie durchquerten den Eingangsbereich von zuvor und betraten einen anderen Korridor. Etwa hundert Meter später bogen sie in eine Kammer mit einer nach unten führenden Treppe.

Osman deutete zu den Stufen und erklärte: »Wie andere Außenstellen haben wir mehrere Transportverbindungen zu verschiedenen Orten.«

Mehrere Transportverbindungen zu verschiedenen Orten?

Sollte das heißen, dass es auch in der Außenstelle New York nicht nur den Tunnel nach Washington gab? Beherbergte jede eine Art Knotenpunkt für ein geheimes U-Bahnsystem?

»Unten erwartet Sie ein Zug, der Sie über die Grenze, unter dem Schwarzen Meer hindurch und auf russisches Gebiet bringt. Sie werden in Moskau ankommen und dort von Ms. Petrowa in Empfang genommen. Sie kümmert sich darum, was

Sie in Russland brauchen.« Er reichte Levi eine Papiertüte. »Das ist für die Reise. Sie wird eine Weile dauern, und Sie könnten hungrig werden.«

Levi warf einen Blick hinein und grinste über den Inhalt. Es hätte ein klassisches Lunchpaket sein können, das Eltern ihren Kindern in die Schule mitgaben – ein Sandwich, ein Apfel, eine kleine Tüte mit gemischten Nüssen, eine versiegelte Packung türkischer Datteln. Er hielt die Tüte hoch und drehte sich um, wollte Osman danken.

Levi schaute verdutzt drein, als er aus der Kammer trat und sich im Flur umsah.

Kein Osman. Der Mann hatte sich in Luft aufgelöst.

Einen Moment lang starrte er mit offenem Mund nach links und rechts. Er konnte sich beim besten Willen nicht erklären, wie der unscheinbare Mann in den wenigen Sekunden spurlos verschwunden war, die Levi seine Mahlzeit begutachtet hatte. Schließlich rief Levi einfach ein »Danke« ins Leere und kam sich dabei ein wenig dumm vor. Danach stieg er mit dem Rucksack über der Schulter die Treppe hinunter. Den Spazierstock hatte er daran befestigt, die Reisetasche trug er in der linken Hand.

Unten am Fuß der Treppe erwartete ihn ein schnittiger Eisenbahnwaggon mit geöffneten Türen. Es sah genauso aus wie der in New York City. Levi stieg ein.

Eine körperlose Stimme verkündete: *»Willkommen. Der Zug fährt aus Incirlik zur Station am Roten Platz. Die Strecke beträgt knapp 2.000 Kilometer. 200 davon führen unter dem Schwarzen Meer hindurch. Der Zug wird das Ziel in etwa sechs Stunden erreichen.*

Sie haben zehn Sekunden Zeit, um die Abfahrt dieses Waggons zu verhindern. Unterwegs gibt es keine Zwischenstopps. Bitte halten Sie sich an einer Stange fest, sonst werden Sie wahrscheinlich rückwärts geschleudert. Dies ist die einzige Warnung.«

Levi nahm Platz und griff nach einer der Stangen.

»Fünf Sekunden. Vier. Drei. Zwei. Eins.«

Levi rutschte nach hinten, als der Zug ähnlich beschleunigte, wie er es sich in einem Formel-1-Rennwagen vorstellte. Innerhalb von Sekunden wurde der Fahrtwind heftiger, als der Waggon durch die Dunkelheit raste.

In der Kabine herrschte gedämpfte Beleuchtung, aber im Gegensatz zu dem Zug in New York City wies dieser Knöpfe auf. Die Abbildungen darauf deuteten darauf hin, dass man ihn nach hinten neigen konnte.

Levi drückte einen Knopf, und sein Stuhl senkte sich langsam in eine recht bequeme Position. Er stellte den Wecker auf seinem Handy ein, schloss die Augen und versuchte, ein wenig zu schlafen.

Wenn er aufwachte, würde er sich in Feindesland befinden.

Es war Mittag, als Brice an seinem Computer seine Tabelle mit den zuletzt aufgezeichneten Alarmen aufrief. Er überflog Hunderte von den Sendern erfasste Aufzeichnungen.

Während sein Blick über die Reihen und Spalten mit Daten raste, stach ihm eine neue Übertragung aus der Pizzeria ins Auge. Er klickte auf den Link dazu.

Das System rief die Audiodatei auf und gab sie über die Lautsprecher des Monitors wieder.

»*Banks, Sie haben ein Problem.*« Porschenkos Stimme. Brice hatte sich genug Aufnahmen von dem Mann angehört, dass er keine computergestützte Stimmanalyse mehr brauchte, um ihn zweifelsfrei zu identifizieren.

»*Welches Problem?*«

Der Beamte klang nervös.

»*Ich habe Ihnen einen Link zu einem Überwachungsvideo aus dem Laden geschickt, den Sie regelmäßig aufsuchen. Ein Mann war vor ein paar Tagen dort, hat Ärger gemacht und ist wieder gegangen. Ich brauche ihn identifiziert.*«

Brice' Augen weiteten sich, während er dem Gespräch lauschte. Sprach Porschenko über Levi?

»*Ich kann es von einem Freund beim FBI durch die Computer laufen lassen. Moment, ich sehe mir kurz an, was Sie geschickt haben ... Oh Mist, den Kerl kenne ich. Das ist Lazarus Yoder. Ein Mafioso aus der Region – ich bin ihm schon mal begegnet.*«

»*Ich kann es nicht gebrauchen, dass Fremde die Nase in meine Angelegenheiten stecken. Sagen Sie mir, wo ich ihn finde.*«

»*Äh, das könnte ein Problem werden.*« Ein leichtes Zittern schlich sich in Banks' Stimme. Er war nervös. »*Das FBI hat eine dicke Akte über ihn. Ich hab sie gesehen. Er ist so was wie ein Geist. Nicht mal die scheinen zu wissen, wo er sich aufhält. Wenn sie ihn kontaktieren müssen, benutzen Sie ein Postfach, das ...*«

»*Inakzeptabel. Ich brauche seinen Aufenthaltsort.*«

Porschenkos Stimme nahm einen bedrohlichen Unterton an. *»Ich muss wissen, warum er in der Pizzeria war und wonach er gesucht hat.«*

»Na ja, ich weiß vielleicht, wo seine Tochter ist.«

Brice' Herzschlag beschleunigte sprunghaft, und er notierte den Timecode der Stelle. »Oh Scheiße, das ist gar nicht gut!«

»Er hat eine Tochter?«

»Ich glaube schon. Offenbar besucht Alicia Yoder ab diesem Herbst ein College. Man hat mich beauftragt, die Namen der Neuzugänge einiger der besten Universitäten im Land zu überprüfen, um sie für Praktika zu rekrutieren. Dabei ist mir der Nachname aufgefallen. Ich hab ein wenig rumtelefoniert. Dabei hat sich herausgestellt, dass Alicias Vater Lazarus heißt. Die Straßenadresse wurde aus irgendeinem Grund leer gelassen, aber als Stadt ist New York City angegeben. Dort arbeitet der Mafioso angeblich.«

»Gut.«

Brice konnte das Lächeln in Porschenkos Gesicht praktisch vor sich sehen, während er hektisch notierte, was gesagt wurde.

»Ich will, dass Sie mir Yoders Adresse beschaffen ... oder vielleicht ... Welche Universität besucht dieses Mädchen?«

»Ich muss noch mal nachsehen«, erwiderte Banks, der äußerst nervös klang. *»Aber ich glaube, es ist Princeton.«*

Brice schüttelte den Kopf und wählte Masons Nummer. Das Outfit musste etwas unternehmen, und das lag weit über seiner Gehaltsklasse.

»Na schön, besorgen Sie mir Yoders Adresse und überprüfen Sie, welche Universität das Mädchen besucht.

Beschaffen Sie mir die Informationen. Und ich erwarte eine Antwort innerhalb von Stunden, nicht Tagen. Verstanden?«

»*J-Ja*«, stammelte Banks.

Damit endete die Datei. Brice hielt sich das Telefon ans Ohr, als Mason ranging. »*Was gibt's?*«

»Boss, wir haben ein Problem.«

KAPITEL ZEHN

Levi spürte, wie der Zug langsamer wurde. Die körperlose Stimme meldete sich wieder. *»Wir treffen in einer Minute an der Station Roter Platz ein. Bitte steigen Sie erst aus, wenn der Zug vollständig zum Stehen gekommen ist.«*

Die Türen öffneten sich, und Levi stieg aus. Die schwach erhellte Station erwies sich als verwaist. An der Betonwand stand eine dünn gemalte Botschaft auf Russisch, die grob übersetzt lautete*: »Ein ungebetener Gast ist schlimmer als ein Tatar.«*

Levi wusste nicht recht, was das bedeuten sollte, aber es fühlte sich wie eine Art düstere Warnung an. Nach dem Motto: *»Falls du unerwartet hier angekommen bist, dreh lieber wieder um und verschwinde.«*

Er fand es merkwürdig, dass ihn niemand in Empfang nahm. Vielleicht hatte es ein Missverständnis in der Kommunikation gegeben. Seine Missionsunterlagen enthielten nicht viel über die Struktur des Outfits in Russland.

Levi ließ den Blick über die kahle Station wandern, dann ging er zum hinteren Ende, wo er einen dunklen Gang entdeckt hatte.

Als er sich näherte, gingen flackernd Lampen in dem Tunnel aus Stein an. Ein seltsam vertrauter Geruch stieg ihm in die Nase, als er ihn betrat.

Der Gang führte zu einer Treppe, die er rasch erklomm. Der Geruch von Essen wurde stärker.

Das Erdnussbutter-Marmelade-Sandwich, das er irgendwo unter dem Schwarzen Meer gegessen hatte, stillte zwar noch seinen ärgsten Hunger, dennoch ließen die zunehmend deutlicheren Aromen Levis Magen vorfreudig knurren.

Als er das Treppenhaus verließ, fand er sich in einer provisorischen Küche wieder.

Der große Raum wies rechts eine offene Tür zu einem Gang auf. Gegenüber säumte eine Reihe von Herden die Wand, in der Mitte befand sich eine Kücheninsel mit Gaskochfeldern neben einer Arbeitsfläche aus Holz, auf der eine alte Frau eifrig einen großen Haufen Pilze schnippelte. Als sie aufschaute und ihre Blicke sich begegnete, wirkte sie in keiner Weise überrascht darüber, einen Fremden von der Bahnstation heraufkommen zu sehen.

Sie winkte ihn näher und rief etwas, das er nicht verstehen konnte.

Levi ging zu ihr. Die mindestens 70-Jährige deutete mit einem dicken, runzligen Finger auf den Hocker neben der

Kücheninsel und sagte barsch mit starkem russischem Akzent: »Setzen Sie sich.«

Mit zunehmender Belustigung nahm Levi den Rucksack ab, stellte ihn zusammen mit der Reisetasche auf den Boden und ließ sich auf dem Hocker nieder. »Genossin Petrowa?«

Die alte Dame schwenkte wegwerfend die Hand, bevor sie mit Ofenhandschuhen ein Tablett voller gebratener Hähnchen ergriff und das Fett in eine große Pfanne abließ, in der ein vertraut duftendes Gebräu brodelte.

»Was kochen Sie da?«, fragte Levi. »Es riecht köstlich.«

Die Frau warf eine Handvoll geschnittener Pilze in die Pfanne, dann schwenkte sie den Inhalt schwungvoll hin und her, wobei es ihr gelang, nichts zu verschütten. »Sie sind hungrig. Das sehe ich Ihnen an. Von *Kascha* werden Sie satt.«

Levi lächelte. *Kascha.* Er hätte es wissen müssen. Seine Großmutter hatte das Gericht vor langer Zeit für ihn zubereitet. Es handelte sich um einen Buchweizenbrei, aber er hatte ihn zum Frühstück mit Milch und Honig gegessen. Diesmal würde er ihn wohl anders serviert bekommen.

Es dauerte nur wenige Minuten, bis die Flüssigkeit und der Hühnersaft von den braunen Körnern aufgesogen wurde. Aus einem anderen Topf fügte die Frau Bandnudeln hinzu, bevor sie mit einem großen Servierlöffel eine Holzschale mit dem dampfenden Gericht füllte und vor Levi stellte.

»Essen Sie«, forderte sie ihn gebieterisch auf und legte einen Löffel neben die Schüssel.

Levi schöpfte die braunen Körner heraus und achtete darauf, auch ein Stück Pilz und eine der Nudeln zu erwischen.

Er hielt den ersten Löffel hoch, sah die alte Frau an und nickte. »Danke, Genossin ...«

Das Gesicht der alten Frau verzog sich, als sie ihn anstarrte. »Ich bin eine *Babuschka*. Das bin ich, und so nennen Sie mich.«

Babuschka war das russische Wort für Großmutter.

Levi atmete schnell durch den Mund, um das zu heiße Essen abzukühlen, das er sich voreilig in die Fressluke geschoben hatte. Rasch kaute er und schluckte.

Während er spürte, wie die sengende Hitze hinunter in seinen Magen wanderte, schöpfte Levi einen weiteren Löffel aus der Schüssel. Diesmal jedoch nahm er sich die Zeit und pustete darauf, bevor er aß. Mit einem Lächeln schaute er zu der runzligen alten Frau auf.

Sie schenkte ihm keine Beachtung, schien nicht auf ein Kompliment zu warten. Offenbar wusste sie, dass sie gut kochte. Sie hatte die Aufmerksamkeit einem grapefruitgroßen Klumpen Teig gewidmet, den sie geschäftig knetete.

Die Tür auf der anderen Seite des Raums schwang weiter auf. Eine andere Frau trat ein, erblickte Levi und kam breit grinsend auf ihn zu. »Genosse Yoder, wie ich sehe, haben sie meine *Babuschka* schon kennengelernt.«

»Genossin Petrowa?«

Die Frau nickte und antwortete mit rauchiger Stimme, gefärbt von einem starken russischen Akzent. »In Fleisch und Blut.«

»Nadia!« Die Stimme der alten Frau klang wie ein Peitschenknall. Die Frau wechselte zu Russisch, als sie sich an ihre Enkelin wandte. »Flirte nicht mit diesem Mann.«

Nadia machte eine abwiegende Geste in die Richtung der Greisin, die einen Gehstock ergriffen hatte und ihn bedrohlich schwenkte. Die jüngere Frau richtete die Aufmerksamkeit wieder auf Levi und streckte die Hand aus. »Nadia Petrowa. Besitzerin dieses kleinen Orts, den wir unter dem Roten Platz verstecken.«

Levi bemerkte die Münze, die sie zwischen Daumen und Zeigefinger hielt. Er ergriff die ihm angebotenen Hälfte, und das Licht im Auge der Vorsehung leuchtete auf. Nadia schien ungefähr Mitte dreißig zu sein. Ihr dunkles Haar steckte unter einer grauen Zeitungsausträgermütze, was ihr einen gewissen Retro-Look verlieh. Eine Narbe erregte seine Aufmerksamkeit. Die weiße, dünne Linie verlief vom Haaransatz über die Schläfe und die linke Wange bis zum Kinn. Er wechselte zu Russisch. »Freut mich, Sie kennenzulernen. Angesichts der anderen Außenstellenbesitzer, die ich kennengelernt habe, hätte ich jemanden erwartet, der älter ist« – er lächelte – »und nicht so attraktiv.«

»Sie sprechen Russisch!« Nadia strahlte, die alte Frau im Hintergrund hingegen knallte den Teigklumpen geräuschvoll auf die Arbeitsfläche. Sie brummelte etwas Unverständliches, bevor sie wuchtig weiterknetete.

Nadia deutete mit dem Daumen auf die Greisin. »Achten Sie nicht auf sie. *Babuschka* ist bloß sehr gluckenhaft.« Sie fasste in ihr Gesicht und zeichnete mit dem Zeigefinger die Narbe nach. »Vor allem, seit mein Mann mir das hier verpasst hat.«

»Das war Ihr Mann?« Levi starrte die Frau an und wusste nicht recht, wie er reagieren sollte.

Nadia legte ihm die Hand auf die Schulter und drückte sie leicht. »Wie sich herausgestellt hat, war er Informant für den FSB. Das wusste ich bei unserer Hochzeit nicht. Ich persönlich habe ein Problem damit, wenn jemand in meinem Umfeld die derzeitige Regierung unterstützt. Und natürlich hatte er ein Problem damit, dass ich ihm nicht verraten habe, wo ich mich tagsüber herumtreibe.«

Der FSB war die moderne Version des sowjetischen KGB, besser bekannt als Geheimpolizei.

»Das hat er mir verpasst. Revanchiert habe ich mich mit einem Stich in die ...« Mitten im Satz verstummte sie und lachte. »Also, das unerfreuliche Thema wollte ich eigentlich nicht gleich bei unserer ersten Begegnung auspacken.« Nadia schaute zu ihrer Großmutter und fragte: »Machst du gerade Klöße?«

»Natürlich. Sonst würdest du ja nur den Müll von der Straße essen. Heute gibt es Hühnchen und *Kascha* mit Pilzen.«

»Wir sind bald zum Abendessen zurück.« Nadia bedeutete Levi, ihm zu folgen. »Ich habe für Sie einen Raum, in dem Sie Ihre Sachen vorübergehend unterbringen können. Danach können wir die nächsten Schritte Ihrer Mission besprechen.«

Levi stand vom Hocker auf und ergriff sein Gepäck.

Die alte Frau schaute vom Teigkneten auf und richtete den Blick auf ihn. »Seien Sie vorsichtig auf den Straßen. Fremde verschwinden hier gern mal, hören Sie?«

Levi nickte. »Danke für die Warnung.«

Als sie den Küchenbereich verließen, senkte Nadia die Stimme. »Man hat mir Namen von Leuten genannt, die Sie erreichen wollen. Vor Ihrer Ankunft habe ich ein wenig recherchiert. Einer davon könnte tot sein.«

»Welcher?«

Nadia schüttelte den Kopf. »Kein Wort mehr, bis wir im stillen Raum sind.«

Nach ein paar Quergängen bog sie in einen Raum, der kaum größer als ein begehbarer Wandschrank war, etwa anderthalb mal anderthalb Meter.

Levi folgte ihr und drehte sich zur Tür um, wie sie es getan hatte. Nadia warnte ihn: »Machen Sie sich bereit.« Sie drückte die Hand auf eine Metallplatte in Hüfthöhe links neben dem Eingang.

Plötzlich schoss der gesamte Raum nach oben. Sie wurden in Dunkelheit getaucht, während das Geräusch rauschender Luft sie umgab.

Als die Aufwärtsbewegung ziemlich abrupt endete und der zum Aufzug gewordene Raum in einer neuen Ebene anhielt, fühlte sich Levi einen Moment lang beinah schwerelos.

Nadia drehte sich ihm zu und gab sich keine große Mühe, ihren amüsierten Gesichtsausdruck zu verbergen. »Alles gut?«

Levis Magen war von der abrupten Beschleunigung und Bremsung zwar ziemlich überrumpelt worden, dennoch grinste er. »Das hat Spaß gemacht. Sollten wir wiederholen.«

Mit einem Zwinkern bedeutete sie ihm, ihr zu folgen. »Wir sind hier ungefähr 15 Meter unter den Straßen. Verstauen wir Ihr Gepäck, danach können wir zur Sache kommen.«

Der Besprechungsraum befand sich in dem Teil, den Nadia als den »stillen Trakt« der Außenstelle des Outfits bezeichnete. Zwischen dem Raum selbst und den anderen, die er gesehen hatte, konnte Levi zwar keinen Unterschied feststellen, sehr wohl jedoch fiel ihm die Dicke der Tür auf – mit ziemlicher Sicherheit schalldicht. Und tatsächlich hörte er nur das Pochen des eigenen Herzens und Nadias leise Atemgeräusche, als sie ihm gegenüber am Tisch im Besprechungsraum Platz nahm und einen Stapel Fotos und Ausdrucke sortierte.

Levi konzentrierte sich auf die grausigen Bilder auf dem Tisch vor ihm. Den Uniformen nach handelte es sich um russische Soldaten. Alle tot, blutig und in einigen Fällen verstümmelt, als hätten Tiere an ihren Händen und Gesichtern genagt. Einige waren eindeutig verbrannt, andere wiesen große Risse in den Uniformen auf. Manchen fehlten sogar Gliedmaßen, vermutlich von einer Explosion.

»Ah, gefunden.« Nadia ergriff einen Zeitungsausschnitt und begann, vorzulesen. *»Das russische Oberkommando hatte nicht mit den Herausforderungen in den Wäldern von Isjum gerechnet. Sie haben zu verheerenden Verlusten bei den Selbstständigen 64. und 38. Garde-Mot-Schützenbrigaden geführt.*

Ihre Gesamtzahl wird jetzt auf weniger als 100 einsatzfähige Soldaten geschätzt.

Anscheinend wurde den Kampfeinheiten in dem bewaldeten Terrain keine geeignete Ausrüstung zur Verfügung gestellt. Ein Großteil der schweren Artillerie war nicht funktionstauglich. Offenbar konnten die Truppen auch nicht elektronisch mit dem Oberkommando kommunizieren und mussten auf Kuriere zurückgreifen, vermutlich durch den Mangel an verschlüsselten Telefonen.

Die ukrainischen Streitkräfte griffen die vorgerückten russischen Stellungen mit Drohnen an, ohne ihre Leute zu gefährden. Die russischen Söldner der Gruppe Wagner verweigerten die Teilnahme am Gefecht, wodurch man entlang der Isjum-Achse nicht vorankam.

Die Ukrainer unternahmen mehrere Drohnenangriffe auf eine gut bewaffnete Gruppe, die sich abseits des bewaldeten Terrains in nachgelagerter Stellung befand. Es wird vermutet, dass einige Schlüsselpersonen der Gruppe Wagner dabei umgekommen sind.

Eine visuelle Identifizierung ist nicht möglich, auf DNA-Analysen der Toten wird derzeit gewartet.«

Nadia beugte sich über den Tisch und tippte mit dem Finger auf eines der Fotos vor Levi. »Wir halten diesen Mann für Juri Popow. Sein letzter bekannter Aufenthaltsort war irgendwo vor Slowjansk, und die Stadt liegt zwischen dem Donbass und Isjum.«

Levi betrachtete das Bild eingehend. Das halbe Gesicht war zerfetzt, vermutlich von Granatsplittern. Auf der Schulter hatte der Mann ein verstümmeltes Abzeichen mit einem Totenkopf in der Mitte. Man konnte noch das Wort »Gruppe« lesen. Wer auch immer der Tote sein mochte, er wies das Logo der Gruppe Wagner auf, einer russischen paramilitärischen Organisation, die aus der Ukraine operierte.

Nadia zog ein anderes Foto aus dem Stapel und schob es Levi zu. »Das ist das einzige Bild, das wir von Popow aus den letzten drei Jahren haben.«

Während Levi das Foto betrachtete, reagierte seine Kontaktlinse nicht, die er nach wie vor trug. Tatsächlich hatte sie seit dem Besteigen des Zugs in der Türkei nicht mehr angesprochen. Wahrscheinlich befand er sich dafür zu tief unter der Erde, wo sein Handy mit der Bluetooth-Verbindung praktisch nutzlos war.

Er verglich die Fotos des Lebenden und des Toten miteinander. Es ließ sich kaum sagen, ob es sich um denselben Mann handelte. Das Gesicht des Verstorbenen war dünner, hagerer, zudem verdeckte ein ungepflegter Bart viel von dem Teil des Gesichts, der die Drohnenangriffe unbeschadet überstanden hatte.

Die Tür zum Besprechungsraum öffnete sich. Die alte Frau trat humpelnd ein. Mit der einen Hand stützte sie sich auf ihren Gehstock, in der anderen trug sie einen Teller mit gebratenen Klößen, überzogen von glänzenden Zwiebeln.

Levis Augen wurden angesichts all der auf dem Tisch verstreuten, sensiblen Informationen groß. Er empfand es als unverantwortlichen Sicherheitsverstoß, dass sich die Großmutter in diesem Raum aufhielt. Sein Blick wanderte zwischen der alten Frau und Nadia hin und her.

»Lasst euch nicht zu lange Zeit, sonst werden die Klöße kalt.« Die alte Dame stellte den Teller mit zwei Gabeln mitten zwischen die grausigen Fotos und verschiedenen Berichte auf den Tisch. Dann ließ sie sich auf einem Stuhl am Kopfende nieder und deutete auf die Mahlzeit. »Ihr könnt gleichzeitig arbeiten und essen.«

Nadia warf ihrer Großmutter einen Kuss zu und grinste in

Levis Richtung. »Sie halten mich für verrückt, weil ich meine Großmutter das hier sehen lasse.«

Es war keine Frage.

Die alte Frau richtete die Aufmerksamkeit auf Levi und schenkte ihm ein zahnloses Grinsen. »Ich habe schon für dieselbe Organisation wie sie gearbeitet, bevor Sie überhaupt geboren wurden, junger Mann.«

Nadia griff sich eine Gabel, stach in einen der Klöße, steckte sich den Bissen in den Mund und sagte: »Meine Großmutter war während des Zusammenbruchs der Sowjetunion die Besitzerin hier.«

Levi streckte sich über den Tisch und kostete von einem der Klöße. Die dazu servierten Nudeln schmeckten köstlich und wiesen knusprig angebratene Ränder auf, und als er in den Kloß biss, breitete sich in seinem Mund die warme Füllung aus Buchweizen, perfekt gerösteten Zwiebeln, Pilzen und Hähnchenstücken aus. Delikat.

Die Großmutter nickte. »War eine seltsame Zeit damals. So viele Jahre unter kommunistischer Diktatur, und der KGB hat alles und jeden überwacht. Dann auf einmal *Perestroika*, Reformen. Das war der Anfang vom Ende für die Sowjetunion. Viele von uns haben ihren Untergang bejubelt. Auch ich.

Aber die Dinge haben sich geändert. Noch vor ein paar Jahren haben wir geradezu unvorstellbaren westlichen Wohlstand erlebt. Bevor sich schließlich wieder alles normalisiert hat.« Die alte Frau schaute verkniffen drein.

»Es hat nicht lange gedauert, bis die derzeitigen Machthaber angefangen haben, einen Wandel einzuleiten. Mit ähnlichen Methoden wie in den alten Zeiten.«

In der Stimme der Frau schwang eine traurige Note mit. Levi fragte: »Inwiefern haben sich die Dinge geändert? Ich war vor ein paar Jahren mal in Russland, kann mein Erlebnis damals aber mit nichts vergleichen.«

Nadia schnalzte mit der Zunge und schüttelte den Kopf. »Allein in den letzten Jahren hat sich viel verändert.«

»O ja, und ob.« Die alte Frau sah ihre Enkelin an. »Nadia, die Veränderungen ... steuern in eine üble Richtung, und du hast keine Ahnung, wie schrecklich sie wirklich ist. Ich selbst konnte mich zwar nicht daran erinnern, was in den 1950er Jahren passiert ist, damals war ich dafür zu klein, aber was meine Mutter mir über Stalins Schreckensherrschaft erzählt hatte, sollte jeden in Panik versetzen, der heute in Russland lebt.

Stalin hat die Geheimpolizei als persönliche Streitkraft in der Sowjetunion benutzt.« Sie hielt die Hand hoch, Daumen und Zeigefinger dicht beisammen. »Wer nur *so* viel gegen Stalin gesagt hat, ist spurlos verschwunden. Millionen Menschen.

Und jetzt erleben wir, wie sich alles wiederholt.

Unsere Machthaber verwandeln unser schönes Land in einen Schurkenstaat. Wer weg will, wird daran gehindert. Wer sich gegen die Reformen ausspricht, die sich 15 Meter über uns vollziehen, verschwindet genau wie damals die Menschen unter unserem großen Schreckensherrscher ... das macht mich alte Frau traurig.« Sie warf eine Kusshand in Nadias Richtung. »Nicht wegen mir selbst, sondern weil meine arme Nadia das alles durchmachen muss. Ich hoffe, ihre Ausbildung reicht, um sie zu schützen.«

Levi sah Nadia an, die über den Tisch hinweg die Hand ihrer Großmutter ergriffen hatte. Ein emotionaler Moment, mit dem er in der geheimen Außenstelle des Outfits unter dem Roten Platz nicht gerechnet hatte. »Ausbildung?« Er konzentrierte sich auf Nadia. »Ich weiß sehr wenig darüber, wie die Außenstellen geführt werden. Braucht man als Besitzer eine spezielle Ausbildung?«

Nadia grinste und deutete mit dem Kopf auf ihre Großmutter. »Sie hat mir alles beigebracht, was ich über das Spionagehandwerk und Nahkampf weiß. Es mag heute schwer vorstellbar sein, aber meine Großmutter hatte den schwarzen Gürtel dritten Grads im Judo.«

»Pah!« Die alte Frau grummelte, griff sich ihren Gehstock und erhob sich vom Stuhl. »Den habe ich noch immer, Nadia! Noch immer.« Ein verlegener Ausdruck trat in das faltige Gesicht, und sie seufzte. »Aber allmählich holt mich wohl doch das Alter ein.« Sie deutete mit einer ausladenden Geste auf die beiden am Tisch und verkündete: »Ich gehe jetzt ins Bett.«

Damit humpelte die alte Frau aus dem Zimmer und schloss lautlos die Tür hinter sich.

Grinsend schaute Levi ihr nach, bevor er sich an Nadia wandte. »Sie können sich glücklich schätzen sie zu haben.«

Nadia nickte, dann zeigte sie auf die Fotos vor ihm. »Popow ist ein übler Bursche. Er hat die Finger mit Sicherheit in verschiedenen Unternehmungen des organisierten Verbrechens sowohl hier in Russland als auch in den USA und Kanada. Aber als Freund der russischen Führung existiert er, weil er ein nützliches Werkzeug ist, mehr nicht. Ich würde wetten, dass sich ein Großteil seiner lose geknüpften Organisation auflöst, wenn er tot ist, vor allem durch die angespannte Lage vor Ort. Trotzdem behalte ich die eingehenden Informationen aus der Region weiter im Auge. Mal sehen, ob die Ergebnisse der DNA-Tests irgendetwas beweisen. Ihnen würde ich raten, ihn vorerst zu ignorieren.

Bei den anderen Namen habe ich ein wenig in ihrer Vergangenheit gegraben. Ich habe mit Leuten gesprochen, die mehr über sie wissen als die meisten, und so erfahren, dass Konstantin Porschenko und Jewgeni Karpow beide für Wladimir Porschenko gearbeitet haben.«

Levi nickte.

»Wladimir war im postsowjetischen Russland ein sehr mächtiger Mann. Er war früher beim KGB und beinah wie ein Bruder des aktuellen Präsidenten. Er war unfassbar reich. Dank einiger entscheidender Unfälle und durch seine Beziehung zur Regierung hatte er nahezu die gesamte Energiebranche in Russland fest im Griff. Jetzt ist er tot. Obwohl ein Herzinfarkt als offizielle Todesursache gilt, behaupten mehrere Berichte, er wäre ermordet worden.«

Levi verzog bei den Worten keine Miene, um nicht unnötig etwas zu verraten, das nur er wusste. Er war dabei gewesen, als Wladimir seinen so angeblichen Herzinfarkt hatte.

»Nach Wladimirs Tod haben seine linke und rechte Hand um die Mehrheitsanteile gestritten und sie letztlich gesplittet. Porschenko hat sich den größeren Anteil gesichert.« Nadia blätterte in ihrem Papierstapel und überflog einen Zettel, der ihre Aufmerksamkeit erregte. »Ich habe hier eine Kopie von Untersuchungsergebnissen zu Wladimirs Tod, in Auftrag gegeben von Karpow.« Sie sah Levi mit belustigter Miene an und tippte mit dem Zeigefinger auf den Zettel. »Hier steht, dass man auf Überwachungsvideos sieht, wie jemand wenige Stunden vor dem Fund von Wladimirs Leiche das Gebäude betreten hat. Wen auch immer Karpow mit der Untersuchung beauftragt hat, derjenige hat das Überwachungsmaterial durch Gesichtserkennungssoftware laufen lassen und dabei jemanden namens Lazarus Yoder identifiziert.«

Levi zuckte mit den Schultern. »Was Sie nicht sagen.«

»Ja.« Nadia grinste. »Und merkwürdigerweise finden sich keine Aufzeichnungen darüber, dass ein Lazarus Yoder je nach Russland eingereist ist. Zumindest nicht auf herkömmlichen Wegen. Vermutlich habe ich deshalb Ihren Namen in einer Suchanzeige in der Zeitung entdeckt, aufgegeben kurz nach Wladimirs Tod.«

Levi seufzte. »Also denkt dieser Karpow wahrscheinlich, ich hätte seinen ehemaligen Boss umgebracht und will sich rächen?«

Nadia lehnte sich auf dem Stuhl zurück und runzelte die Stirn. »Das glaube ich nicht. Karpow steht im Ruf, skrupellos ehrlich zu sein, was in der heutigen russischen Gesellschaft geradezu lächerlich selten ist, vor allem in seinen Kreisen. Und wenn Sie Wladimir nicht umgebracht hätten ...«

»Ich hab nie gesagt, dass ich ihn umgebracht habe«, warf Levi ein.

»Natürlich, natürlich.« Mit einer beschwichtigenden Geste grinste Nadia wissend. »Ich bin sicher, es war nur ein Zufall. Jedenfalls wäre Karpow inzwischen wohl nicht mehr am Leben, wenn Wladimir nicht gestorben wäre. Die Porschenkos haben die unerfreuliche Eigenart, dass Menschen in ihrem

Umfeld sterben, wenn sie in irgendeiner Weise Missfallen erregen oder keinen Nutzen mehr haben. Wladimir war berüchtigt dafür, eine blutige Spur auf dem Weg an die Spitze hinterlassen zu haben. Ich habe zwar keine Ahnung, warum Karpow Sie treffen will, aber ich kann mir beim besten Willen nicht vorstellen, dass er aufgebracht über Wladimirs Tod ist.« Sie zeigte mit dem Finger auf Levi. »Konstantin Porschenko hingegen ist eine andere Geschichte. Er ist als Wahnsinniger bekannt. Auf der Straße erzählt man sich, er hätte seinen Zwillingsbruder wegen eines Mädchens umgebracht, für das sie als Jugendliche beide geschwärmt haben.«

»Na toll.« Levi seufzte. »Und an den Kerl soll ich in Wirklichkeit ran.«

Nadia schüttelte den Kopf. »Meiner Meinung nach eine ungesunde Zielperson. Er steht unter dem ständigen Schutz der Geheimpolizei. Seine Büros hat er im Lubjanka-Gebäude. Haben Sie davon schon gehört?«

»Ja.« Bei seinem letzten Aufenthalt in Russland Levi das Gebäude von außen gesehen. Er wollte sich gar nicht vorstellen, wie viele gefolterte Seelen darin gestorben waren. »In der Sowjetzeit die Heimat des KGB, heute die des FSB.«

»Richtig. Was ist Ihr oberstes Ziel?«

Die Frage hatte sich Levi schon selbst gestellt, seit er den Auftrag übernommen hatte. »Um ganz ehrlich zu sein, glauben wir, dass es Porschenko völlig egal ist, wer stirbt, solange er nur sein Öl und Gas durch die Pipelines bekommt. Um das zu erreichen, benutzt er kompromittierte Ressourcen innerhalb der US-Regierung. Obwohl das Outfit gern sehen würde, dass die Gerechtigkeit siegt ...«

»Gerechtigkeit!« Nadia schnaubte höhnisch. »In Russland?«

»Manchmal scheint die Leitung des Outfits idealistische Ziele zu verfolgen.« Er zuckte mit den Schultern. »Na ja, Gerechtigkeit wird es wahrscheinlich wohl nicht geben, trotzdem muss das Problem gelöst werden.«

»Sie sind hier, um der Schlange den Kopf abzuschlagen?«

Levi grinste. »Sehr gut ausgedrückt.«

Nadias Miene wurde ernst. »Dann müssen Sie wohl dringend zu Ihrem Gott beten, welcher es auch ist. Das ist nämlich eine Aufgabe, die vielleicht sogar unsere Möglichkeiten übersteigt.«

»Das ist nicht *unser* Problem, sondern meines.« Levi begegnete ihrem steten Blick. »Wir werden sehen, wie es sich entwickelt.« Levi sah auf die Armbanduhr. Mittlerweile war es später Abend.

Nadia stand auf und deutete auf den Tisch. »Ich sichere den Raum hier, damit wir vorerst alles liegen lassen können. Es wird allmählich spät. Da ich jetzt weiß, was Sie vorhaben, rede ich mal mit meinem Bruder. Auch er ist Agent bei unserem gemeinsamen Auftraggeber. Sobald er von seinem aktuellen Einsatz zurück ist, spreche ich mit ihm über Ihr Problem. Mal sehen, ob uns bis morgen früh Möglichkeiten für Sie einfallen, die nicht zwangsläufig mit Ihrem Tod enden.«

Levi stand auf und streckte die Arme über den Kopf. Dabei hörte er ein Knacken aus der Wirbelsäule. »Sie haben hier nicht zufällig einen Fitnessraum und Duschen, oder?«

»Haben wir tatsächlich.« Nadia öffnete die Tür des Besprechungsraums und bedeutete ihm, ihr zu folgen. »Aber ich schlage vor, Sie warten damit bis morgen früh. Diese Außenstelle hier ist an die staatliche Stromversorgung angeschlossen. Die wird nachts rationiert. Deshalb reicht der Saft vielleicht nicht für die Beleuchtung und die Geräte, die Sie wollen.«

Levi nickte. Von einer Energierationierung in Russland hatte in den Missionsunterlagen nichts gestanden. Allmählich hörte es sich wirklich nach den Geschichten an, die er über die Sowjetunion gelesen hatte.

Als er Nadia aus dem Besprechungsraum und durch den düsteren Flur folgte, fragte er: »Wann fließt der Strom wieder uneingeschränkt?«

»Ab sechs Uhr morgens. Wir kommen auf dem Weg zu Ihrem Zimmer am Fitnessraum vorbei. Trainieren und duschen Sie morgen früh, danach treffen wir uns um sieben im Besprechungsraum. Bis dahin habe ich hoffentlich einige Vorschläge, über die wir diskutieren können.«

»Lucy, ist eine Weile her, seit wir uns zuletzt gesprochen haben.«

Lucy Chen verstärkte den Griff um das Lenkrad, während sie die Flatbush Avenue entlangfuhr. Sie hatte nicht damit gerechnet, dass die Stimme von Doug Mason aus den Lautsprechern ihres Autos dringen würde. »Stimmt. Ich dachte, wir reden gar nicht mehr miteinander.«

»Das hat nicht an mir gelegen. Du wolltest Abstand vom Outfit. Und obwohl du immer noch Mitglied bist, habe ich mich bemüht, deinen Wunsch zu respektieren.«

»Aber? Bei dir gibt's immer ein *Aber*, Doug.«

»*Das ist ein wenig kompliziert. Aber du kennst Alicia Yoder, richtig?*«

»Natürlich kenne ich sie.« Lucy spürte, wie ihr ein Schauder über den Rücken lief: Sie fuhr rechts ran, um sich auf das Gespräch zu konzentrieren. Es verhieß nie etwas Gutes, wenn jemand vom Outfit den Namen eines Zivilisten oder einer Zivilistin erwähnte. Und trotz Levis Tätigkeit waren seine Kinder vollkommen unschuldig. Ihre Stimme wurde schärfer, als sie sagte: »Ich habe sie schon gekannt, bevor Levi sie von der Straße geholt hat. Wieso erwähnst du sie?«

»*Ganz ruhig, Drachenlady, ich will nur helfen.*« Mason seufzte, und einen Moment lang herrschte Stille in der Leitung. »*Levi ist gerade bei einem Einsatz im Ausland. Er weiß nichts davon, und es würde seine Mission gefährden, wenn er davon wüsste. Bestimmte Mitglieder der russischen Mafia wollen an Levi ran. Und um es kurz zu machen, sie haben erfahren, dass Alicia nach Princeton geht.*«

»Aber erst im Herbst.«

»*Leider wurde sie zu einer speziellen Einführungsveranstaltung im Wohnheim eingeladen. Sie bricht morgen von der Farm ihrer Großmutter auf.*«

»Woher weißt du das?«

»*Ich weiß es einfach. Unsere verdeckten Ressourcen, die bei dem Fall helfen könnten, sind spärlich und bereits mit anderem beschäftigt. Ich lasse die Farm zwar gerade von Agenten beobachten, und wir können ihr bis zur Uni folgen, aber danach wird es haarig.*«

Lucy runzelte die Stirn. »Wenn ihr das Haus von Levis

Mutter verwanzt habt – und das traue ich euch ohne Weiteres zu –, dann rastet er aus.«

»Lass das jetzt mal beiseite. Kannst du aushelfen?«

»Und wie zum Teufel hat die russische Mafia von Alicia erfahren?«

»Du weißt, dass ich dir das nicht sagen kann.«

»Wie glaubwürdig ist die Bedrohung?«

»Leider halten wir sie für sehr glaubwürdig. Sonst hätte ich nicht angerufen.«

Lucy rief sich Alicias glückliches Gesicht von ihrem letzten Besuch auf der Farm ins Gedächtnis. Sie hatte sich so darauf gefreut, diese Hochschule zu besuchen. Und das Mädchen war so verdammt unschuldig ... Alicia hatte keine Ahnung, wer ihr Vater in Wirklichkeit war. Mit wachsender Frustration platzte sie heraus: »Was schwebt dir vor? Was soll ich unternehmen? Schwebt sie in Gefahr, entführt zu werden, um an Levi ranzukommen? Oder könnte ein Anschlag auf sie verübt werden?«

»Entführung ist die Hauptsorge. Alicia wird am Whitman College auf dem Campus von Princeton sein. Ich kann ins System eingreifen und dir vielleicht einen Platz bei der Orientierungsveranstaltung verschaffen. Vielleicht als ihre Mitbewohnerin.«

Lucy schnaubte höhnisch. »Wir haben uns zwar eine Weile nicht mehr gesehen, aber ich kann dir garantieren, dass ich nicht mehr als Studentin durchgehen würde. Ich bin die Falsche, aber ich hätte da eine Idee ...«

»Die Leute, mit denen wir es wahrscheinlich zu tun haben ...«

»Doug, um es ungeschönt auszusprechen, ich bin ehemalige Berufskillerin und weiß, was Alicia zum Schutz braucht. Ich lasse dich wissen, was mir vorschwebt, sobald ich ein paar Dinge arrangiert habe.«

»Perfekt.«

Lucy verengt die Augen zu Schlitzen, während sie durch die Windschutzscheibe des Autos starrte. Im Verlauf der Jahre hatte sie gelernt, Mason zu verabscheuen. In gewisser Weise gab sie ihm die Schuld an ihren Schwierigkeiten mit Levi. Dennoch hatte der Mann noch nie wirklich sein Wort gebrochen. »Du hast gesagt, sie fährt morgen zur Uni los?«

»Ja. Im Augenblick essen die Yoders zu Abend. Danach werden sie bald ins Bett gehen. Morgen früh bricht Alicia von der Farm nach Princeton auf.«

»Wenn Levi dir nicht den Arsch dafür aufreißt, dass du das Haus seiner Mutter verwanzt hast, bist du ein waschechter Glückspilz. Du kannst dich nämlich drauf verlassen, dass ich es ihm sagen werde.«

Masons Seufzen dröhnte laut aus den Lautsprechern des Autos. *»Schick mir einfach so schnell wie möglich irgendwas, ich muss nämlich in den nächsten zwölf Stunden ein paar Wunder wirken.«*

Lucy legte den Gang ein, reihte sich wieder in den späten Berufsverkehr ein und steuerte die Upper East Side an. »Kriegst du innerhalb der nächsten Stunde.« Ein bedrohlicher Unterton schlich sich in ihre Stimme. »Pass bloß auf das Mädchen auf. Die Kleine ist nicht nur ihrem Adoptivvater lieb und teuer.«

KAPITEL ELF

Obwohl es in den unterirdischen Räumen des Outfits deutlich kälter als gewohnt war, hatte Levi einigermaßen gut geschlafen. In seinem Zimmer fand er mehrere Garnituren Straßenkleidung und sogar eine Jogginghose, die er mit einem weißen, ärmellosen T-Shirt angezogen hatte. Als er den Fitnessraum betrat, überraschte ihn die gute Ausstattung. Umso mehr, da er sich 15 Meter unter der Erde befand.

An den Wänden waren vom Boden bis zur Decke reichende Spiegel montiert. Die topmoderne Einrichtung reichte von Ergometern über Laufbänder bis hin zu einer Reihe von Gewichtsstationen.

Levis Aufmerksamkeit heftete sich auf den Mann auf der Hantelbank, der gerade mindestens 150 Kilo beim Bankdrücken stemmte. Nach zehn Wiederholungen platzierte der Mann die Stange ohne Ermüdungserscheinungen auf der Metallhalterung, setzte sich auf, nickte Levi zu und ging zu einer Ablage mit schweren Kurzhanteln weiter.

Er ging davon aus, dass es sich um Nadias Bruder handelte, der stark genug wirkte, um auf der Straße ein beeindruckender Gegner zu sein.

Als Levi die Aufmerksamkeit auf die andere Seite des Raums richtete, entdeckte er einen schweren Sandsack, der an einer Kette von der Decke hing.

Lächelnd ging er hin und begann, sich mit ein paar Abfolgen von Schlägen und Tritten aufzuwärmen.

Nach etwa fünf Minuten spürte er, wie das Blut in seine Muskeln strömte und sich erste Schweißperlen auf seiner Stirn bildeten. Levi grunzte, als er eine Reihe von schnellen Tritten ausführte. Die schweren Treffer seines Schienbeins hallten dumpf durch den Raum und schwenkten den schweren Sack in verschiedene Richtungen.

Nadias Bruder zeigte darauf und fragte in gebrochenem Englisch: »Ich soll halten?«

Levi nickte, und der große Kerl packte den Sandsack, beendete dessen Schaukelbewegungen.

Mit stetig steigendem Tempo entfesselte Levi einen Hagel von Geraden, Tritten und Schlägen gegen das nunmehr fixierte Ziel. Die Intensität seiner Treffer stieg, bis sich der Mann dem Ansturm entgegenstemmen musste.

Nach fast zwei Minuten Dauerangriffen beendete Levi die Abfolge mit einem Rückwärtstritt aus der Drehung, der Nadias Bruder zwei Schritte zurückstieß. Schwer atmend verharrte Levi.

»Gut gemacht, Levi«, lobte Nadia, als sie den Fitnessraum

betrat. »Wie ich sehe, haben Sie meinen Bruder Iwan schon kennengelernt.«

Iwan bot Levi die Ghettofaust an, bevor er sich auf Russisch an Nadia wandte. »Ich gehe duschen. Braucht ihr noch was von mir, bevor ich nach oben gehe?«

Nadia schüttelte den Kopf, und ihr Bruder verließ den Raum. Grinsend näherte sie sich Levi, wischte mit dem Finger über seinen schweißnassen Arm und kostete ihn. »Sie sind auch nicht, wie ich Sie erwartet hätte, Genosse Yoder.« Sie zeigte zur Tür. »Falls Sie fertig sind, gehen Sie jetzt duschen. Wir treffen uns danach im Besprechungsraum. Ziehen Sie am besten Ihren Anzug an. Damit haben Sie den Look, den Sie brauchen.«

»Meinen Anzug? Also haben Sie eine Idee, wie ich an Porschenko rankommen können?«

Nadia zuckte mit den Schultern. »Reden wir im Besprechungsraum darüber.«

Damit wandte sie sich ab und ging. Levis Gedanken überschlugen sich.

Was um alles in der Welt meinte sie mit »*dem Look, den der brauchte*«?

Unter Nadias Anleitung legte Levi die Finger auf die fleckige Betonwand.

»Vom Riss zwei Zentimeter nach rechts und einen nach unten.«

Mit gerunzelter Stirn konzentrierte sich Levi auf den haardünnen Riss in der Wand. »Wenn ich den biometrischen Scanner schon mit Ihrer Hilfe kaum finde, wie soll ich's dann allein schaffen, wenn ich wieder rein will?«

Nadia klopfte ihm auf die Schulter und antwortete in beruhigendem Ton. »Der Riss ist nicht echt. Es ist ein Muster im Beton. Draußen werden Sie genau dasselbe sehen. Außerdem haben wir überall in der Gasse Bewegungsmelder. Sie verhindern, dass sich die Tür öffnet, wenn sich andere Personen im Umkreis von drei Metern zum Eingang aufhalten.«

Levi warf ihr einen Blick zu, und sie grinste.

»Es ist unwahrscheinlich, dass sich Leute rein zufällig in dieser Gasse herumtreiben. Sie werden gleich wissen, warum.« Nadia deutete auf die Betonwand. »Nur zu ...«

Levi maß von dem Riss zwei Zentimeter zur Seite, was der ungefähren Breite seines Zeigefingers entsprach, dann einen Zentimeter nach unten, bevor er den Finger auf die kühle Betonoberfläche legte.

Nach etwa einer Sekunde ertönte ein lautes Klicken. Nadia flüsterte: »Los, drücken Sie.«

Levi kam der Aufforderung nach. Die Wand schwang auf geölten Scharnieren auf.

Intensiver Ammoniakgeruch bestürmte ihn, als er hindurchging.

Der beißende Uringestank trieb ihm das Wasser in die Augen. Kaum war ihm Nadia durch die Tür gefolgt, schloss sie sich automatisch hinter ihr.

»Gehen wir.« Nadia schwenkte nach links und eilte an Levi vorbei.

Ohne zu zögern, folgte er ihr. Unterwegs versuchte er, herauszufinden, woher der widerliche Gestank von Pisse stammte.

Nadia sah ihn an und flüsterte: »Der Geruch kommt aus der Kanalisation.«

Als sie sich dem Ende der Gasse näherten, nahm man ihn praktisch nicht mehr wahr. Abgelöst wurde er vom leichten Schimmelaroma der feuchten Straßen.

Sie betraten einen breiten Bürgersteig, und Nadia bog nach rechts. »Wir sind jetzt in der alten Mjasnizkaja-Straße. Dazu kann ich Ihnen ein paar Informationen geben. Wie Sie ja wissen, ist *mjaso* das russische Wort für Fleisch. Vor ungefähr 500 Jahren hat sich in dieser Straße eine Metzgerei an die andere gereiht. Auch heute noch findet man überall entlang der Straße Geschäfte und Teehändler.«

Levi schwenkte den Blick in beide Richtungen und fand die Umgebung eigenartig. Auf einer Seite der Straße befanden sich verschiedene Läden, auf der anderen die Rückseiten von Gebäuden. Etwas Vergleichbares hatte er bei all seinen Reisen um die Welt noch nie gesehen. Normalerweise zeigte die sogenannte Fassade eines Gebäudes immer zur Straße. Nicht so hier. Die Rückseiten der Häuser wiesen Graffiti auf. Viele hatte man schlampig mit weißer Farbe überdeckt, bevor neue Graffiti über den halbherzigen Reinigungsversuch gemalt worden waren. Er zeigte auf ein Geschäft, dem sie sich näherten, und fragte: »Ist das der Laden, aus dem sich Karpow laut ihrem Bruder seinen Tee und sein Gebäck besorgt?«

Nadia nickte, verlangsamte die Schritte und blieb schließlich stehen.

Es war noch früh am Morgen, mindestens 30 Minuten vor dem täglichen Spaziergang des Oligarchen aus seiner wenige Blocks entfernten Luxuswohnung.

Mit zerfurchter Stirn sah sie ihn an. »Sind Sie sicher, dass Sie das tun wollen?«

Levi betrachtete die Schaufensterfront, bevor er den Blick auf die verwaisten Bänke auf der anderen Straßenseite richtete. Er nickte. »Ich mache es.«

Nadia legte ihm die Hand auf den Arm und drückte ihn leicht. »Na schön, ich muss los. Man darf mich sicherheitshalber nicht in Ihrer Nähe sehen. Kann ich noch irgendwas für Sie tun?«

Levi schüttelte den Kopf, und sie ging den Bürgersteig weiter entlang.

Levi zog einen Stift aus der Innentasche seines Jacketts und kritzelte eine Nachricht auf einen Zettel, während er die Straße zum Perlow Teehaus überquerte.

Als er den Laden betrat, stieg ihm sofort der Duft von frischem Gebäck in die Nase. Zuckeraroma beherrschte die Luft.

Er näherte sich einer Ladentheke. Trotz des knalligen Schaufensters und der etwas heruntergekommenen Gebäude auf der anderen Straßenseite handelte es sich eindeutig um ein Geschäft der gehobenen Klasse. Das vielfältige Angebot stellte die meisten New Yorker Bäckereien in den Schatten.

Und obwohl alles hochwertig aussah, erwiesen sich die Preise als relativ moderat. Auf jeden Fall deutlich günstiger als für Gleichwertiges in Manhattan.

Ein älterer Herr hinter der Theke sah Levi an und fragte: »Kann ich Ihnen helfen?«

Die Kontaktlinse reagierte und legte ein grünes Rechteck um das Gesicht des Mannes. Er hieß Michail Poljudow.

Levi zückte eine 1000-Rubel-Banknote und einen Zettel. »Michail, ich glaube, Jewgeni Karpow kommt regelmäßig her, stimmt das?«

Der Mann presste die Lippen zu einer schmalen Linie zusammen und wirkte sofort misstrauisch.

Levi setzte ein herzliches Lächeln auf und verlieh seiner Stimme einen beschwichtigenden Ton. »Er hat vor langer Zeit nach mir gesucht, und ich habe eben erst davon erfahren.« Er reichte dem Mann das Geld und den Zettel. »Wenn Sie ihn sehen, können Sie ihm das von mir geben? Das Geld ist für Ihre Mühe.«

Der ältere Mann nahm beides so entgegen, als wäre es vollgepinkelt. »Ich weiß nicht ... das erscheint mir nicht richtig.«

Levi holte einen Fünftausend-Rubel-Schein hervor und zerriss ihn in zwei Hälften.

Die Augen des Mannes weiteten sich entsetzt.

5.000 Rubel entsprachen für einen Durchschnittsrussen fast einem Wochenlohn.

Levi legte eine der zerrissenen Hälften auf den Tresen und schob sie dem Mann zu. »Wenn Sie ihm den Zettel geben, erfahre ich davon und komme mit der anderen Hälfte zurück.«

Kaum hatte der Mann die Hälfte des Geldscheins an sich genommen, machte Levi kehrt und verschwand zur Tür hinaus.

Es würde entweder funktionieren oder nach hinten losgehen.

Levi überquerte die Straße zu einer der verwaisten Holzbänke und ließ sich zum Warten darauf nieder.

Alicia verspürte einen Anflug von Aufregung, als sie den Flur im zweiten Stock des Whitman Wohnheims entlangging. Sie hatte bereits ihren Studentenausweis, der zugleich als Schlüsselkarte fast überall auf dem Campus diente. Natürlich auch für ihr Zimmer im Wohnheim.

Man hatte ihr ein Viererzimmer zugeteilt, also würde sie es sich mit drei anderen Mädchen teilen. Einerseits freute sie sich auf Mitbewohnerinnen, zugleich jedoch fand sie die Vorstellung irgendwie beängstigend. Da sie ihre Jugendjahre in einer amischen Gemeinde verbracht hatte, sorgte sie sich darüber, für wie uncool man sie halten könnte. Zwar hatte Alicia in der Bibliothek in Lancaster im Internet recherchiert, womit sich junge Leute in ihrem Alter normalerweise die Zeit vertrieben, dennoch wusste sie, dass sie das Mädchen vom Land sein würde. Sie hatte beispielsweise keine Ahnung von Videospielen. Dafür wusste sie alles darüber, wie man Kühe molk und Käse herstellte. Außerdem verstand sie sich ziemlich gut darauf, Zäune zu reparieren, wenn der 900 Kilo schwere Bulle mal wieder das Hinterteil an einem Pfosten gerieben und ihn unweigerlich umgestoßen hatte.

Mit bereitgehaltener Schlüsselkarte wanderte ihr Blick über die Nummern an den Türen. Als sie ihr Zimmer erreichte, zog sie die Karte über das elektronische Schloss.

Sofort klickte es. Als Alicia die Tür öffnete, schlug ihr Gelächter entgegen.

Das Zimmer erwies sich als recht klein. Es bot gerade genug Platz für zwei Einzelbetten und eine Kommode. Zu ihrer Linken jedoch befand sich eine Tür zu einem größeren Raum. Ein Mädchen kam breit grinsend auf sie zu.

Eine Asiatin! Was für ein cooler Zufall.

Die junge Frau war groß und schlaksig. Langes schwarzes Haar umrahmte ein schmales Gesicht. Sie streckte die Hand aus und ergriff auf Englisch mit starkem chinesischem Akzent das Wort. »Hi, ich bin Liu Ruxia, aber mein englischer Name ist Ruth.« Sie zeigte auf eines der Betten mit einem rosa Teddy darauf. »Ich bin deine Mitbewohnerin.«

Alicia schob ihren Rollkoffer zu ihrem Bett, schüttelte Ruth die Hand und antwortete auf Mandarin. »Hi, ich bin Alicia. Woher kommst du?«

»Oh!« Ruths Züge hellten sich auf, als sie auf Mandarin antwortete. »Ich bin in Taiyuan geboren.« Ruth bedeutete Alicia, ihr ins andere Zimmer zu folgen. »Ist ja so was von cool, dass du Chinesin bist!«

Alicia betrat den größeren Raum, den ein Futon, mehrere Stühle und zwei Schreibtische beherrschten. Zwei andere asiatische Mädchen sprangen auf, als Ruth mit kindlichem Überschwang in die Hände klatschte.

Sie zeigte auf eine große, sportlich gebaute junge Frau mit einem langen, geflochtenen Pferdeschwanz. »Feng Min, das ist Alicia, unsere Mitbewohnerin.«

Alicia schüttelte die Hand ihrer Kommilitonin, die sofort den Blick abwandte und errötete.

»Und das ist Ye Ting.«

Ein zierliches Mädchen näherte sich Alicia und umarmte sie. »Schon seltsam, wie sie die Chinesinnen zusammenpacken.«

Alicia grinste. »Ehrlich gesagt bin ich aus Hongkong.«

»Echt jetzt?«, riefen die drei anderen Mädchen teils auf

Mandarin, teils auf Kantonesisch, dem in Hongkong gesprochenen Dialekt. »Wir auch!«

»Wow. Lebt ihr in den USA oder ...«

»Erst seit kurzem.« Ruth zeigte auf die beiden anderen Mädchen und erklärte: »Wir sind in dieselbe Gastfamilie gekommen, aber die chinesische Regierung finanziert uns auch das Studium. Was ist dein Hauptfach?«

»Mein Schwerpunkt wird Neurowissenschaft. Was ist mit euch?«

Ruth sah die beiden anderen an und zuckte mit den Schultern. »Die Regierung zahlt dafür, dass wir uns auf Bauingenieurwesen konzentrieren.«

Alicia nickte, obwohl sie sich nicht viel darunter vorstellen konnte. Gerade mal, dass es damit zu tun haben musste, etwas zu bauen. Von daher schien es eine sinnvolle Investition der chinesischen Regierung zu sein.

Sie warf einen Blick auf die Armbanduhr und stellte fest, dass es fast Mittag war. »Die Einführung fängt um drei an. Wollt ihr vorher noch eine Kleinigkeit essen?«

Alle drei nickten, und Ting fragte: »Weißt du, wo die Cafeteria ist? Wir haben schon darüber gesprochen, dass wir uns einen Campusplan oder so besorgen müssen.«

»Oh, keine Sorge.« Alicia wischte über ihr Handy und rief eine Karte auf, die sie als Lesezeichen gespeichert hatte. »Ich habe einen hier.«

Ruth schnappte sich einen Rucksack. Die beiden anderen folgten ihrem Beispiel, und sie deutete mit ihrem breiten Grinsen zur Tür. »Die mit dem Plan geht voraus.«

Levi ließ den Blick unablässig die Straße hinauf und hinunter wandern. Als er drei gut gekleidete Männer bemerkte, die um die Ecke in seine Straße einbogen, setzte er sich aufrechter hin. Sie bewegten sich auf der Mjasnizkaja-Straße in Richtung Süden. Und obwohl er durch die Entfernung ihre Gesichter noch nicht ausmachen konnte, fiel ihm auf, dass sich der Mann vorn nur darauf konzentrierte, was sich vor ihm befand, während die beiden anderen stetig die Köpfe drehten.

Bei den Letzteren handelte es sich um Leibwächter, daran bestand für Levi kein Zweifel. Er sah auf die Armbanduhr.

Pünktlich auf die Minute.

Alle drei betraten das Perlow Teehaus.

Es mussten Karpow und seine Leute sein.

Levi wartete.

Würde der alte Mann schon auf Karpow warten und ihm den Zettel sofort überreichen, weil er wusste, dass ihm dafür ein zusätzlicher Wochenlohn winkte? Vielleicht würde er aber auch nicht riskieren wollen, in Schwierigkeiten zu geraten.

Levi zählte die Sekunden mit, seit die Männer den Laden betreten hatten. Nur eine halbe Minute kam jemand mit etwas in der Hand zurück heraus.

Levi lächelte.

Der Mann stellte fast sofort Blickkontakt mit ihm her, als auch seine beiden Begleiter das Geschäft verließen.

Levi hob die Hand und winkte verhalten.

Karpow nickte. Seine beiden Leibwächter folgten ihm über die Straße direkt auf Levi zu.

Levis Kontaktlinse legte ein gelbes Rechteck um Karpows Gesicht. Umgehend erschienen darunter die dazugehörigen Informationen.

Jewgeni Karpow.

Als die Gruppe etwa vier Meter entfernt den Bürgersteig betrat, bedeutete Karpow seinen Männern zu warten. Er ging allein weiter, bis er knapp außerhalb von Levis Reichweite stehen blieb.

Levi achtete aufmerksam auf Karpows Leibwächter.

Sie behielten die Hände vorn, ähnlich wie Agenten des Secret Service in den USA bei Personenschutzeinsätzen.

Die beiden Männer hatten sich strategisch so postiert, dass sie freies Schussfeld hatten, falls sie zu den Waffen greifen müssten.

Karpow legte den Kopf schief und meinte: »Sie sind entweder ein sehr mutiger oder ein sehr dummer Mann.«

Levi zuckte mit den Schultern. »Vielleicht ein bisschen von beidem.«

Der Oligarch hielt den Zettel hoch und las laut vor: *»Sie haben nach Lazarus Yoder gesucht. Ich weiß, wo er ist. Kommen Sie zu der Bank auf der anderen Straßenseite. Ich bin bewaffnet, will Ihnen aber nichts tun.«* Er zerknüllte das Papier, warf es weg und ließ sich am anderen Ende der Holzbank nieder.

Ein Abstand von etwa einem Meter verblieb zwischen ihnen.

Der Mann drehte sich Levi zu und fragte: »Woher kennen Sie diesen Namen, und woher wissen Sie von meinem Interesse an dieser Person?«

Levi sah den Mann an und bemerkte strahlend blaue Augen im faltigen Gesicht eines Mannes deutlich über 60. »Woher ich den Namen kenne? Die Antwort ist einfach: Meine Mutter und mein Vater haben ihn mir bei der Geburt gegeben.«

Ein Lächeln breitete sich in Karpows Gesicht aus, und er ließ ein leises Lachen vernehmen. »Interessant. Wenn das so ist, dann sagen Sie mir, warum mich interessiert, wer Sie sind.« Der Oligarch warf einen Blick zu seinen Männern und nickte knapp.

Beide zogen ihre Pistolen und zielten direkt auf Levi. Die Finger auf den Abzügen. Bereit zu schießen.

Trotz der Anspannung in der Luft fühlte sich Levi ruhig, als er antwortete: »Sie haben für einen Mann namens Porschenko gearbeitet. Wladimir, um genau zu sein. Wladimir ist gestorben. Und Sie wollten die Wahrheit über seinen Tod herausfinden. Sie haben Ermittler beauftragt und erfahren, dass in Porschenkos Gebäude ein Besucher war, der sich nie ausgetragen hat.

Aber Sie haben sich nicht von dem Namen im Logbuch täuschen lassen und ...«

»Wie lautet der Name der Person im Logbuch?«, fragte Karpow dazwischen, dessen Augen größer wurden.

»Im Logbuch steht der Name Ronald Warren.«

Karpows Mund klappte auf, und er bedeutete Levi, fortzufahren.

»Ich weiß, dass sich die Ermittler von dem falschen Namen nicht haben täuschen lassen. Sie haben Ihnen mit Hilfe der Aufzeichnungen der Überwachungskameras und Gesichtserkennungssoftware einen anderen Namen geliefert. Lazarus Yoder. Er war in dem Gebäude.

Ich war im Gebäude. Und ja, ich war dabei, als Wladimir gestorben ist. Aber nicht an einem Herzinfarkt, wie in den Medien berichtet wurde.« Levi verstummte kurz und lächelte Karpow an. »Sie wollten die Wahrheit wissen. Ich kann Ihnen sagen, was wirklich passiert ist. Aber ich brauche dafür eine Gegenleistung.«

Karpow machte eine Abwärtsbewegung in Richtung seiner Männer. Sofort steckten sie die Waffen weg und nahmen wieder Bereitschaftshaltung ein. »Wie viel wollen Sie?«

Levi schüttelte den Kopf. »Ich will kein Geld. Ich brauche Informationen.«

»Wirklich?« Karpows Augenbrauen schossen in die Höhe. Er beugte sich näher zu Levi. »Ich habe Sie für einen Attentäter gehalten. Einen Auftragsmörder.«

»Man hat mich schon vieles genannt. Und ja, ich habe einen Auftraggeber. Aber ich brauche kein Geld, sondern Informationen.«

»Was für Informationen?«

Levi beugte sich seinerseits vor und flüsterte: »Ich brauche Hilfe dabei, an Konstantin Porschenko ranzukommen.«

Karpow atmete scharf ein und schüttelte den Kopf. »An Ihrem Akzent ist unschwer zu erkennen, dass Sie nicht aus diesem Land stammen, also muss ich Sie warnen. Ich bin mir nicht sicher, ob Ihnen klar ist, was Sie verlangen. Er ist in diesem Land unantastbar. Der Mann genießt die Gunst und den Schutz des russischen Präsidenten.«

»Ist mir bekannt. Ich weiß auch, dass sich seine Büros im

Lubjanka-Gebäude befinden. Und ich bezweifle schwer, dass es mir gelingen könnte, dort reinzukommen ...«

»Warum würden Sie das wollen?«

Levi seufzte. »Der Mann ist für den Tod vieler Unschuldiger verantwortlich. Er ist eine Gefahr für die internationale Stabilität. Ich bin damit beauftragt, dieses Risiko zu beseitigen.«

Karpow schüttelte den Kopf. »Sie missverstehen mich. Warum wollen Sie in seine Büros in der Lubjanka? Die hat er nur zum Schein. Das ist eine russische Eigenart – der Ruf der Lubjanka und die ›offiziellen‹ Büros darin sollen einschüchternd wirken. Sein eigentliches Büro hat er in seinem Haus in Rubljowka, etwa eine Stunde entfernt.«

»Wirklich?«

Der Oligarch nickte. »Warum wollen Sie in sein Büro?«

»Ich muss herausfinden, was für eine Bedrohung er für meine Auftraggeber darstellt.«

»Ihn auszuschalten, reicht nicht?«

Levi nickte. »Es gibt Leute, die mit Porschenko zusammenarbeiten. Ich muss wissen, wer sie sind. Entweder, indem ich ihn verhöre, oder indem ich seine Unterlagen durchsehe.«

Karpow kratzte sich am Kinn. »Und wenn Sie wissen, mit wem er zusammenarbeitet? Was dann?«

»Alle Bedrohungen für meinen Auftraggeber müssen beseitigt werden.«

»Also ... sind Sie *doch* ein Auftragsmörder.« Karpow grinste.

Levi zuckte mit den Schultern. »Ich beseitige Bedrohungen, das ist alles.«

Karpow beugte sich erneut näher und flüsterte kaum hörbar: »Ich stehe bereits wegen Wladimir in Ihrer Schuld. Wenn es Ihnen geling, sich um Konstantin zu kümmern, dann doppelt.« Er streckte die Hand aus und fuhr in normaler Lautstärke fort. »Also eine Abmachung. Ich gebe Ihnen die gewünschten Informationen, Sie kümmern sich um ein gemeinsames Problem. Fair?«

Levi schlug mit dem Oligarchen ein und nickte. »Fair.«

Karpow stand auf und reichte Levi eine Visitenkarte. »Wir treffen uns morgen früh bei dieser Adresse. Bis dahin habe ich alles, was Sie brauchen, und Sie helfen mir mit ein wenig Geschichtsunterricht aus.«

Levi reichte Karpow die zerrissene Hälfte des Fünftausend-Rubel-Scheins. »Wenn Sie zurück in den Teeladen gehen, können Sie dem Mann dort ...«

»Nicht nötig.« Karpow zog die andere Hälfte des Geldscheins aus der Tasche und drückte Levi beide in die Hand. »Michail hat mir erzählt, was Sie getan haben. Ich habe die Hälfte von Ihnen durch einen unversehrten Schein ersetzt.« Damit wandte sich der Mann ab und überquerte wieder die Straße. Seine Leibwächter folgten ihm dicht.

Grinsend beobachtete Levi, wie Karpow erneut in dem Teeladen verschwand.

Dann betrachtete er die Visitenkarte und fragte sich, welche Geschäfte an einem Ort namens Rasputin abgewickelt wurden.

KAPITEL ZWÖLF

Alicia richtete sich ruckartig auf. Ihr Herz raste, während sie panisch in die Dunkelheit des Zimmers im Wohnheim starrte. Sie warf einen Blick auf die Digitaluhr auf der Kommode ihrer Mitbewohnerin. Drei Uhr morgens.

Als sie die Beine unter der Bettdecke hervorschob, rührte sich Ruth in deren Bett und flüsterte: »Wo willst du hin?«

»Nirgends, nur auf die Toilette.«

Ruth schlug die Decke zurück, griff nach ihrem Kulturbeutel und verkündete: »Ich muss auch.«

Alicia gähnte, als sie in ihre Pantoffeln schlüpfte und Tings Stimme aus dem Gemeinschaftsraum hörte. »Was habt ihr denn vor?«

Ruth drehte sich der Stimme aus dem anderen Zimmer zu und wischte die Frage weg, als Alicia den Kopf in den Nebenraum steckte.

Ting saß mit dem Telefon in der Hand auf dem Futon und zog gerade ein Paar Flipflops an.

»Warum bist du überhaupt wach?«, fragte Alicia.

Ting zuckte mit den Schultern. »Die Umgebung ist so neu. Ich hab immer Schwierigkeiten dabei, in neuen Umgebungen zu schlafen. Wo wollt ihr zwei denn hin? Kann ich mitkommen?«

Alicia lachte und zeigte auf sich. »*Ich* muss aufs Klo. Ihr solltet wahrscheinlich eher schlafen.«

»Jetzt, wo du's sagst, muss ich auch.« Als Ting nach ihrem Kulturbeutel griff, rutschte er vom Futon und landete mit einem dumpfen metallischen Laut auf dem Boden.

»Was um alles in der Welt hast du denn da drin?«, fragte Alicia.

Ting lief rot an und schüttelte den Kopf. »Nur ein paar Toilettenartikel«, murmelte sie leise.

Nach dem verlegenen Blick ihrer Mitbewohnerin zu urteilen, log sie wohl.

Alicia spürte, wie ihr Hitze in die Wangen schoss, während sie versuchte, sich *nicht* vorzustellen, was in dem Reißverschlussbeutel sein könnte. Als amisches Mädchen brauchte sie solche Bilder so was von überhaupt nicht im Kopf. Sie ging zur Tür hinaus und hörte Ruth etwas flüstern. Dann eilte ihre Mitbewohnerin hinter ihr her.

Als das Taxi vor dem KFC langsamer wurde, tippte Levi dem Fahrer auf die Schulter. »Das ist nah genug. Halten Sie hier.«

Der Fahrer fuhr rechts ran, blieb am Bürgersteig stehen und schaute über die Schulter zu Levi. »Soll ich warten? Ich *kann* warten.«

Levi schüttelte den Kopf. »Danke, aber ich bin zum Essen verabredet und werde später von einem Freund abgeholt.« Er reichte dem Fahrer einige Scheine, die fast den doppelten Fahrpreis ausmachten, und stieg aus.

Nadia hatte ihn davor gewarnt, dass man Taxifahrern nicht trauen durfte. Viele versuchten, ihre Fahrgäste zu betrügen – in Russland herrschten verzweifelte Zeiten. Und nicht wenige meldeten der Geheimpolizei alles, was ihnen ungewöhnlich erschien, weil sie dafür auf eine kleine Vergütung hofften.

Der Taxifahrer wartete fast eine Minute, bevor er den Gang einlegte, sich in den Mittagsverkehr auf dem Zubowski-Boulevard einreihte und schließlich auf die Autobahn auffuhr.

Levi atmete den vertrauten Duft von frittiertem Hähnchen ein und trat den Weg in westlicher Richtung zu seinem Ziel an.

Es handelte sich um ein Gewerbegebiet mit kleinen Geschäften. Alles wirkte recht gepflegt und modern.

Er ging an einer Bank zu seiner Linken vorbei. Als er sein Ziel erblickte, verspürte er Belustigung.

In Amerika fand man nicht oft eine Bank unmittelbar neben einem Striplokal. Hier schon. Über dem rot umrahmten Eingang stach der Name *Rasputin* in grellroter Schrift hervor - die kyrillischen Buchstaben ergaben den Namen des berüchtigten Mystikers aus dem frühen 20. Jahrhundert.

Mit einem schnellen Blick in alle Richtungen vergewisserte sich Levi, dass niemand ihn beobachtete, dann betrat er das Lokal.

Das Etablissement wirkte dafür, was es war, recht zahm, vermutlich aufgrund der Tageszeit. Es erinnerte Levi an eine Lounge in Las Vegas. Es gab mehrere Bereiche, in denen Speisen und Getränke serviert wurden, in der Mitte eine Bühne mit kleineren Tischen ringsum sowie etliche schattige Winkel und Ecken, in denen sich anderes abspielen konnte.

In Augenblick sah er nur mehrere normal, wenn auch knapp gekleidete Kellnerinnen sowie ein paar Dutzend Gäste, die an den Tischen aßen.

In der Nähe des Eingangs standen zwei große Kerle, die ihn aufmerksam im Auge behielten, als er zum Pult der Tischdame ging, wo ihn ein Schild zum Warten aufforderte.

Eine wunderschöne Blondine mit Modelmaßen in einem hautengen Kleid näherte sich mit einem scheinbar echten Lächeln. »Willkommen, Genosse. Mittagessen für eine Person?«

Ein rotes Rechteck umrahmte das Gesicht der Frau und lenkte Levis Aufmerksamkeit auf die von der Kontaktlinse angezeigten Informationen.

Katarina Pawlowa

Mitglied des russischen FSB.

Abteilung Spionageabwehr.

Interessant.

Da er den Großteil seines Lebens in der Mafia verbracht hatte, war es ihm in Fleisch und Blut übergegangen, nie etwas für ihn Belastendes von sich zu geben. Dennoch würde er sich in Gegenwart dieser Frau doppelt davor hüten.

Levi erwiderte ihr Lächeln und hielt die Visitenkarte hoch,

die Karpow ihm gegeben hatte. »Genosse Karpow und ich haben einen Termin.«

Die Frau nickte. »Ihr Name bitte.«

»Yoder.«

Sie ergriff den Hörer eines Telefons hinter dem Pult, hielt ihn ans Ohr und sagte: »Genosse Yoder ist für den Genossen Karpow hier. Soll ich ihn im Salon warten lassen?« Ihre Augen weiteten sich. »Oh, in Ordnung. Ich sage es ihm.« Die Frau legte auf und wandte sich wieder an Levi. »Genosse Karpow beendet nur noch ein Telefonat und kommt dann sofort.« Die Blondine zeigte zur Bar. »Darf ich Ihnen etwas zu trinken anbieten, Genosse Yoder?«

Levi schüttelte den Kopf. »Ich möchte nichts.«

Die Frau beugte sich näher und sprach mit leiser Stimme. »Sie haben einen interessanten Akzent. Ich merke daran, dass Sie aus dem Ausland sind. Woher kommen Sie?«

»Moskau«, antwortete Levi grinsend. Er zeigte erst auf die leere Bühne, dann auf den spärlich besuchten Nachtclub. »Ist das tagsüber normal? Dass ... so wenig los ist?«

Nach einem kurzen Ausdruck von Unbehagen in ihrem Gesicht verlieh sie ihrer Stimme eine unbeschwerte Note. »Es ist zwar ein bisschen ruhiger als früher, aber so können wir uns vor dem abendlichen Ansturm ausruhen, der uns alle ganz schön auf Trab hält.«

»Kann mir vorstellen, dass ihr hier viel zu tun habt. Vor allem, wenn alle hier so aussehen wie Sie.« Levi zwinkerte.

Die Frau lachte und schüttelte den Kopf. »Sie sind zu freundlich und sollten sich vielleicht mal die Augen untersuchen lassen.

Die anderen Mädchen sind wirklich umwerfend. Sie sollten abends herkommen und sie sich ansehen.« Am anderen Ende des Lokals öffnete sich eine Tür. Katarina zeigte in die Richtung. »Da ist Genosse Karpow. Ich hoffe, Sie beide haben eine produktive Besprechung.« Sie klopfte ihm auf die Schulter und fügte im Flüsterton hinzu: »Falls Sie danach noch Zeit haben, wäre es nett, sich mit jemandem aus ... Moskau zu unterhalten.« Sie schenkte ihm ein umwerfendes Lächeln, und ihre Wangen röteten sich leicht.

»Es freut mich sehr, Sie zu sehen«, rief Karpow laut, packte Levi an den Schultern und drückte ihm auf beide Wangen einen Kuss. Er legte Levi den Arm um die Schultern und führte ihn in den hinteren Bereich des Etablissements. Die gleichen Leibwächter, die Levi am Vortag gesehen hatte, folgten dicht hinter ihnen.

Kaum hatten sie eine schwere Tür passiert, die sich mit einem dumpfen Pochen schloss, sagte Karpow: »Lazarus, ich bin sehr ...«

»Einen Moment.« Levi blieb abrupt stehen und zog sein Jackett aus.

Sofort zogen die Leibwächter die Waffen. Karpow brüllte ihnen entgegen: *»Njet! Njet!«*

Einer zeigte auf Levi und dessen nunmehr deutlich sichtbare Waffen.

Zorn blitzte in Karpows Augen auf, als er sich an Levi wandte. »Was machen Sie da?«

Levi strich mit den Händen über den Rücken seines Jacketts und spürte es, bevor er es sah.

Es handelte sich um ein fingernagelgroßes Stück Stoff. Zumindest sah es so aus. Levi schälte es vom Jackett. Die

Farbe stimmte perfekt überein. Levi drückte den Flicken und spürte etwas Hartes, darin Eingewobenes.

Levi bedeutete seinen Begleitern zu schweigen, kniete sich hin, legte das Stück Stoff auf den Boden, zog einen Dolche und hieb wuchtig mit dem Griff auf den Flicken.

Ein metallisches Knacken hallte durch den Flur.

Levi steckte das Wurfmesser wieder weg, hielt das dunkle Objekt hoch und rieb es zwischen den Fingern. Die zerbrochenen Teile knirschten aneinander.

Levi deutete mit dem Daumen in den Gästebereich des Lokals. »Was wissen Sie über Ihre Empfangsdame?«

Karpow grinste breiter, als es möglich zu sein schien. »Sie sind sehr, sehr gut, Genosse Yoder.« Er streckte die Hand aus. »Lassen Sie mal sehen.«

Levi schlüpfte wieder in sein Jackett, reichte Karpow das zerstörte Gerät, und der Oligarch bedeutete der Gruppe, den Weg durch den Flur fortzusetzen.

Nach einer weiteren Tür blieben die Leibwächter draußen, während Levi von einem anderen Mann mit einem Stabdetektor überprüft wurde. An Levis Jacketttasche hielt er inne. »Telefon?«

Levi nickte und zog das Gerät hervor.

»Bitte ausschalten.«

Er tat, wie ihm geheißen, und der Mann beendete die Überprüfung.

Karpow gab ihm den Flicken. Der kleine Mann begutachtete das Objekt, bevor er nickte. Er zog eine kleine Metallbox aus der Hosentasche, legte den Flicken hinein und verließ den Raum.

Levi ließ den Blick durch das geräumige Büro wandern. Dabei fiel ihm auf, dass die Regale an den Wänden etliche Fachbücher enthielten. Werke über Technik und Physik sowie Ringordner, beschriftet mit Themen wie geologische Studien über sibirische Permafrostgebiete, geothermische Studien aus Nowosibirsk und dergleichen. Offenbar handelte es sich bei dem Mann nicht bloß um einen Handlanger der Regierung, der sich Energieverträge erschlichen hatte. Es schien durchaus möglich zu sein, dass er sich seine Position tatsächlich erarbeitet hatte. Jedenfalls war Karpow vielleicht nicht der Bürokrat, für den Levi ihn anfangs gehalten hatte.

Der Oligarch deutete auf einen von zwei Sesseln. »Bitte nehmen Sie Platz.«

Als sich Levi niederließ, schenkte der ältere Mann eine bernsteinfarbene Flüssigkeit in ein altmodisches Glas ein.

Er bot Levi den Drink an. »Amerikanischer Whiskey. Über ein Vierteljahrhundert alt. Und ich muss zugeben, dass er mir ans Herz gewachsen ist.«

Levi schüttelte den Kopf. »Nein, danke. Ich trinke nicht.«

»Auch gut. Dann bleibt mehr für mich.« Lächelnd nippte Karpow an dem Glas. Er deutete zur Tür seines Büros. »Ja, ich weiß alles über Katarina. Sie ist ein Spitzel. Die denken, so könnten sie etwas über mich herausfinden, mich belasten oder erfahren, was ich als Nächstes vorhabe, damit sie mich ausbremsen können.«

»Und *die* sind ...«

»Die Machthaber. Ob Porschenko, seine Handlanger oder die Regierung selbst, die Leute schickt, um mich auszuspionieren. Meist ist es sogar recht unterhaltsam, manchmal aber auch ein wenig beleidigend. Immerhin betreibe ich dieses Katz-und-Maus-Spiel schon mein Leben lang.«

Levi achtete eingehend auf Karpows Verhalten. Ihm gefiel das selbstbewusste Auftreten des Mannes, und ihn beeindruckte, dass der Mann eine bekannte Spionin in seiner Nähe duldete. Levi würde es wahrscheinlich nicht tun, und wenn er noch so sehr das Gefühl hatte, die Kontrolle zu haben. Man könnte zu leicht einen Fehler begehen. »Lassen Sie mich raten – Sie waren früher beim KGB?«

Karpow zwinkerte. »Unter anderem, junger Mann. Unter anderem.« Er klatschte mit einem fleischigen Laut in die Hände und deutete mit dem Kopf auf Levi. »Erweisen Sie mir die Höflichkeit, mir zu erzählen, was wirklich mit Wladimir passiert ist? Das ist ein Rätsel, das ich schon lange lüften will.«

»Ich kann sogar noch mehr tun.« Mit belustigter Miene holte Levi eines seiner Wurfmesser hervor und legte es auf den Beistelltisch zwischen ihnen. »Das ist das Messer, das ihm umgebracht hat.«

Ein überraschter Ausdruck huschte über die Züge des Oligarchen, als er das Messer ergriff und betrachtete.

Levi schilderte, was sich vor einigen Jahren ereignet hatte. Der Todesstoß war zwar mit Levis Waffe erfolgt, allerdings erst bei einem Handgemenge, nachdem Levi selbst angeschossen worden war.

Karpows begutachtete mit großen Augen das Messer, drehte es in den Händen und schien sich dabei vorzustellen, wie es quer durch Raum geschnellt war und seinen ehemaligen Boss getroffen hatte. Einen Moment lang schien der Mann in einer anderen Welt, einer anderen Zeit zu verweilen. Dann jedoch kehrt er abrupt in die Gegenwart zurück, richtete den Blick auf Levi und hielt die Klinge hoch. »Darf ich das behalten?«

Levi nickte. »Ich habe noch andere, aber ich dachte mir, das Exemplar könnte für Sie etwas Besonderes sein.« Tatsächlich wusste er nicht mehr, mit welchem seiner vier Wurfmesser der Todesstoß erfolgt war, doch das musste Karpow nicht erfahren. Und Levis Geschenk würde sich hoffentlich für ihn lohnen.

Der Oligarch drehte sich auf dem Sessel um, legte das Messer auf den Schreibtisch hinter ihm und richtete die Aufmerksamkeit wieder auf Levi. »Danke dafür. Kommen wir jetzt zu Konstantin, dem anderen Porschenko.

Sie sagen, Sie brauchen Zugang zu seinen Akten. Ich habe darüber nachgedacht. Sie haben ein schweres Problem – diese Akten befinden sich in Porschenkos Haus. Es ist im Wesentlichen eine Festung. Um sich Zugang zu verschaffen, bräuchte man eine kleine Armee. Und selbst, wenn Sie eine solche Armee hätten, dürfen Sie nicht vergessen, dass der Mann geschützt wird. Er ist mit dem Präsidenten befreundet. Jeder Gesetzesvertreter im Umkreis würde im Nu zum Ort des Geschehens rasen.«

Levi runzelte die Stirn. »Wissen Sie etwas über die Sicherheitsvorkehrungen dort? Ich habe etwas Erfahrung damit, Alarmanlagen zu umgehen. Unter anderem.«

»Davon bin ich überzeugt, Genosse Yoder.« Karpow grinste. »Glauben Sie mir, wenn ich Ihnen sage, dass Konstantin keine Kosten gescheut hat, um sein Haus zu sichern. Sie dürfen nicht vergessen, dass er dort alle seine Geschäfte tätigt. Das Büro in der Lubjanka ist nur Fassade.«

Levi seufzte. »Sie malen kein besonders erfreuliches Bild, Genosse Karpow.«

»Nun ja ... wie gesagt, ich habe viel darüber nachgedacht.« Ein Lächeln erschien im Gesicht des Mannes. »Konstantins Sicherheitsvorkehrungen haben eine Schwachstelle. Und da ich Sie nun kennengelernt habe, denke ich, Sie könnten in der Lage sein, sie ausnutzen.«

»Welche Schwachstelle?«

Karpow richtete den Blick auf die Wanduhr. »Konstantin hat eine Tochter. Ich habe dafür gesorgt, dass sie einen recht wertvollen Preis gewinnt. Ein Radiosender hat ihr mitgeteilt, dass sie eine ›präsidentenwürdige‹ Party für einen Damenabend mit ihren Freundinnen gewonnen hat. Die junge Dame hat sich bereits beim Moderator des Radiosenders gemeldet. Eine Limousine holt sie in etwa sechs Stunden ab.«

Levis Gedanken rasten, während er verarbeitete, was der Mann gerade gesagt hatte. »Ich bin mir nicht sicher, ob ich Ihrer Logik folgen kann. Was nützt es mir, dass Porschenko eine Tochter hat? Wollen Sie damit sagen, ich soll versuchen ... Nein, ich habe keine Ahnung, worauf Sie hinauswollen.«

Der Oligarch lehnte sich auf dem Sessel zurück und trommelte mit den Fingern auf der ledergepolsterten Armlehne. »Sagen wir einfach, ihr Vater würde alles tun, um sein kleines Mädchen zu retten. Ich habe ein paar Ideen, wie Sie Zugang zu seinem Anwesen erlangen können – durch seine Tochter. Für Ihre anderen Ziele sollten Sie und ich die Köpfe zusammenstecken. Mir stehen Mittel zur Verfügung, die helfen könnten.« In Karpows stahlgrauen Augen blitzte etwas auf, während die Rädchen im Kopf des Mannes rotierten. »Ich bin hochmotiviert, Ihnen zum Erreichen Ihrer Ziele zu verhelfen, wenngleich aus völlig anderen Gründen als die Leute, die Ihre Dienste in Anspruch nehmen. Bestimmt spricht bei Ihrem Auftrag nichts dagegen, dass auch andere davon profitieren, oder?«

Levi musterte den Mann eindringlich und dachte an Brice' Worte über ihn.

Er ist nachweislich als geradlinig bekannt, so ehrlich, wie man in Russland sein kann.

Karpow mochte vielleicht ehrlich sein, doch das schloss nicht aus, dass der Mann ein skrupelloser Psychopath war. Die Vorstellung, sich an jemandes Familie zu vergreifen, gefiel Levi überhaupt nicht. Andererseits wusste er noch nicht wirklich, was dem Mann vorschwebte. Und selbst, wenn es so schlimm wäre, wie er es sich ausmalte – falls dadurch langfristig Leben gerettet werden konnten, zählte unter dem Strich vielleicht nur das.

Die Entscheidung, was das kleinere Übel wäre, würde er erst noch treffen müssen.

Er nickte Karpow zu. »Ich habe nur meine Ziele vor Augen. Wenn andere davon profitieren, soll es mir recht sein.«

Der Oligarch griff nach hinten und drückte einen Knopf auf seinem Schreibtisch.

Fast sofort öffnete sich die Tür, und seine Leibwächter spähten herein.

Karpow gab ihnen ein Zeichen. »Sagt Grigori, er soll meine Ausrüstung in den Sicherheitsraum bringen.«

Einer der Männer verschwand. Der Oligarch stand auf und bedeutete Levi, ihm zu folgen. »Kommen Sie. Planen wir ein wenig Schabernack.«

Levi saß in der Sicherheitszentrale des *Rasputin* vor einer Reihe von Monitoren, die zwischen Ansichten verschiedener Stellen im Lokal wechselten. Das Sicherheitspersonal war hinausgeschickt worden. Neben Levi hielten sich nur Karpow und Grigori, der Techniker des Oligarchen, im Raum auf. Mittlerweile war der Abend angebrochen, und Levi spürte sie Vibrationen von Musik durch die Dielen.

Karpow telefonierte gerade und hatte sich vom Pult entfernt.

Grigori schob etwas vor Levi, das wie eine Zigarrenkiste aus Metall aussah. Darauf lag ein USB-Stick, der ein Computervirus enthielt. Levi ergriff die beiden Gegenstände. Die Zigarrenkiste fühlte sich für ihre geringe Größe ziemlich schwer an. »Das drin sind 750 Gramm Semtex, auslösbar über ein Handy.« Er zeigte auf den Streifen Doppelklebeband, der quer darüber verlief. »Die Nummer, die Sie sich eingeprägt haben, kann erst dann ein Signal empfangen, wenn Sie den Folienstreifen entfernen und das Gerät auf etwas kleben.«

Levi hatte den Plastiksprengstoff Semtex schon früher verwendet. Ähnlich wie das C4 des US-Militärs konnte man es gefahrlos mit sich herumtragen. Es detonierte nur, wenn man einen speziell angefertigten Auslöser benutzte. »Wie groß ist die tödliche Reichweite?«

Der Techniker runzelte die Stirn, als Levi die Box in der Innentasche seines Jacketts verschwinden ließ. »Das Stahlgehäuse ist so gebaut, dass es wie eine herkömmliche Granate in tödliche Splitter zerspringt. Ich würde sagen, dass alles in einem Radius von drei bis vier Metern durch die Schockwelle zerfetzt wird.«

»Verstehe.«

»Es ist ein langer Tag gewesen.« Karpow kam herüber und legte Levi die Hand auf die Schulter. »Und für manche fängt er erst richtig an.« Er sah Grigori an und fragte: »Ist alles vorbereitet?«

Der Techniker nickte. »Ich denke schon.«

Als es an der Tür der Sicherheitszentrale klopfte, zeigte Karpow hin. »Grigori, geh an die Tür. Ich habe uns Essen bringen lassen.«

Als der Techniker öffnete, drang laute Musik in den Raum. Er ließ eine nervös wirkende Brünette herein. Sie brachte ein großes Tablett mit Essen, während er durch die gleiche Tür ging.

Karpow zeigte auf einen freigeräumten Tisch. »Bitte, meine Liebe. Einfach auf den Tisch.«

Levi sah die Frau an. Ein grünes Rechteck umrahmte ihr Gesicht.

Natascha Lubow.

Er musterte ihre Züge. Sie war perfekt geschminkt, trug ein nahezu durchsichtiges Kleid, das ihre fantastische Figur zur Geltung brachte, und schien höchstens 19 oder 20 Jahre alt zu sein.

Sie stellte ihre Ladung ab. Mit samtiger Stimme, die vor

Sinnlichkeit strotzte, präsentierte sie das erste Gericht. »Hier haben wir Räucherlachsroulade mit Frischkäse und rotem Kaviar.« Sie platzierte einen weiteren Teller auf dem Tisch. »Lachstatar mit gehackter Avocado, Schalotten und Lachskaviar.«

Die meisten Gerichte enthielten Eingemachtes, Salate und sonstige relativ leichte Kost.

Das letzte Gericht auf dem Tablett beschrieb sie als »frisch gepflückte Waldbeeren, bestäubt mit Puderzucker und einem Schuss gesüßter Sahne.«

Levi schaute zu der jungen Frau auf und lächelte. »Natascha, es sieht alles fast so schön aus wie Sie.«

Prompt färbten sich ihr Hals und ihre Wangen rosa. Sie stammelte einen Dank, bevor sie die Sicherheitszentrale mit dem leeren Tablett und gesenktem Kopf rückwärts verließ.

Levi schaufelte mit einem Löffel etwas Lachstatar auf eine Toastecke, während sich Karpow an den Tisch setzte.

Der Mann sah Levi mit belustigter Miene an. »Sie sind ein geheimnisvoller Mann, Genosse Yoder.«

»Wieso das?«

Karpow steckte sich eine eingelegte Kirschtomate in den Mund und kaute langsam. Er deutete in die ungefähre Richtung der Tür. »Ich frage mich, woher Sie den Namen der jungen Frau kennen. Sie arbeitet erst seit einer Woche hier. Bei Katarina war es anders, sie ist schon lange bei uns. Über sie hätten Sie recherchieren können. Aber Natascha? Interessant ...«

Levi zuckte mit den Schultern. »Ich muss beim Flirten in Übung bleiben. Wie alt haben Sie gesagt, ist Porschenkos Tochter?«

»Sie ist 31. Und ich bin zuversichtlich, dass unser kleiner Plan funktionieren wird.« Karpows Blick wanderte zu einem der Monitore. Er steckte sich eine weitere Tomate in den Mund und zeigte hin. »Da ist sie.«

Levi schaute zu dem Bildschirm, auf den der Oligarch verwiesen hatte. Die Kamera erfasste den Bereich vor dem Eingang des Etablissements. Eine große Limousine war vorgefahren. Der Chauffeur öffnete gerade die hintere Tür. Ein halbes Dutzend junger Frauen strömte aus dem Fahrzeug. Alle trugen schillernde Outfits, eine sogar ein Diadem. Sogar durch die Überwachungskamera konnte Levi das Funkeln der Diamanten darin erkennen. Er sah Karpow an. »Ist sie die Frau mit dem Diadem?«

»Ja, das ist Anja Porschenko.« Karpow nickte, als die jungen Frauen in den Club geleitet wurden. »Der Barkeeper hat die Drogen für sie bereit. Aber wie Sie es wollten, wartet er, bis Sie Anja von den anderen getrennt haben.« Der Oligarch verlagerte den Blick vom Monitor auf Levi. »Wie wollen Sie es anstellen?«

»Was?«

»Sie von ihren Freundinnen wegbekommen.«

Levi steckte sich ein Stück der Lachsroulade in den Mund, kaute rasch und schluckte. In der Planungsphase hatte Karpow mehrere Möglichkeiten vorgeschlagen, die Levi unnötig gefährlich erschienen. Am Ende hatten sie sich auf seine Methode dafür geeinigt, die Tochter des anderen Oligarchen in ihre Gewalt zu bringen. Levi stand auf und rückte die Krawatte zurecht. »Das zeige ich Ihnen in ein paar Minuten.«

»Ich habe eine Frau beauftragt, nach Ihnen Ausschau zu

halten, wenn Sie rausgehen. Sie wird Sie zu einem freien Tisch in der Nähe einer der dunkleren Nischen führen. Das sollte es vereinfachen – der Rest liegt bei Ihnen, Genosse Yoder.«

Levi betrachtete sein Spiegelbild, strich sich das Haar zurück und zuckte mit den Schultern. *Was du heute kannst besorgen ...*

Als Levi die Tür öffnete, bestürmte Techno-Musik seine Ohren.

———

Levi nippte an seinem Selters, während in dem Club pulsierendes Treiben herrschte. Zu seiner Linken befand sich die Hauptbühne, auf der mehrere Frauen gerade vor einem mit Handschellen an einen Stuhl gefesselten Mann strippten. Es wurde gejohlt, während die Kleidungsstücke fielen und jede Menge nackte Haut die Zuschauer animierte. Sein Blick jedoch ruhte auf den sechs jungen Frauen an der Bar.

Die mit dem Diadem war auffallend dünn. Zwar nicht ganz magersüchtig, dennoch vermutete Levi, er könnte selbst von Weitem mühelos ihre Rippen zählen, wenn er sie ohne Kleid vor sich hätte. Nichtsdestotrotz hatten die Damen eine Schar von jungen Männern angelockt, die sie mit Drinks versorgten und mit ihnen flirteten.

Levi trank sein Selters aus, bevor er das Etablissement in Richtung seines Ziels durchquerte. Er holte einen großen Geld-schein aus der Brieftasche und steuerte direkt auf Anja zu.

Als sich ihre Blicke begegneten, drückte er ihr den

Tausend-Rubel-Schein in die Hand und sagte: »Können Sie mir bitte noch ein Selters bringen?«

Damit drehte Levi um und kehrte zu seinem Tisch zurück, ohne zu wissen, ob sein Plan aufgehen würde.

»*He!*«, rief die Frau.

Er eilte weiter zu seinem Tisch und nahm wieder Platz. Levi schaute in Richtung der Bar und bewahrte eine versteinerte Miene, als die dunkelhaarige junge Frau mit dem Diadem zu ihm stapfte. In ihrem Gesicht zeichnete sich zunehmende Wut ab.

Sobald sie in Sprechdistanz geriet, warf sie ihm den zerknüllten Geldschein zu und knurrte ihm entgegen. »Ich bin keine Kellnerinnen, Sie Idiot!«

Als sie auf dem Absatz herumwirbelte und wieder gehen wollte, platzte Levi heraus: »Ich weiß.«

»Sie wissen es?« Die Frau drehte sich zu ihm zurück. Der Ausdruck von Zorn legte sich ein wenig, als Levi den zerknitterten Geldschein aufhob und sich erhob. »Wieso um alles in der Welt ...«

»Wie hätte ich Sie sonst von all den Leuten wegbekommen sollen, damit ich der schönsten Frau hier einen Drink spendieren und unter vier Augen mit ihr reden kann?« Levi sprach so herzlich und aufrichtig, wie er konnte. Er winkte der Kellnerin, die auf diesen Moment gewartet hatte.

Sie eilte herbei und fragte: »Was darf ich Ihnen bringen?«

Levi sah Anja an und deutete auf die Kellnerin. »Was darf ich Ihnen bringen lassen?«

Der zornige Gesichtsausdruck der jungen Frau schmolz dahin. Stattdessen lächelte sie sogar. Sie besaß ein hübsches

Lächeln. Ihr Blick fiel auf die Kellnerin. »Wodka mit Cranberry.«

Die Kellnerin wandte sich Levi zu, der ihr sein Glas reichte. »Noch mal das Gleiche.«

Dann deutete er in Anjas Richtung auf den freien Platz neben sich und lächelte sie an. »Tut mir leid, wenn Sie mein Vorgehen als unhöflich empfunden haben, aber mir ist nichts Besseres eingefallen.«

Die junge Frau streckte die Hand aus und stellte sich vor. »Ich bin Anja. Und wir können uns gern duzen.«

»Levi.« Lächelnd schüttelte er ihr die Hand, und sie nahmen beide Platz.

Die Kellnerin brachte ihre Getränke. Vor Anja stellte sie einen rosafarbenen Drink ab, vor Levi das Wasser. Die Kellnerin wandte sich an die junge Frau. »Der Barkeeper hat mich gebeten, nachzufragen, ob der Wodka in Ordnung ist. Es ist eine neue Premiummarke aus der Nähe von Moskau.«

Anja trank einen ausgiebigen Schluck, schloss die Augen und nickte. »Oh, er ist stark ... aber recht gut.« Sie öffnete die Augen und lächelte. »Sagen Sie ihm, er soll noch einen mixen. Ich glaube, der hier wird nicht lange vorhalten.«

»Gern.« Mit raschen Schritten entfernte sich die Kellnerin in Richtung der Bar.

»Levi«, sagte Anja laut genug, dass man es am Nebentisch hören konnte. Sie beugte sich vor und starrte ihn an. »Weißt du, wer ich bin?«

»Das würde ich gern erfahren. Vorerst kenne ich nur den Vornamen einer Frau, die mir an der Bar ins Auge gestochen ist.« Er lächelte. »Außerdem bin ich nicht aus der Gegend und kenne deshalb praktisch niemanden. *Sollte* ich dich kennen?«

Anja trank einen weiteren Schluck. Ihre Augen wurden glasig, als sie sich zu Levi beugte und ihm die Hand aufs Knie legte. »Du k-kennst mich nicht.«

Ihre Worte klangen leicht gelallt.

Levi rückte mit dem Stuhl näher und streckte die Hand aus.

Sie leerte das Glas und packte seine Hand, um sich an ihm abzustützen.

»Geht's dir gut?«, fragte Levi, als er aus dem Augenwinkel mitbekam, dass sich mehrere Leute näherten.

Anja starrte ihn mit einem zittrigen Lächeln an. »Du h-hast wunderschöne b-blaue Augen, Levi. Hat dir ... hat schon mal jemand ... hat ...«

Ihre Lider fielen langsam zu.

Womit auch immer man ihren Drink versetzt hatte, es wirkte geradezu beängstigend schnell.

Levi hielt Anjas beide Arme fest, als ihr Kopf nach vorn baumelte. Rasch eskortierten zwei von Karpows Männern die halb bewusstlose junge Frau weg.

Levi nippte weiter an seinem Selters. Nur wenige Augenblicke später kam Grigori vorbei, reichte Levi eine Plastikkarte und flüsterte ihm ins Ohr: »Das ist ihre Schlüsselkarte. Der Fahrer von Genosse Karpow wartet vor dem Club auf Sie. Er bringt Sie dorthin, wohin Sie müssen.«

Levi steckte die Karte ein, ließ den zerknitterten Geldschein auf den Tisch fallen und verließ das Etablissement durch den Vordereingang.

KAPITEL DREIZEHN

Spät am Abend verließ Alicia mit ihren drei Mitbewohnerinnen das Wohnheim in Richtung der Bibliothek des Campus. Sie hatten gerade begonnen, sich übers Abendessen zu unterhalten. Alicia konnte kaum fassen, wie die anderen reagierten, als sie Pizza vorschlug.

»Wie kannst du so was essen?« Min verzog das Gesicht, während sie dem Gehweg zum Elm Drive folgten. »Der Käse da drauf ist aus verdorbener Milch, oder? Das kann nicht gesund sein.«

Alicia lachte. »So könnte man es vielleicht ausdrücken, aber die Milch ist nicht wirklich verdorben. So oder so, Pizza schmeckt spitze.« Sie sah Ruth und Ting an. »Hat echt keine von euch je Käse gegessen?«

Alle schüttelten den Kopf.

»Dann holen wir uns auf jeden Fall Pizza. Ihr seid jetzt in Amerika, also muss ich euch ...«

»Warum ist es so dunkel?«, fragte Ting mit einem Anflug von Besorgnis in der Stimme.

Als sie die Metallskulptur vor dem Whitman Gebäude passierten, fiel Alicia auf, dass sämtliche Straßenlaternen in der Nähe ausgefallen waren.

»He, Alicia.« Eine Männerstimme von einer schemenhaften Gestalt in der Nähe des Metallgebildes.

Alicia drehte sich in die Richtung, und plötzlich schien alles in Zeitlupe abzulaufen.

Der Mann kam näher. Etwas Metallisches funkelte in seiner rechten Hand.

Min griff ihn an. Ihr Tritt traf wuchtig den Arm, und der Gegenstand in der Hand flog davon.

Auf dem Elm Drive heulte ein Motor auf, und die Scheinwerfer eines Autos gingen an.

Ruth packte Alicia am Oberarm und rief: »Komm mit!« Sie zog Alicia zurück in Richtung des Wohnheims.

Mitten im Schritt zögerte Alicia. »Was ist mit ...«

»Die beiden kommen klar.« Rachel zog kräftiger, als ein Schuss ertönte.

Mit wild hämmerndem Herzen zog Alicias ihre Taschenlampe, wusste jedoch, dass es zu spät war, um sie noch einsetzen zu können, also rannte sie weiter zum Wohnheim.

Keine halbe Minute später stürmten sie in die Sicherheit des Gebäudes.

Alicia wollte sofort die Polizei verständigen, doch als sie in ihrer Gesäßtasche nach dem Telefon tastete, verzagte sie. »Ich muss mein Handy draußen verloren haben.«

Sie näherten sich gerade der Treppe, als Ruths Telefon vibrierte. Sie hielt es sich ans Ohr. »Ja?«

Die dünne junge Frau nickte mehrmals und brummte bestätigend. »Habt ihr das Kennzeichen?«

Ein zweimaliges Brummen.

Alicias Gedanken überschlugen sich, als sie Revue passieren ließ, was passiert war.

Das metallische Funkeln ... So ungern sie es für möglich halten wollte, es hatte sich wahrscheinlich um eine Waffe gehandelt. Wären es Schlüssel gewesen, hätte sie ein Klimpern gehört, als Min sie ihm aus der Hand getreten hatte.

Und die Stimme – das war kein Student gewesen. Der Mann hatte sich älter angehört. Und er hatte einen russischen Akzent.

Sie kannte keine Russen. Wer könnte es gewesen sein? Und woher kannte er ihren Namen?

Die Eingangstür öffnete sich, und Ting kam herein.

Alicia wurde mulmig zumute, als die junge Frau auf sie und Ruth zugelaufen kam. »Wo ist Min?«

Ting umarmte Alicia und fragte: »Geht's dir gut?«

»*Wo ist Min?*« Alicia wischte sich Tränen aus den Augen, während ihr Herz wild in der Brust pochte.

»Es geht ihr gut. Sie redet gerade mit der Polizei und nennt den Beamten das Kennzeichen.« Sie zog ein Mobiltelefon aus der Tasche und reichte es Alicia. »Hier, das hab ich im Gras gefunden.«

»Was ist mit dem Mann mit ...«

»Der Mann an der Skulptur ist zum Auto gerannt und damit entkommen.«

»Ich hab einen Schuss gehört.«

»Glaub ich nicht.« Tings Miene wirkte trotz der Ereignisse völlig ruhig. Beinah so, als wäre das alles für sie völlig normal. »Vielleicht hatte der Fluchtwagen beim Davonrasen eine Fehlzündung. Bestimmt hast du das gehört.«

»Kommt.« Ruth legte die Arme um die beiden. »Gehen wir zurück ins Zimmer und entspannen uns ein bisschen. Min hat mich vorhin angerufen. Sie kümmert sich draußen um alles. Sobald sie fertig ist, können wir vielleicht diese Pizza bestellen, die du uns schmackhaft machen willst.«

Alicias Herz raste noch immer, und ihre Hände zitterten, als sie die Treppe hinaufstieg.

Warum könnte es jemand auf sie abgesehen haben?

Doug Masons Telefon vibrierte. Er tippte an seinen Ohrstöpsel. »Ja?«

»*Doug.*« Er erkannte auf Anhieb die Stimme von Lucy Chen. »*Wir hatten einen versuchten Kontakt mit Levis Tochter.*«

Mason setzte sich aufrechter hin. »Geht's ihr gut?«,

»*Sie ist wohlbehalten im Wohnheim bei meinen Leuten. Ich brauche ein Beseitigungsteam für eine Leiche, und es muss schnell gehen. Wir wollen schließlich nicht, dass sich irgendwelche Studenten zum Rummachen in die Büsche schlagen und dabei über einen Toten stolpern. Außerdem hab ich das Kennzeichen vom Auto des Fluchtwagenfahrers. Und ja, er ist entkommen.*«

»Irgendwelche Zeugen?«

»Glauben meine Leute nicht. Wir hatten Glück. Ich glaube, Alicia ist ziemlich erschrocken, aber wir haben sie vom Geschehen weggeschafft, sobald es losgegangen ist. Wahrscheinlich hält sie es bloß für ein zufälliges Ereignis.«

Mason runzelte die Stirn. »Sie vermutet mit Sicherheit mehr als das.«

»Na schön, kann sein. Aber um Alicias Gemütszustand kümmern sich meine Leute. Von dir brauche ich die Aufräummannschaft.«

»In Ordnung, schick mir die GPS-Koordinaten, wo ihr die Leiche versteckt habt, und das Kennzeichen. Ich kümmere mich darum. Brauchst du vor Ort sonst noch etwas? Ich kann ein Team hinschicken.«

»Nein. Meine Leute bewachen Alicia rund um die Uhr, bis sie nach Pennsylvania zurückkehrt. Wir haben noch zwei Tage. Wann kommt Levi zurück? Er wird in die Sache eingreifen wollen. Und deine Spielchen mache ich nicht mit. Er erfährt von mir davon, ganz gleich, was du sagst.«

»Levi ist immer noch auf seiner Mission. Wenn alles wie erhofft verläuft, sollte er ungefähr dann auf der Rückreise sein, wenn auch Alicia wieder nach Hause fährt. Wir sprechen uns demnächst wieder.«

Lucy legte auf, und Mason lehnte sich auf dem Stuhl zurück. Er starrte an die Decke und murmelte ins Leere: »Levi wird Amok laufen, wenn er davon erfährt.«

Konstantin Porschenko stand vom Computer auf, entfernte die Heizdecke von seiner schmerzenden Schulter und wollte gerade in sein Schlafzimmer, als das Telefon klingelte.

Niemand rief auf dieser Leitung an, schon gar nicht so spät. Sein Blick heftete sich auf die digitale Anzeige. Irgendein Unternehmen namens *Schlafsysteme*. Offensichtlich ein automatischer Werbeanruf. »Das sollte verboten sein«, brummte er bei sich.

Er wartete, bis der Anruf nach viermaligem Klingeln endete.

Fast sofort schrillte das Telefon erneut.

Es handelte sich um denselben Anrufer. Porschenkos Wut schoss durch die Decke. Er schnappte sich den Hörer und brüllte: »Ich will nichts, was auch immer Sie verkaufen!«

»Genosse! Genosse! Tut mir leid, Sie zu stören, aber hier ist der Sicherheitsdienst im Matratzenladen, und ich habe hier jemanden, der mir diese Nummer gegeben hat. Die junge Frau ist betrunken oder unter Drogen, und ich glaube, jemand hat sie ausgeraubt. Sie hat mich mit ihrer Handtasche beworfen. Nur ihr Führerschein war drin.«

Porschenko lief ein Schauder über den Rücken, als er zielstrebig auf Anjas Flügel des Hauses zusteuerte. »Wer hat Ihnen diese Nummer gegeben?«

»Die junge Frau. Laut Führerschein heißt sie Anja Porschenko.«

Der Mann sprach weiter, während Porschenko die Küche passierte und den Weg durch den Flur fortsetzte. Er riss die Tür zur Zimmerflucht seiner Tochter auf und rief: »Anja!«

Wie immer lag überall Kleidung verstreut. Die Dienstmädchen putzten täglich, trotzdem gelang es seiner Tochter nie, Ordnung zu halten. Er verließ das Schlafzimmer und kehrte zurück in sein Büro.

»Lassen Sie mich mit ihr reden.«

»Genosse, sie ist auf einem unserer Ausstellungsmodelle wieder ohnmächtig geworden. Sie riecht nicht allzu stark nach Alkohol, aber irgendwas stimmt nicht mit ihr. Kurz hat sie irgendwas von einem verlorenen Diadem gerufen. Wenn ich versuche, sie zu wecken, wehrt sie sich ziemlich heftig.«

Porschenko holte tief Luft und stieß sie langsam wieder aus. Das klang eindeutig nach seiner Tochter. »Ich schicke jemanden, der sie abholt.«

»Tut mir leid, aber in dem Zustand kann ich sie nicht irgendwelche Fremde übergeben. Wahrscheinlich wäre sie bei der Polizei am besten aufgehoben. Ich habe Sie nur angerufen, weil sie darauf bestanden hat, bevor sie wieder das Bewusstsein verloren hat.«

»Sie werden nicht die Polizei anrufen.«

»Genosse, ich muss. Ich weiß nicht, was ich sonst tun soll. Sie ist in den Laden eingebrochen, und ich weiß noch nicht, was für Schaden sie angerichtet haben könnte. Ich bin gerade allein hier und will nicht für sie oder dafür verantwortlich sein, was sie womöglich kaputt gemacht hat.«

»Ich komme sie selbst abholen.«

»Genosse, wer sind Sie? Und sind Sie in der Nähe?«

»Ich bin ihr Vater.« Porschenko setzte sich an den Schreibtisch, gab den Namen der Firma ein, die er auf dem Display gesehen hatte, und rief ihn auf einer Karte auf. »Sie sind am Universitetski Prospekt?«

»*Ja.*«

»Ich bin in 45 Minuten da.«

»*Genosse, ich muss jemanden anrufen ...*«

»Wie heißen Sie?«

»*Boris.*«

»Hören Sie mir zu, Boris. Ich bin Konstantin Porschenko, der Leiter des staatlichen russischen Energiekonsortiums. Ich bin sowohl mit dem Leiter des FSB als auch mit dem Präsidenten unserer großen Nation persönlich befreundet. Sie haben jetzt zwei Möglichkeiten. Entweder warten Sie, bis ich da bin, und werden für Ihre Geduld und Ihr Schweigen entschädigt. Oder Sie tun, was Sie für nötig halten, und tragen gegebenenfalls die Konsequenzen. Was darf es sein, Boris?«

»*Äh ... t-tut mir leid, Genosse Porschenko. Ich wusste nicht ...*«

»Wie lautet Ihre Antwort?«, brüllte er ins Telefon, als sich der Rest seiner Geduld in Luft auflöste.

»*Ich w-warte. Genosse, ich p-passe auf sie auf und s-sorge dafür, dass ihr nichts passiert.*«

»Ich fahre jetzt los.« Damit legte Porschenko auf, schnappte sich den Autoschlüssel und verließ das Büro.

Auf dem Weg aus dem Haus wandte sich der Oligarch an einen Mitarbeiter seines Sicherheitsdiensts. »Ich muss kurz in die Stadt. In ein paar Stunden bin ich zurück.«

Der Wachmann zog ein Funkgerät vom Gürtel. »Ich wecke Ihren Fahrer und ...«

»Nein.« Porschenko wischte den Vorschlag weg. »Ich fahre allein.«

Das Letzte, was er gebrauchen konnte, waren weitere Zeugen dafür, was sich Anja angetan hatte – schon wieder.

Levi starrte auf die Sichtschutzwände entlang der Fernstraße Rubljowo-Uspenskoje, als die Limousine langsamer wurde. In den USA gab es nichts Vergleichbares, doch in dieser Gegend verlief entlang der Straße eine deutlich sichtbare Wellblechbarriere, leicht nach außen gewölbt, wodurch es so gut wie unmöglich wäre, über sie zu klettern. Gelegentlich entdeckte er eine Lücke dazwischen, und trotz fehlender Straßenbeleuchtung konnte er die Umrisse von Villen erkennen, in denen hinter dem Sichtschutz friedlich Lichter brannten.

Falls es ein Oligarchenviertel gab, musste es dieser Ort sein. Tagsüber mochte das Gebiet wunderschön sein, nachts jedoch wirkte der abgelegene, dunkle Straßenabschnitt eher bedrohlich als einladend.

Karpow hatte ihm die ursprünglichen Baupläne von Porschenkos Villa zur Verfügung gestellt, außerdem Satellitenaufnahmen von Google Earth.

Letztere hatten Levi bei der Ausarbeitung seines Plans geholfen. Einer von Karpows Männern war losgeschickt worden und hatte bestätigt, dass die Bilder noch stimmten. Damit hatte festgestanden, wie Levi sich Zugang verschaffen würde.

Trotz aller Planung des Outfits und Levis Vorsatz, immer vorbereitet zu sein, befand er sich ohne seine Ausrüstung nur knapp einen halben Kilometer vom Ziel entfernt. Normalerweise drang man nicht ausgerechnet in Anzug und Krawatte in eine feindselige Umgebung ein.

Zudem wollte er es unbemerkt bewältigen, um sich Daten zu beschaffen. Und je nachdem, ob es ihnen gelingen würde, Porschenko aus dem Haus zu locken, kam entweder ein Mordanschlag oder die Vorbereitung dafür hinzu.

Der Fahrer fuhr rechts ran und deutete nach vorn. »Das Haus ist auf der linken Seite. Ich warte an der Tankstelle einen halben Kilometer weiter an der Straße nach Porschenkos Villa.« Er drehte sich auf dem Sitz um und hielt Levi eine handgroße flache Schachtel hin. »Genosse Karpow hat gesagt, ich soll Ihnen das als Geschenk anbieten. Vielleicht finden Sie da drin Verwendung dafür.«

Levi nahm die Schachtel entgegen, nahm den Deckel ab und erblickte eine kleine Handfeuerwaffe.

»Genosse Karpow war besorgt darüber, dass Sie die Lebedew als Waffe bei sich trugen. Das ist eine PSS-2, schallgedämpft. Wird vom FSB bei schmutzigen Operationen eingesetzt.«

Der alte sowjetische Begriff für Mordanschläge. Oder Ähnliches, bei dem es blutig werden konnte.

»7,62x43-Millimeter-Unterschallmunition. Ob Sie's glauben oder nicht, das Geräusch der fallenden Hülsen wird wahrscheinlich lauter sein als die Waffe selbst.«

Levi überprüfte das Magazin. Voll. Er zog den Schlitten zurück, lud eine Patrone ins Lager und steckte die kompakte Waffe in die Anzugtasche. »Also gut ...«

»Moment noch!« Der Fahrer zog abrupt eine Landkarte aus Papier hoch, um die Sicht von draußen zu blockieren, dann wandte er sich an Levi. »Jemand verlässt gerade Porschenkos Grundstück.«

Levi duckte sich auf dem Rücksitz. Eine halbe Minute später fuhr ein Auto vorbei.

Der Fahrer warf die Karte beiseite. »Die Luft ist rein. Das Tor ist wieder geschlossen.«

Levi klopfte auf die Rückenlehne des Fahrersitzes, dann stieg er aus der dunklen Limousine in die Schwärze der einsamen Straße aus.

Der Fahrer brauste davon, und Levi schlenderte am Eingang zu Porschenkos Anwesen vorbei, ohne auch nur hinzuschauen.

Das Grundstück selbst säumte die Straße auf einer Länge von 300 Metern und wies einen Metallzaun mit Stacheldrahtkrone auf.

Irgendwo in der Nähe brummte ein Generator. Levi wäre nicht überrascht, wenn sogar der Stacheldraht unter Strom stünde.

Levi überquerte die Straße und betrat eine Baustelle auf Porschenkos Nachbargrundstück. Im Licht des Monds konnte er einige Teile des gegossenen Fundaments ausmachen.

Aus einigen Baumaschinen wucherte Efeu, was das Gefühl vermittelte, dass die Fertigstellung dieses Hauses wohl noch auf sich warten lassen würde. Vielleicht waren die Bauarbeiten wegen der Unruhen im Land ins Stocken geraten. Der Nachbar konnte auch in die Fänge der Geheimpolizei geraten sein oder eine falsche Geschäftsentscheidung getroffen haben und von einem der größeren Fische im Teich geschluckt worden sein.

Levi gab es auf, darüber zu rätseln, warum die Bauarbeiten

offensichtlich schon vor längerer Zeit eingestellt worden waren. Stattdessen schritt er das Gelände vorsichtig ab, bis er entdeckte, wonach er suchte.

Auf dieser Seite wies Porschenkos Grundstück eine Mauer auf. Eine schwere Maschine parkte unmittelbar daneben. Genau wie auf den Satellitenbildern zu sehen.

Levi holte ein dünnes Nylonseil aus der Tasche und sprang auf die Gleiskette der großen Erdbewegungsmaschine. Innerhalb weniger Augenblicke kletterte er auf das Kabinendach, band ein Ende des Seils an eine Metallöse und warf den Rest des Seils über die Mauer.

Dann ging er in die Hocke und ließ den Blick prüfend über das Grundstück wandern.

In der Nähe des Tors befand sich ein Wachposten. Auf der Seite, die zu Levi wies, gab es einen zweiten Eingang ins Haus.

Den Eingang, den Anja benutzte.

Nachdem Levi das Gelände etwa fünf Minuten beobachtet und keinerlei Bewegung ausgemacht hatte, griff er sich das Seil, sprang vom Dach der Kabine über die Mauer und ließ sich rasch zu Boden. Er befand sich um die 50 Meter vom Seiteneingang entfernt.

Levi holte die Schlüsselkarte aus dem Jackett, schlich vorwärts und zog die Karte über die Tafel neben der kunstvoll geschnitzten Tür.

Als ein Klicken ertönte, schob Levi die Tür auf und rückte ins Haus vor.

Mit der schallgedämpften Waffe in der Hand bewegte er sich über weiße Marmorfliesen und rief sich den Grundriss ins Gedächtnis, den er auf den Bauplänen gesehen hatte.

Bislang stimmte alles.

Er hatte das Gästefoyer durchquert und an Anjas Schlafzimmer sowie ihren Wohn-, Ess- und Kochbereich passiert, bevor er zu der Tür gelange, die in den Hauptteil der Villa führen sollte.

Levi streckte gerade die Hand nach dem Knauf aus, als die Tür aufschwang.

Ein großer Mann mit kantigen Zügen tauchte auf. Als er vor Überraschung die Augen weit aufrisse, schien sich die Zeit zu verlangsamen.

Der Mann griff nach etwas in seinem Jackett, Levi drückte den Abzug und verteilte seinen Hinterkopf über die Wand.

Der Wachmann sackte zusammen wie eine Marionette mit gekappten Fäden. Sein Aufprall auf dem Boden verursachte mehr Lärm als die Pistole.

Levi hatte keine Ahnung, wie viele Leute sich im Haus aufhielten, aber er konnte keine Blutspuren gebrauchen, die darauf aufmerksam machen würden, dass etwas nicht stimmte.

Er schloss die Tür, holte Küchentücher, wischte damit bestmöglich das Blut von der Wand und vom Boden, stopfte die Tücher in einen ebenfalls aus der Küche besorgen Müllsack und stülpte ihn über den Kopf des Toten. Dann schleifte er den Wachmann am Kragen den Flur hinunter und in ein Badezimmer.

Als er ihn abtastete, entdeckte er ein Handy, das er unter

dem Absatz zertrat, außerdem eine 9-Millimeter-Pistole, eine SIG P365 aus Deutschland, die er einsteckte.

Schließlich trat er zurück hinaus in den Flur und schloss die Badezimmertür hinter sich.

Levi atmete langsam durch und nahm dabei keine Geräusche im Haus wahr. Er setzte den Weg fort. Auf den Marmorfliesen entdeckte er keine offensichtlichen Blutspuren, und die Reste an der Wand waren in der Düsternis vernachlässigbar. Schließlich betrat er eine luxuriös ausgestattete Küche.

Der Raum war locker so groß wie Levis Apartment. Porschenko mochte als Einsiedler verschrien sein, aber er besaß eine Küche, in der er mühelos ein Festmahl für eine ganze Horde von Gästen zubereiten könnte.

Levi entdeckte etliche amerikanische Marken, als er den Blick über die zwei Herde und den Kühlschrank wandern ließ. Er orientierte sich an dem Gebäudeplan in seinem Kopf, ließ die Küche hinter sich und passierte einen beigen Travertin-Esstisch mit 24 Stühlen.

Levi durchquerte einen Korridor, betrat einen offenen Bereich für die Bewirtung von Gästen, stieg eine Treppe hinauf und folgte einem langen Flur.

Karpows Informationen waren korrekt.

Die Doppeltür zu Porschenkos Büro stand weit offen. Der große Raum lag unmittelbar vor Levi. Das Büro erwies sich als auffallend ordentlich. Nicht eine einzige Büroklammer lag lose herum. Merkwürdig fand Levi nur, dass eine noch an eine Wandsteckdose angeschlossene Heizdecke über der Armlehne eines Ledersessels hing.

Anscheinend war Porschenko ziemlich überstürzt aufgebrochen. Wahrscheinlich war er in dem Auto gewesen, das sie wegfahren gesehen hatten.

Levi lächelte, als er den Desktopcomputer entdeckte. Der Monitor war ebenso eingeschaltet wie der Rechner.

Er holte den USB-Stick von Grigori hervor und schloss ihn an der Rückseite des Computers an. Eine LED blinkte erst grün, dann rot, bevor sie konstant grün leuchtete. Mehr musste er angeblich nicht tun, um den Virus zu installieren.

»In dem Behälter mit dem Sprengstoff ist ein Mobiltelefonempfangsteil. Im Grunde ist das ganze Ding eine Antenne, die aktiviert wird, sobald man die Folie abzieht und das Gehäuse auf etwas klebt. Sie müssen nur den Virus installieren. Wenn sich jemand am Computer anmeldet, ruft er automatisch einen Dienst auf, der die Nummer des Empfangsteils anruft – und bumm!«

Levi holte einen weiteren Stick aus der vorderen Tasche. Dieser stammte von Brice.

Er schloss ihn an einen der freien Steckplätze des Rechners an. Eine rote LED blinkte einmal auf und erlosch, wie es in den Missionsunterlagen beschrieben stand.

Ein weiterer Virus wurde installiert, allerdings bewirkte dieser etwas völlig anderes.

»Der Virus greift auf einen meiner öffentlichen Server zu. Über den Austausch eines privaten Schlüssels stellt er eine sichere Verbindung zu einer der Workstations des Outfits her. Sobald das passiert ist, beginnen meine Skripte automatisch, alle Daten abzusaugen, auf die ich zugreifen kann.«

Levi holte die noch inaktive Bombe aus der Jackentasche,

entfernte die Folie vom Klebeband und platzierte das Semtex direkt unter dem Computer.

Damit war die Bombe scharf.

Levi sah auf die Armbanduhr. Er hatte sich vorgenommen, nicht länger als zehn Minuten zu bleiben.

Auf dem Schreibtisch stand ein Foto, das einen Mann händchenhaltend mit einer Frau zeigte. In den Augen und im Lächeln der Frau erkannte er Anja wieder. Auch der Mann hatte eine gewisse Ähnlichkeit mit ihr. Levi fragte sich, wo die Ehefrau stecken mochte. Plötzlich verspürte er den Drang, so schnell wie möglich zu verschwinden.

Er zog eine der Schreibtischschubladen auf, die sie als vollkommen leer erwies. In den anderen fand er nur Kugelschreiber, Bleistifte und mehrere Packungen Pfefferminzbonbons.

Levi schlug etwas auf, das nach einem Adressbuch aussah. Er blätterte durch die Seiten und achtete darauf, sich auf die Einzelheiten zu konzentrieren.

Dann betrachtete er über den Schreibtisch gebeugt das Telefon und drückte den Aufwärtspfeil auf dem digitalen Display. Er grinste, als eine Liste der eingehenden und ausgehenden Nummern angezeigt wurde. Levi drückte die Pfeiltasten und scrollte durch die Aufstellung.

Er ging bis zum Ende des Speichers des Telefons zurück, was ungefähr zwei Wochen entsprach.

Levi ließ den Blick durch den Raum wandern, bevor er abermals auf die Armbanduhr sah. Zeit, zu verschwinden.

Er zog die USB-Sticks vom Computer ab, trat vom Schreibtisch zurück und verglich den Gesamteindruck dank seines fotografischen Gedächtnisses mit dem Zustand beim Betreten des Raums. Kein Unterschied erkennbar.

Mit der Waffe in der Hand und kribbelnden Sinnen verließ er zielstrebig das Büro, durchquerte das Haus und steuerte auf Anjas Eingang zu.

Brice eilte zurück in sein Büro, warf die Tüte mit dem hastig geholten, halb gegessenen Essen auf seine Werkbank, setzte sich an den Computer und tippte drauflos.

Er wollte bestätigen, was die auf seinem Handy empfangenen Mitteilungen besagten. Also versuchte er, über das Internet mit einem lokalen Prozess auf einen ungeschützten Netzwerkanschluss irgendwo in Moskau zuzugreifen. Als es funktionierte, breitete sich ein Lächeln in seinem Gesicht aus.

Kopfschüttelnd band er ein Remotelaufwerk auf seinem lokalen Rechner ein. »Heilige Scheiße, Levi. Du hast's geschafft.«

Der mit Brice' Backdoor-Virus infizierte Computer übertrug seit 20 Minuten Dateien.

Sein Telefon summte. Er tippte darauf und nahm den Anruf auf dem Lautsprecher entgegen, während seine Finger über die Tastatur rasten. »Was gibt's?«

»Hat er den Kontakt hergestellt?« Mason.

»Sieht ganz so aus. Einen Moment, mal sehen, ob ich etwas bestätigen kann.« Brice durchsuchte die bereits übertragenen Verzeichnisse nach einer PST-Datei. Er fand eine, ließ sie durch seine Cracking-Software laufen und rief sie in einem

Outlook-Viewer auf. »So weit, so gut.« Als er durch die Liste der E-Mails scrollte, hatte der automatische Übersetzungsfilter Mühe, mitzuhalten. Brice wählte einen Betreff aus, der interessant klang. »Mal sehen. Ich habe gerade eine E-Mail vor mir, von einem gewissen Konstantin Porschenko an einen stellvertretenden Minister einer Abteilung im Kreml, von der noch niemand je gehört hat. Wow, Levi hat's tatsächlich geschafft. Keine Ahnung, wie. Aber wir sind drin. Und ich sauge die Daten so schnell ab, wie es Porschenkos Internetleitung zulässt.«

»Gut. Holen Sie sich, so viel Sie kriegen können. Wir wollen eine riesige Verhaftungswelle, aber es muss alles wasserdicht sein. Ich setze mich mit unserer Kontaktperson in Russland in Verbindung und veranlasse, dass Levi so schnell wie möglich aus dem Land geschafft wird. Er und ich müssen ein Gespräch führen.«

Innerlich zog sich Brice alles zusammen, als er sich vorstellte, wie dieses spezielle Gespräch mit Levi verlaufen würde. In dem Fall war er froh, dass die Zuständigkeit dafür weit über seiner mickrigen Gehaltsklasse lag. Menschen konnten sich unberechenbar verhalten, wenn sie erfuhren, dass Angehörige durch ihre Arbeit gefährdet wurden.

Auf der Heimfahrt umklammerte Konstantin Porschenko krampfhaft das Lenkrad. Sein gesamter Körper schmerzte vor Wut darüber, was Anja sich angetan hatte. Morgen würde er sich etwas überlegen können, in dieser Nacht jedoch stand im

Vordergrund, sich um sein kleines Mädchen zu kümmern. Vielleicht würde er eine Vollzeitkraft einstellen, einen Aufpasser für sie. Er schaute zu ihr und zuckte zusammen, als er sah, wie ihr Kopf hin und her baumelte. Den Großteil der Fahrt nach Hause hatte sein einziges Kind zusammenhanglos gebrabbelt.

Irgendetwas von einem Preis.

Sie konnte sich nicht erinnern, wo sie gewesen war oder mit wem. Zu seinem Verdruss konnte sie sich auch nicht erklären, warum ein Wachmann sie schlafend in einem Matratzenladen gefunden hatte.

Sein kleines Mädchen besaß dasselbe Gen, das ihre Mutter das Leben gekostet hatte. Es ließ sie der Versuchung nachgeben, sich zu betrinken und andere ungesunde Dinge anzustellen. Ein Gefühl der Verzweiflung überkam ihn, als ihm klar wurde, dass er mit ansah, wie sich das Einzige, das ihn bei Verstand hielt, langsam selbst umbrachte.

Er drückte im Auto auf den Knopf, und das Tor öffnete sich weit.

Der Wachmann nickte, als Porschenko vor den Haupteingang fuhr.

Er stellte das Auto ab, eilte zur Beifahrerseite und ignorierte die Schmerzen in der Schulter, als er sich seine Tochter in die Arme hob.

Anja lehnte den Kopf an seine Brust und wimmerte. »Papa, ich vermisse die Partys, die du und Mama geschmissen habt.«

»Ich auch, mein Schatz.« Er küsste sie auf den Kopf. Einer der Sicherheitsleute hastete voraus, um die Haustür für ihn zu öffnen.

Als er sich dem Eingang näherte, öffnete der Wachmann

den Mund, um etwas zu sagen, überlegte es sich jedoch anders und wandte den Blick ab. »Juri, um was es auch geht, es kann bis morgen warten.«

Er ging in sein Schlafzimmer, legte Anja auf die Decken und küsste sie erneut auf die Stirn. »Ich bin gleich wieder da.«

Nachdem er Schlafzimmertür geschlossen hatte, lief er die Treppe hinauf.

Er setzte sich auf seinen Bürostuhl, griff zum Telefon und drückte eine der Kurzwahltasten.

Am anderen Ende der Leitung klingelte es nur einmal, bevor ein Mann mit tadellos amerikanischem Akzent ranging. *»Ja?«*

Porschenkos Stimme wurde brüchig, als er die Stimme des Mannes hörte. Er sprach auf Russisch drauflos. »Alex, sie ist genau wie Anna. Sie wird sterben, ich spüre es. Es wird wieder passieren. Und was mache ich dann? Ich kann das nicht mehr lange machen. Sie braucht mich.«

»Hör auf! Reiß dich zusammen. Sonst gehst du unter. Du musst im Programm bleiben.«

Alex sprach weiterhin Englisch, brach nie aus seiner angenommenen Identität aus.

Porschenko atmete tief durch und stieß zittrig die Luft aus. »Du hast recht. Ich weiß, dass du recht hast. Wir sind ja fast am Ziel, nicht wahr?«

»Ja. Die Dinge entwickeln sich so, wie wir sie brauchen. Ich habe dir die Kontaktdaten von fünf weiteren Einflussnehmern geschickt. Die Letzten sind überzeugt worden. Ihre Stimmen gehören uns. Wir brauchen noch fünf im Repräsentantenhaus und zwei im Senat.«

»Du fehlst mir. Es ist 40 Jahre her.«

»Hast du mich gehört? Wir sind sehr nah dran. Tu, was getan werden muss.«

Damit war die Leitung tot, und Porschenko seufzte.

Er legte den Hörer auf, wandte sich dem Computer zu, gab sein Kennwort für den Bildschirmschoner ein, und ...

Grelles Weiß blitzte auf.

KAPITEL VIERZEHN

Levi stieg die Treppe aus dem unterirdischen Bunker von Incirlik hinauf und atmete den Geruch von Flugzeugabgasen ein, als er die Rollbahn des türkischen Flughafens betrat. Im hellen Sonnenlicht kniff er die Augen zusammen, holte tief Luft und lächelte. Was er einatmete, fühlte sich nach Freiheit an. In seiner Reisetasche befand sich sein Anzug, der nach Schweiß und Urin stank. Stattdessen trug er den dunklen Einsatzanzug, während er den Blick über das Rollfeld wandern ließ. Jemand in Uniform kam mit etwas in der Hand auf ihn zugerannt.

»Lieutenant Jennings, Ihr Ausweis, Sir.« Der Mann streckte Levi seinen Militärausweis entgegen.

»Danke, Airman.« Levi heftete sich den Ausweis an den Einsatzanzug und fragte: »Wissen Sie, wann mein Transport in die USA eintrifft?«

Der Soldat zeigte nach Nordosten. »Die große graue Maschine, die in unsere Richtung rollt. Sie fliegt direkt nach Andrews, und an Bord sind nur Sie.«

Levi schüttelte den Kopf. »Ich frage mich, was der Pilot angestellt hat, dass er dafür eingeteilt worden ist. Wahrscheinlich so was wie: ›Sie fliegen ein Frachtflugzeug voller Plastikhundescheiße aus Hongkong.‹ Nur mit mir statt der Hundescheiße.«

»Sir?« Der Soldat schaute verwirrt drein.

»Vergessen Sie's, Airman. Ist aus einem Film vor Ihrer Zeit.«

»Sir, mir wurde gesagt, dass Sie sich so schnell wie möglich in der Zentrale melden sollen.«

Levi holte sein Handy heraus, stellte fest, dass er endlich wieder Empfang hatte, und wählte Brice' Nummer. Der Anruf wurde fast sofort angenommen. *»Levi, hast du schon mit Mason geredet?«*

»Danke der Nachfrage, es geht mir gut. Ich bin gerade in der Türkei, und nein, hab ich nicht. Mir wurde gerade ausgerichtet, dass ich mich in der Zentrale melden soll, und dort bist du mein üblicher Ansprechpartner, nicht er. Wieso, was ist denn los?«

In der Leitung herrschte Stille, was nie etwas Gutes verhieß.

»Warte, ich versuche, Mason zu erreichen …«

»Verdammt, Brice, sag mir einfach, was los ist. Bist du zum Computer durchgekommen?«

»Oh ja. Ich analysiere gerade das Material von dort.

Leider hab ich keinen vollständigen Download bekommen, bevor das Signal abgerissen ist. Ich vermute, jemand hat den Virus bemerkt und den Stecker gezogen.«

Levi runzelte die Stirn. »Wie lange war das Signal aktiv, bevor du es verloren hast?«

»Ungefähr zweieinviertel Stunden.«

Karpows Männer sollten Anjas Abholung in der Moskauer Innenstadt arrangieren. Die ungefähr eine Autostunde von Porschenkos Anwesen entfernt lag.

Levi grinste. »Tja, vielleicht solltest du dich mal umhören, ob in Russland der Chef eines Energiekonzerns unverhofft in die Luft geflogen ist.«

»Nein! Nicht dein Ernst. Wie hast du ... Ach was, vergiss es. Ich recherchiere das mal.«

Ein großes, ungekennzeichnetes Frachtflugzeug kam wenige Hundert Meter von Levi entfernt langsam zum Stehen.

»Hör mal, Brice, ich steige gleich in eine Maschine nach Andrews. Was will Mason denn von mir?«

»Verdammt, ich kriege ihn einfach nicht an die Strippe. Hab's die ganze Zeit versucht, während wir reden. Ich werd's dir sagen, weil ich es wissen wollen würde. Und weil ich nicht will, dass du später sauer auf mich bist, weil ich nicht damit herausgerückt bin, als ich die Gelegenheit dazu hatte.«

Levis Herz pochte lauter in der Brust.

»Lass mich einleitend sagen, dass es allen gut geht. Ehrlich. Es ist alles in Ordnung. Aber vielleicht bist du froh, dass du dich um Porschenko gekümmert hast – oder wer auch immer. Kurz, nachdem du für uns nicht mehr erreichbar warst, hab ich nämlich ein Gespräch zwischen ihm und unserem

freundlichen Beamten abgehört. Porschenko wollte unbedingt wissen, wie er an dich rankommt, und unser Beamter wusste von Alicia und Princeton.«

»Wie bitte?«, brüllte Levi ins Telefon, als eine Einstiegstreppe zu dem großen Jet gerollt wurde. »Was ist passiert? Erzähl mir alles.«

»Na ja, Mason hat daraufhin Lucy Chen angerufen ...«

»He, kein Problem, Levi«, sagte Dino. Levi drückte sich das Handy fester ans Ohr, um den Mann über den Lärm der zum Start aufheulenden Triebwerke besser hören zu können. *»Ich an deiner Stelle würde dasselbe tun. Sag Bescheid, wenn du in der Stadt bist. Wir machen ein Fest daraus.«*

»Danke, Dino.«

Levi wurde in der schweren C-5 heftig gegen die Rückenlehne des Sitzes gepresst, als die Maschine in den Himmel stieg. Er schaute zurück in den riesigen leeren Frachtraum. Sein Sitz war als einziger heruntergeklappt.

Sobald er wieder in den USA wäre, würde er mit einer Menge Leuten reden müssen. Ein Zwischenstopp in der Zentrale war nötig. Es musste eine Nachbesprechung erfolgen, und vor allem musste er mehr darüber erfahren, was mit Alicia los war, bevor er mit ihr reden würde. Wenigstens wusste er, dass sie unversehrt war. Trotzdem würde er keine Ruhe finden, bis er selbst mit ihr gesprochen hätte.

Levi schloss die Augen und konzentrierte sich auf seine Atmung.

Er hatte zehn Stunden bis zur Landung.

Die Zeit wollte er nutzen, um sich zu erholen.

Levi hatte im Frachtraum zwar keine Fenster für einen Blick nach draußen, aber seit dem Start waren über neun Stunden vergangen. Außerdem hatte er durch die sinkende Flughöhe bereits mehrfach eine Druckveränderung in den Ohren gespürt.

Fast zu Hause.

Plötzlich vibrierte sein Handy. Also befanden sie sich bereits tief genug, um wieder Empfang zu haben. Er holte es aus der Tasche und stellte fest, dass er mehrere Textnachrichten hatte.

Er entsperrte das Telefon, öffnete die Nachrichten und konzentrierte sich auf eine von Lucy.

Sie textete ihm so gut wie nie.

»Levi, ich weiß, dass du gerade in der Luft bist. Ruf mich an, sobald du gelandet bist. Es ist wichtig.«

Sein Rücken versteifte sich, als er ihre Nummer wählte.

Es klingelte einmal ... zweimal ... Dann ertönte Lucys Stimme laut in seinem Ohr. *»Levi, bist du wieder in den Staaten?«*

»Ich sitze gerade hinten in einem Militärtransporter. In ungefähr 20 Minuten lande ich in Andrews. Was am wichtigsten ist – geht's Alicia gut?«

»Ja. Es geht ihr gut, und ich glaube, sie ist in der letzten halben Stunde zu Hause bei deiner Mutter angekommen.«

Levi seufzte erleichtert. »Gott sei Dank. Deine Nachricht hat mich ziemlich ...«

»Aber du musst erfahren, was passiert ist! Ein Russe ...«

»Brice hat mich schon informiert. Aber ich will noch ein paar Dinge überprüfen, bevor ich Alicia anrufe. Sag mir, was sie weiß und was sie gesehen hat.«

»Okay, das ist ziemlich einfach. Drei meiner Mädchen haben sich als Mitbewohnerinnen ausgegeben und waren bei der Orientierungsveranstaltung, an der Alicia teilgenommen hat. Alicia hält sie für Studentinnen aus China. Die Tarnung ist nicht aufgeflogen. Als ein russischer Mafiosi versucht hat, etwas abzuziehen, konnte ihn eine von ihnen entwaffnen, während eine andere Alicia schnell außer Sichtweite gebracht hat.«

»Und der Mafioso?«

»Aus der Gleichung genommen. Das Outfit hat bei der Entsorgung geholfen. Der Typ hatte einen Fluchtwagenfahrer. Mit Dennys Hilfe konnte ich den Wagen aufspüren und sogar die Identität des Fahrers rausfinden. Im russischen Unterschlupf ist ein bedauerliches Feuer ausgebrochen. Keiner hat es nach draußen geschafft. Eine echte Tragödie. Das haben meine eigenen Leute aufgeräumt. Ich wollte Mason nicht in eine unangenehme Lage bei seinen geheimnisvollen Bossen bringen.«

Levi nickte und spürte, wie sich das Flugzeug nach links neigte und wahrscheinlich zum Landeanflug ansetzte.

»Alicia hält den Russen für einen gewöhnlichen Straßenräuber und glaubt, eines der Mädchen hätte Anzeige bei der Polizei erstattet. Anscheinend hat sie es ziemlich gut wegge-

steckt. Sie ist hart im Nehmen. Die Kleine hat schon viel Schlimmeres erlebt, bevor du sie von der Straße geholt hast. Zuletzt hab ich heute von meinen Mädchen gehört, als sie alle gepackt und das Wohnheim verlassen haben. Masons Leute haben Alicia auf dem Weg nach Hause aus der Ferne beobachtet. Brice hat mir getextet, dass sie wohlbehalten angekommen ist. Das war's so ziemlich.«

Mit einem warmen Gefühl in der Brust lächelte Levi. »Lucy, ich bin dir was schuldig.«

»Und ob. Und ich erwarte, dass du mich zu Hause besuchst, wenn du mit deiner Nachbesprechung fertig bist. Es ist zu lange her. Mir fehlt dein hübsches Gesicht.«

Er lachte. »Sollte das nicht eigentlich der Mann sagen?«

»Du hast in dieser Beziehung nicht die Hosen an – was ich dir beweisen werde, wenn du später vorbeikommst. Jetzt ruf Alicia an. Ich weiß, dass du's kaum erwarten kannst. Wir sehen uns bald.«

Damit war die Leitung tot, und Levi tat, was Lucy vorausgesagt hatte.

Kaum hatte es einmal geklingelt, meldete sich Alicias aufgeregte Stimme in der Leitung. *»Ahbah! Ich versuche schon eine ganze Weile, dich zu erreichen, aber ich bin nie durchgekommen.«*

»Ich war im Ausland und bin gerade auf dem Weg zurück. Wie war die Orientierungsveranstaltung, bei der du warst?«

»Das weißt du genau ...«

»Woher soll ich das wissen?«

»Komm schon, Dad. Ich bin nicht dumm. Drei ältere asiatische Mädchen als Mitbewohnerinnen? Das hast du arrangiert,

kann gar nicht anders sein. Außerdem bin ich mir ziemlich sicher, dass sie alle bewaffnet waren.«

»Warte, wovon redest du? Bewaffnet?«

»Na ja, eine hat ihren Kulturbeutel fallen gelassen. Das Geräusch dabei hat verdächtig nach einer Pistole geklungen. Oder nach dem schwersten je hergestellten Metallvibrator.«

»He, woher weißt du etwas über ... ach, egal.« Levis Gedanken überschlugen sich. Lucy lag völlig falsch. Alicia hatte offensichtlich ziemlich klar durchschaut, was sich abgespielt hatte. »Will ich gar nicht wissen. Aber du hast meine Frage nicht beantwortet. Wie war die Orientierung?«

»Cool. Das kommende Jahr wird bestimmt spitze. Ich kann dir gar nicht genug dafür danken, dass du es mir ermöglichst. Ich weiß, dass es teuer ist ...«

»Kleines, das ist kein Problem. Wenn's eines wäre, würde ich es dir sagen. Alles gut. Bist du grade zu Hause angekommen?«

»Ja. Und du kannst deinen Freunden sagen, dass sie aufhören können, mir überallhin zu folgen. Ruth, Ting und Min hab ich zwar nicht bemerkt, aber die Männer im Cadillac, der mir den ganzen Weg von Princeton nachgefahren ist. Viel haben sie ja nicht drauf, wenn sie dachten, ich würde sie ein paar Autos hinter mir nicht bemerken.«

»Ich weiß nicht, was ...«

»Dad, komm schon ... trau mir doch auch mal was zu, ja?«

Ein Gefühl von Stolz stieg in Levi auf, als er kopfschüttelnd lächelte. »Schon gut, schon gut. Vielleicht wollte ich nur sicherstellen, dass meinem Mädchen nichts passiert, während ich nicht da war. Kannst du's mir verübeln?«

Das Geräusch des ausfahrenden Fahrwerks hallte laut durch den Frachtraum.

»Hab dich lieb, Ahbah.«

»Ich dich auch, Kleines. Wir sehen uns noch diese Woche.«

Damit beendete er das Telefonat, und durch die Maschine ging ein Ruck, als die Räder auf der Landebahn aufsetzten.

Levi saß in Brice' Büro und lauschte dem Techniker, der etwas von einem Ausdruck ablas.

»Letztes Jahr hat es in einer Hähnchenverarbeitungsfabrik in Georgia gebrannt. Fünf Arbeiter sind dabei ums Leben gekommen, Dutzende weitere wurden verletzt. Einen Monat später ist bei einem Brand in einem Fleischverarbeitungsbetrieb in Nebraska ein Arbeiter gestorben und ein anderer schwer verletzt worden. Kurz danach ist ein Feuer in einer Speckfabrik in Iowa ausgebrochen. Zwei Tote, vier Verletzte. Zwei Monate später – ein Großbrand in einem Lebensmittelverarbeitungsbetrieb in Texas. Die gesamte Anlage wurde zerstört, über tausend Menschen haben ihren Job verloren. Dasselbe Spiel wenige Wochen später in Kalifornien. Danach noch mal in Ohio und Pennsylvania ...«

Levi hob die Hand. »Hör auf. Ich hab's kapiert. Irgendjemand hat etwas gegen unsere Lebensmittelversorgung. Worauf willst du hinaus?«

»Alle diese Vorfälle haben sich 2021 ereignet. Und für jeden davon habe ich eine E-Mail an Porschenko von einer anonymen E-Mail-Adresse. Immer mit demselben Inhalt –

jemand im Repräsentantenhaus oder Senat muss ›überzeugt‹ werden, und ein vorgeschlagenes Ziel für eine ›Botschaft‹ im Bundesstaat des jeweiligen Abgeordneten. Leider habe ich keine neueren E-Mails – nichts mehr nach Ende 2021. Deshalb weiß ich nicht, was seither noch passiert sein könnte.«

Levi lehnte sich vor. »Warte. Soll das heißen, jemand *anders* hat Porschenko die Vorschläge unterbreitet? Er war nicht der Kopf der Schlange?«

»Oh, er war schon der Kopf. Oder zumindest *ein* Kopf. Und mit den Daten können wir wasserdichte Verurteilungen gegen viele der Leute erreichen, mit denen er zusammengearbeitet hat. Allerdings könnten uns trotzdem etliche Schuldige durch die Lappen gehen. Und wichtiger noch, wir könnten es mit einer mehrköpfigen Schlange zu tun haben.«

Levi deutete auf den Notizblock auf Brice' Schreibtisch. »Gib mir den Block und einen Stift.«

Levi schrieb eine Reihe von Zahlen auf den Block. »In Porschenkos Büro hab ich sein Telefon durchgesehen. Die Liste der letzten 200 ausgehenden und eingehenden Anrufe war noch drauf.«

Brice' Augen wurden groß. »Heilige Scheiße, Levi. Du hast dir die Nummern alle *eingeprägt?*«

»Du weißt doch von meinem speziellen Gedächtnis«, erwiderte Levi, der immer noch schrieb.

»Schon, trotzdem ist es unfassbar, es live zu erleben. Hast du dein Gedächtnis je testen lassen? Von einem kognitiven Neurologen oder so?«

Das hatte Levi. Er hatte die Ergebnisse vernichtet und alle

Beteiligten zu Verschwiegenheit verpflichtet. Allerdings hatte er nicht vor, Brice etwas davon zu verraten.

»Die Ärzte sagen, so was kommt einfach manchmal vor«, wiegelte er ab. Um das Thema zu wechseln, fügte er hinzu: »Wann ist Mason zurück?«

»In zwei Tagen. Er ist zu irgendeiner Krisensitzung in Europa gerufen worden.«

Kaum wurde Levi mit dem Aufschreiben der Telefonnummern fertig, erhielt er eine Nachricht von Dino.

Wir sind so weit. Bis du hier bist, liegt alles auf Eis.

Er schob Brice den Block zu. »Ich muss los. Sieh zu, ob du mit den Nummern irgendwas rausfinden kannst – vielleicht entdeckst du jemanden, den ihr noch nicht auf dem Radar habt.«

Brice nickte. »Ich lasse sie über das Rechenzentrum in Utah laufen. Man weiß ja nie.«

Levi winkte und ging zur Tür hinaus, um sich mit Dino zu treffen. Er würde dem Mann zwar einen großen Gefallen schulden, aber das war es ihm definitiv wert.

Als Levi den schalldichten Raum betrat, den die Familie Marino für ihn arrangiert hatte, schnappte der einzige Anwesende darin nach Luft. Tony Banks saß festgeschnallt auf einem stabilen, mit dem Boden verschraubten Holzstuhl. So wie es aussah, hatte er dort bereits den Großteil des Tags verbracht.

Levi lächelte. *Gut.*

Dino aß draußen vor dem Gebäude an einem Picknicktisch und scherzte mit seinen Leuten. Diese Sache war nicht ihr Problem.

Levi zog ein Paar Lederhandschuhe an. »Mr. Banks«, sagte er. »Schon interessant, wie sich das Blatt wenden kann, finden Sie nicht auch? Bei unserem ersten Treffen haben Sie Spielchen mit mir getrieben. Jetzt bin ich damit an der Reihe. Sie dachten wirklich, Sie wären im Vorteil. Und wissen Sie was? Ich bin nicht kleinlich. Damals waren Sie meine Zeit und Energie nicht wert. Nur hat sich die Lage geändert.«

»Hören Sie mir zu«, sagte Banks geradezu flehentlich. »Ich habe Zugriff auf einer Menge Bargeld. Fast 800.000 Dollar in nicht markierten Scheinen. Sie gehören Ihnen, wenn Sie mich hier rauslassen. Ich sage zu niemandem ein Wort davon, was passiert ist.«

»Richtig. Sie werden kein Wort sagen.« Levi schüttelte den Kopf. »Geld lässt mich kalt. Im Gegensatz zu Ihnen beherrscht es nicht mein Leben. Wissen Sie, was mich *nicht* kalt lässt? *Meine Familie.* Ich habe erfahren, was Sie getan haben. Und ich will mehr darüber hören, warum. Schon eine Ahnung, wovon ich rede?«

Banks schüttelte den verschwitzten Kopf. Seine Augen quollen praktisch aus den Höhlen.

Levi holte eine Pistole und ein Messer hervor, zeigte Banks die Waffen und legte sie dann auf einen Tisch. »Sie haben sich mit jemandem in Russland über meine Familie unterhalten. Erinnern Sie sich daran?«

Banks' Kinnlade klappte auf.

Levi lächelte. »Na also, Sie erinnern sich! Ausgezeichnet.

Wissen Sie, das lässt mich nicht kalt. Es macht mich wütend, um genau zu sein. Dass jemand auch nur *auf die Idee kommt*, jemanden zu gefährden, den ich liebe ...«

»Aber ich habe nicht ...«

Das Wurfmesser schnellte rotierend durch die Luft und schlug zwischen Banks' Beinen ein. Der Mann schrie vor Angst gellend auf, obwohl die Klinge ihn nicht mal berührte.

Levi ging zu ihm und riss das Messer aus dem Stuhl. Dann lehnte er sich an einen Holztisch gegenüber von Banks.

»Wo war ich? Ach ja, die Gefährdung von Menschen, die ich liebe. Und für ein solches Vergehen ... bieten Sie mir *Geld* an. Es gibt auf unserer schönen Erde nicht genug Geld, um sich da rauszukaufen. Ich habe das Gespräch gehört, das Sie mit Ihrem Freund in Russland geführt haben. Sie haben ihm meine Tochter angeboten, um sich bei ihm einzuschleimen.«

Banks stammelte: »Er h-hätte mich umbringen lassen, wenn ich ihm nicht besorgt hätte, was er wollte.«

Levi nickte. »Interessant. Sagen Sie, wie heißt Ihr Freund?«

Banks erstarrte.

Levi hob die Pistole auf, lud sie durch und legte sie auf seinen Schoß. »Nur zu, ich warte.«

»P-Porschenko«, stieß Banks hervor. »Seinen Vornamen weiß ich nicht.«

»Wie hat Porschenko Sie bezahlt?«

»Einer seiner Männer hat mich immer angerufen und mir gesagt, wohin ich kommen soll. Zum Beispiel zum Washington Monument oder so. Manchmal hat mich dann jemand angerempelt, und ich hatte plötzlich einen Umschlag in der Tasche. Oder jemand ist in der Zwischenzeit in mein Auto eingebrochen und hat etwas unter dem Sitz zurückgelassen. Bargeld. Immer in Hundertern.«

Levi lehnte sich auf die Hände zurück. »Was wissen Sie über seine Ziele?«

Banks krümmte sich. »Ich weiß, dass er versucht hat, Fürsprecher für die Pipeline zu bekommen.«

»Aber die USA haben mit dieser Pipeline nichts zu tun, oder?«

»Na ja ... nicht direkt.« Banks' Stimme hörte zu zittern auf, als er etwas erklärte, wovon er eindeutig Ahnung hatte. »Der Kongress stimmt für Beschlüsse ab, die solche Dinge unterstützen oder nicht. Und über das Außenministerium verwenden wir das, um andere in unserer Wählergruppe zu beeinflussen.«

»Und was haben Sie für Porschenko gemacht – außer ihm meine Tochter als Köder anzubieten?«

»Ich habe mitgeholfen, Abstimmungen zu koordinieren.« Banks' Kinn bebte. »Ich war für ihn Augen und Ohren im Kongress.« Tränen liefen dem Mann über die Wangen. »Bitte. Lassen Sie mich einfach gehen, und ich mache, was immer Sie wollen.«

Levi stand auf. »Haben Sie gewusst, dass ich gerade zurück aus Russland bin?«

Banks schüttelte den Kopf.

Levi hob das Messer an und grinste. »Wissen Sie, obwohl ich das Messer gereinigt habe, sind wahrscheinlich noch Spuren von Porschenkos Blut daran.«

Banks' Augen weiteten sich.

Dann brachte Levi lächelnd die Pistole in Anschlag. »Und

das hier ist eine SIG P365. Die bevorzugte Waffe von Porschenkos Leibwächter. Wissen Sie, woher ich das weiß?«

»W-Weil sie ihn auch umgebracht haben.« Mittlerweile schluchzte Banks. »Bitte – ich tue alles. Uneingeschränkt alles.«

Levi steckte das Messer in die Scheide und trat näher zu Banks. »Alles, was Sie mir erzählt haben, wusste ich schon. Sie müssen mir etwas liefern, das ich noch *nicht* über Porschenko weiß.«

Banks' Blick zuckte hin und her. »Äh, ich weiß, dass er außer mit mir noch mit anderen in Kontakt war. Aber nicht, wer sie sind.«

»Wie hat er von Ihnen erfahren?«

Banks verlagerte die Haltung in den Lederriemen, die ihn an den Stuhl fesselten. »Er hat mich irgendwann einfach auf meinem Diensthandy angerufen. Das war vor Jahren. Ich hatte Geldprobleme. Einer seiner Leute ist mit mir zusammengestoßen und hat mir einen Umschlag zugesteckt. Es war genau so viel drin, wie ich bei der Bank mit meiner Hypothek im Rückstand war.«

Levi nickte. »Was hat er über diese anderen Kontakte gesagt?«

Banks schüttelte den Kopf. »Sie sind kaum je zur Sprache gekommen, und wenn, dann hat er sie immer nur als ›die anderen‹ bezeichnet.«

»Was glauben *Sie*, wer die anderen sind?«

»Ich weiß es nicht. Wahrscheinlich andere Beamte im Kongress wie ich. Oder sogar Abgeordnete, obwohl er mit ihnen vielleicht gar nicht direkt reden musste, wenn er ihre Mitarbeiter hatte. Und möglicherweise auch Lobbyisten.«

»Lobbyisten?«

»Sie wissen schon, die Leute von der K Street. Spezielle Interessengruppen setzen sie ein, damit sie ungefähr dasselbe tun wie ich. Sie reden mit Kongressabgeordneten über Gesetzesentwürfe, die sie befürworten oder die sie abwürgen wollen. Gehört alles mit zum Sumpf von Washington, D. C.«

»Was haben Sie getan, das die Leute von der K Street nicht wollten oder konnten?«

»Na ja, ich habe einen besseren Zugang als sie. Ich darf an Orte, die Lobbyisten verschlossen bleiben.«

Plötzlich überkam Levi intensiver Hass auf den Mann vor ihm. »Sonst noch was?«

Banks presste die Lippen zusammen und schwieg einige Sekunden lang. »Offen gestanden glaube ich, dass die Mächtigeren unter denen so ziemlich alles machen können. Aber ich bin beharrlich. Zum Beispiel haben mir die Fotos von Ihnen geholfen, die Stimme eines Kongressabgeordneten zu beeinflussen.«

»Ich habe Sie neulich am Flussufer gesehen«, sagte Levi. »Sie haben diese Fotos verbrannt. Offensichtlich hatten Sie die Bilder bereits benutzt. Was hat Sie an dem Tag zum Fluss geführt?«

»Sie haben es gesehen.« Banks sprach es als Feststellung aus, nicht als Frage, und er schüttelte den Kopf. »Manchmal rede ich mit Leuten, die ... Na ja, ich glaube, sie sind vom russischen Geheimdienst, obwohl sie das nie ausgesprochen haben. Ich weiß, dass sie irgendwie zur Botschaft gehören. Die

Sache am Fluss ist ziemlich einfach. Man hat mir erklärt, dass der Köder an der Angelrute ein Unterwassersender ist. Jemand in der Nähe, zum Beispiel am anderen Ufer, hat einen Empfänger dabei, der das von mir übertragene Signal aufzeichnet. Aber es gibt keine Ausrüstung, die über Wasser auch nur etwas von der Übertragung bemerkt.«

Levi nickte. Ein schlaues Arrangement.

Banks leckte sich die spröden Lippen. »Darf ich Sie was fragen?«

»Nur zu.«

»Haben Sie Porschenko wirklich umgebracht?«

Levi grinste. »Der Mann ist tot.«

Banks runzelte die Stirn. Als er wieder das Wort ergriff, klang er unsicher. »Ich weiß es nicht mit Sicherheit, aber ... ich glaube, er hat seine Tipps von jemandem bekommen, der Washington noch besser kennt als ich.«

Levi achtete darauf, sich nichts anmerken zu lassen, doch zum ersten Mal beschlich ihn das Gefühl, der Beamte könnte am Schorf von etwas Neuem kratzen. »Wieso sagen Sie das?«

»Weil er mich ein paar Mal aufgefordert hat, mit bestimmten Leuten zu reden. Er wusste, dass sie die Informationen haben würden, die ich gebraucht habe. Und manchmal waren es unscheinbare Leute, beispielsweise jemand irgendwo in einem FBI-Labor, der zufällig etwas Entscheidendes über das wusste, wobei ich helfen sollte. Das ist in den letzten Jahren mindestens ein halbes Dutzend Mal vorgekommen. Porschenko selbst kann diese Leute nicht gekannt haben, er war ja in Russland. Ich glaube, er ist im Leben nie in den USA gewesen. Deshalb denke ich mir, dass ihm jemand von hier, der sich in Washington wirklich gut auskennt, solche Dinge gesteckt haben muss.«

Levis Telefon vibrierte mit einem Anruf. Bevor er ranging, hielt er die Mündung der SIG ans rechte Auge des Beamten vor ihm. »Ein Mucks von Ihnen«, warnte er, »und ich drücke den Abzug.«

Dann tippte Levi auf seinen Ohrstöpsel. »Hi. Was gibt's?«

»Kumpel, du wirst nicht glauben, was ich gerade ausgegraben habe.«

Levi grinste und richtete den Blick an die Decke. »Lass mich raten – du glaubst, der andere Schlangenkopf ist ein Lobbyist.«

»Woher um alles in der Welt weißt du das? Egal, spielt keine Rolle. Ich hab die Telefonnummern von dir mit den Aufzeichnungen im Rechenzentrum Utah abgeglichen. Die Leute von der NSA erfassen so gut wie jeden Anruf von außerhalb der USA. Die meisten von Porschenko waren verschlüsselt. Aber bei einer Telefonnummer wurde keine End-to-End-Verschlüsselungstechnologie benutzt. Zu der Nummer hab ich zwei Anrufe gefunden. Einer war vor ungefähr drei Wochen. Nur irgendwelcher Müll über Baseball in Russland. Der zweite hingegen stammt von kurz vor Porschenkos Tod. Warte, ich spiele ihn für dich ab.«

Gleich darauf drang eine neue Stimme über die Leitung. Die von Porschenko.

»Alex, sie ist genau wie Anna. Sie wird sterben, ich spüre es. Es wird wieder passieren. Und was mache ich dann? Ich kann das nicht mehr lange machen. Sie braucht mich.«

Eine andere Stimme antwortete. Sie sprach Englisch mit amerikanischem Akzent.

»Hör auf! Reiß dich zusammen. Sonst gehst du unter. Du musst im Programm bleiben.«

»Du hast recht. Ich weiß, dass du recht hast. Wir sind ja fast am Ziel, nicht wahr?«

»Ja. Die Dinge entwickeln sich so, wie wir sie brauchen. Ich habe dir die Kontaktdaten von fünf weiteren Einflussnehmern geschickt. Die Letzten sind überzeugt worden. Ihre Stimmen gehören uns. Wir brauchen noch fünf im Repräsentantenhaus und zwei im Senat.«

»Du fehlst mir. Es ist 40 Jahre her.«

»Hast du mich gehört? Wir sind sehr nah dran. Tu, was getan werden muss.«

Nach einem Klicken meldete sich wieder Brice zu Wort. »Das war's. Was hältst du davon?«

»Schräg«, befand Levi. »Was hast du über diesen Alex?«

»Ich hab die Nummer zu einer Adresse zurückverfolgt, die ich dir gerade per E-Mail geschickt habe. Das Haus gehört Alex Conway, Leiter einer Lobbying-Agentur in der K Street. Ich hab mir seinen Hintergrund angesehen, aber sofort gemerkt, dass er manipuliert ist. Zu sauber für jemanden in seiner Branche.«

»40 Jahre ...«, murmelte Levi nachdenklich. »Und ›du fehlst mir‹ eingestreut. Fast so, als wären die zwei ein Liebespaar. Falls ja, ist dieser Typ aus der K Street eindeutig der Dominante. Was passiert, wenn er von Porschenko erfährt?«

Brice Stimme nahm einen düsteren Ton an.

»*Das bereitet mir Kopfzerbrechen. Aus demselben Grund, warum wir bei Porschenko nicht wollten, dass er durchdreht, wenn er das Gefühl bekommen hätte, es würde eng für ihn. Dieser Mann hat wahrscheinlich denselben Zugriff auf Senatoren, Generäle und dergleichen. Porschenko mag viel Drecksarbeit erledigt haben, aber dieser Conway könnte der Manipulator dahinter sein. Politische Unruhen, Informationslecks zum Aufwiegeln der Öffentlichkeit, Ausspielen einer Seite gegen die andere – das entspricht genau dem, worin Lobbyisten besonders gut sind. Manipulation der öffentlichen Meinung. Lässt man die richtigen Daten an die richtigen Stellen durchsickern, kann man dafür sorgen, dass die Öffentlichkeit das Vertrauen in ihre Regierung verliert. Und wenn das passiert oder die Menschen glauben, ihre Stimme wäre ohnehin bedeutungslos ...*«

»Ist es nicht mehr weit zum Bürgerkrieg.«

»*Genau.*«

»Also schickst du Sturmtruppen zu ihm nach Hause?«

»*Geht nicht. Wir haben keinen Gerichtsbeschluss dafür. Und der Typ hat wahrscheinlich jeden Richter auf Kurzwahl gespeichert. Würde mindestens ein paar Tage dauern, selbst wenn nicht lauter geheime Daten im Spiel wären. Und für eine vertrauliche Anhörung vor dem richtigen Richter ... brauche ich Masons Hilfe.*«

»Und in der Zwischenzeit könnte der Kerl munter weiter virtuelle oder buchstäbliche Bomben zünden. Wenn er glaubt, dass sich die Schlinge um ihn zuzieht, wird er alle Register ziehen.«

»*Richtig.*«

Levi lächelte. »Deshalb hab ich jetzt seine Adresse. Sag nichts mehr. Ich melde mich wieder.«

Er beendete das Gespräch und steckte die Pistole zurück ins Schulterholster. Um Banks' rechtes Auge hatte sich durch den Druck der Mündung ein leichter Bluterguss gebildet.

»Okay, Banks, Sie haben gesagt, Sie haben 800.000 Dollar.«

Der Mann nickte. »Ja. Also, genau genommen 780.000.«

»Wo? Das ist Ihre einzige Chance. Sagen Sie mir, wo es ist und wie ich es überprüfen kann, dann erleben Sie morgen vielleicht den Sonnenaufgang.«

»Danke.« Banks' Atem ging in abgehackten Stößen. »Es ist bei mir auf dem Dachboden. Unter der Isolierung. Dort habe ich mehrere Aktenkoffer versteckt.«

Levi verließ den Raum, knallte die Tür hinter sich zu und ging hinaus zu Marinos Leute.

Dino schaute auf. »Und?«

Levi grinste. »Habt ihr ihn von zu Hause geholt?«

Dino sah die anderen Gangster an. »Habt ihr *Momos* unseren Spitzel bei ihm zu Hause geschnappt?«

Die drei nickten.

Levi ging in die Hocke, bis er sich auf Augenhöhe mit Dino befand, und flüsterte ihm zu. »Seht oben auf dem Dachboden nach. Unter der Isolierung hat er Aktenkoffer mit fast 800 Riesen. Die gehören euch. Meine Bezahlung an dich und Don Marino.«

Dino stieß einen anerkennenden Pfiff aus. »Nett.« Er deutete mit dem Kopf auf das Gebäude. »Was ist mit ihm?«

»Das weißt du.« Levi spuckte ins Gras. »Er hat meine Tochter in Gefahr gebracht.«

Dino hob die Hand. »Sag nichts mehr. Wird erledigt.«

Die beiden Männer schlugen ein.

»War wie immer ein Vergnügen, mit euch Strandpennern Geschäfte zu machen«, sagte Levi.

Dino lachte. »Wir sehen uns.«

Levi ging zu seinem Mietwagen. Er musste noch einiges besorgen, bevor er durch die Stadt fahren würde.

Morgen würde ein ereignisreicher Tag werden.

KAPITEL FÜNFZEHN

»Bist du bereit dafür?«, fragte Brice.

Levi hob sich das Nachtsichtmonokular ans linke Auge und erblickte die Umgebung in verschiedenen Schattierungen von Grün. Es war vier Uhr morgens. Er befand sich nicht weit vom Haus des Lobbyisten Alex Conway aus der K Street entfernt.

Mit einem Finger aktivierte er sein Kehlkopfmikrofon und flüsterte: »Du bist viel zu intelligent, um so dumme Fragen zu stellen. Sonst wäre ich wohl kaum hier. Hat sich irgendwas Neues ergeben, seit wir vor ein paar Stunden telefoniert haben?«

»Tatsächlich ja. Die russischen Medien haben gerade Porschenkos Tod bekanntgegeben. Ich vermute, unser Lobbyist weiß noch nichts davon, weil's bei uns mitten in der Nacht ist. Aber er wird es mit Sicherheit heute erfahren.«

»Na toll. Was glaubst du, wie er reagieren wird?«

»Schwer zu sagen. Aber wir haben einen unserer Leute,

einen ehemaligen FBI-Profiler, durchsehen lassen, was wir über ihn haben. Seiner Meinung nach wird Conway entweder gar nichts tun – oder heftig *reagieren. Nichts dazwischen.«*

»Wunderbar. Also haben wir eine Wahrscheinlichkeit von 50 Prozent, dass der Lobbyist vor lauter Wut über den Tod seines Lovers versucht, einen Bürgerkrieg anzuzetteln.«

»Ausschließen kann man es nicht. Übrigens hat Mason aus Europa angerufen. Wir brauchen mehr Daten für Verhaftungen der Hauptakteure bei dem Schlamassel, und wir brauchen sie schnell. Ich kappe den Internetzugang zu den Bürocomputern dieses Kerls. Wenn die Leute morgen früh zur Arbeit antraben, habe ich ein Team bereit, um den Zugang zu ›reparieren‹.«

»Warte, so was kannst du? Wieso zum Teufel bin ich dann hier?«

»Ich dachte, das hätte ich klar gemacht. Scheiß, Mason ist bei so was viel besser.«

»Du bist gerade nicht sehr vertrauenserweckend, Brice. Jetzt sag mir, warum ich bei dem Kerl einsteigen soll, obwohl du seinen Geschäftsbetrieb anscheinend schon im Griff hast.«

»Tut mir leid. Als Porschenko zuletzt mit ihm telefoniert hat, war Conway laut Handyaufzeichnungen im Südflügel seines Hauses. Und er hat gesagt, er hätte Porschenko gerade etwas gemailt, weißt du noch? Deshalb glauben wir, dass es dort wichtige Daten gibt. Die brauchen wir – und alles andere, was er auf dem Computer hat.«

»Wenn wir handeln können, dann handeln wir auch«, zitierte Levi das Motto des Outfits. »Na schön, tun wir's.«

»Gut. Ich hab mir Zeit auf einem Satelliten besorgt, der soeben über unserem Teil der Welt schwebt, und er ist auf

dich gerichtet. Ich habe Live-Bilder, und deine GPS-Position wird als roter Punkt angezeigt. Du bist gerade an einer Verzweigung nah am Ende der Potomac School Road, richtig?«

»Richtig. Aber warum hab ich das Gefühl, hier wie ein Elefant durch 'nen Porzellanladen zu stolpern? Ich sehe hier Reihe von Briefkästen neben einer schmalen Privatstraße, die in den Wald führt. Auf einem Schild steht, dass es eine Sackgasse ist. Irgendwie hab ich nicht den Eindruck, dass da hinten Villen stehen.«

»Vertrau mir, du bist richtig. Nutz die Dunkelheit. Erbring die Dienstleistungen, für die wir dich haben, und verdien dir dein Honorar, geschätzter Herr Yoder.«

»Ach was? Hältst du dich für Thorin Eichenschild und mich für Bilbo?«

»Ah, hast die Anspielung verstanden, was?«

Levi überquerte die Privatstraße und betrat den dichten Wald daneben. Er blieb parallel zur Straße, kam dabei jedoch langsam voran, weil er sich durch dichtes Unterholz schlängeln musste.

»Hab ich. Dir ist schon klar, dass Thorin den Spruch nie so gebracht hat, oder? Vielleicht im Film, den hab ich nie gesehen. Aber im Buch lässt Tolkien ihn viel blumiger reden. ›Nun kommt der Augenblick, wo unser hochgeschätzter Herr Bilbo Beutlin, der sich schon auf unserer ganzen langen Reise als ein vortrefflicher Mitarbeiter erwiesen hat …‹ So geht es eine Weile weiter, bevor er damit endet: ›Nun kommt der Augenblick, wo er die Dienstleistung erbringen kann, um derentwillen er in unsere Gesellschaft aufgenommen wurde; nun kommt für ihn der Augenblick, sich sein Honorar zu verdienen.‹«

»Ich hätte wissen müssen, dass du das Buch auswendig kennst. Machen bestimmt alle amischen Mafiosi, was?«

Levi grinste. »Du suchst dir einen echt merkwürdigen Zeitpunkt dafür aus, Sinn für Humor zu entwickeln.«

»Gehört mit zu meinem besonderen Charme. So werde ich in Stresssituationen. Und offen gestanden ist meine Analogie auch irgendwie verkehrt, weil ich derjenige bin, der Conway Geheimnisse zu stehlen versucht. Du bist nur mein …«

»Helfer?«

»Genau. Okay, genug Spaß gehabt. Was siehst du jetzt?«

»Da gibt's nicht viel zu sehen. Schon schräg, dass ich in McLean in Virginia bin, dem Inbegriff einer Vorstadt, und gerade durch einen dichten Wald stapfe. Selbst mit dem Nachtsichtgerät von dir kann ich nicht viel erkennen. Ich muss mich hier alle paar Schritte um einen Baumstamm schlängeln. Im Augenblick bin ich an der südlichen Kurve der Privatstraße. Bin gerade an einem Haus zu meiner Linken vorbeigekommen. Und es ist nicht gerade klein.«

»Das sind sie alle nicht. Unser Lobbyist residiert in einer Villa mit acht Schlafzimmern auf 1.500 Quadratmetern am Ende der Straße.«

»Ich weiß, du hast mir ja die Grundrisse geschickt. Wer wohnt alles in den acht Schlafzimmern?«

»Conway hat vier Kinder, aber sie sind alle erwachsen und weggezogen. Wahrscheinlich haben alle längst eine eigene Villa. Er ist verheiratet, also müssen wir wohl von einer Ehefrau ausgehen. Und bei einem Haus dieser Größe hat er

vielleicht auch ein Hausmädchen, das bei ihm wohnt. Aber hoffentlich brauchst du rein und raus ja nicht mehr als ein paar Minuten. Den Rest übernehme ich von hier aus.«

»Rein und raus.« Levi schnaubte. »Da hat aber einer leicht reden.«

Er warf einen Blick auf seine GPS-Anzeige. Sein Ziel befand sich nur noch 60 Meter entfernt. Er verlangsamte die Schritte, als er sich dem Waldrand näherte. Und tatsächlich lag unmittelbar vor ihm eine Villa.

»Sieht so aus, als wärst du westlich vom Haus.«

Levi bewegte sich nach Süden und schwenkte dann nach Osten. »Verstanden, bin jetzt unterwegs zur Südseite.« Als er sie erreichte, berichtete er, was er sah.

»Ich hab das Fenster zum Elternschlafzimmer vor mir. Das Licht ist aus. Im Bereich darunter sind keine Fenster.«

Wie zu erwarten. Aus den Grundrissplänen ging hervor, dass es sich beim Büro um einen fensterlosen Raum handelte, zugänglich nur über eine Treppe aus dem direkt darüberliegenden Schlafzimmer. Wahrscheinlich hätten die Baupläne so nie von der Aufsichtsbehörde abgesegnet werden dürfen. Bestimmt gab es Verordnungen, die vernünftige Fluchtwege aus Räumen vorschrieben oder so.

»Wie wir dachten. Wie gut kannst du klettern?«

»Hab schon mal dabei zugesehen.«

Levi verstaute das Nachtsichtgerät – es nützte ihm ohnehin nicht viel. Er nahm den Rucksack ab und holte seine Kletterausrüstung samt gummibeschichtetem Enterhaken heraus.

»Okay, Brice, ich bin in Position. Jetzt warten wir, bis

unser Lobbyist aufbricht – und beten, dass seine Frau nicht den ganzen Tag im Schlafzimmer abhängt.«

»Das klappt schon. In 55 Minuten geht die Sonne auf, danach kann ich dich im Voraus über alles informieren, was ich über den Satelliten sehe. In der Zwischenzeit stifte ich Chaos in der K Street. Gib einfach Bescheid, wenn du was brauchst. Ich behalte dich auf dem Lautsprecher.«

»Verstanden. Mach du nur deinen Nerd-Kram.«

Mittlerweile war es kurz vor sieben Uhr morgens. Levi beobachtete durch ein Fernglas, wie ein Rolls Royce aus der Garage fuhr. Am Steuer saß eine Frau mit blondem, zu einem Pferdeschwanz zusammengebundenem Haar.

»Ich glaube, die Mutterhenne hat den Stall gerade verlassen«, meldete er.

»Tja, das vereinfacht es, oder? Bestimmt ist sie unterwegs zu ihrem Therapeuten oder so.« Brice verstummte kurz. *»Ich kann ihr Auto auf den Satellitenbildern nicht sehen – die Bäume stehen zu dicht an der Straße zum Haus. Aber solange sie weg ist, haben wir einen Grund weniger zur Sorge.«*

»Ihr Auto war das einzige in dieser Garage.« Levi schwenkte das Fernglas nach links zu einer zweiten für zwei Fahrzeuge. Kaum hatte er das Tor im Blick, begann es, nach oben zu rollen. »Bewegung in der zweiten Garage. Oh, damit hätte ich jetzt nicht gerechnet.«

»Was?«

»Ein Toyota Camry. Wenn das Conway ist, überrascht

mich, dass er so was fährt. Vor allem, da seine Frau einen Rolls hat.«

»Vielleicht ist es das Dienstmädchen.«

»Glaub ich nicht. Sonst sind da drin keine Autos.«

Levi konnte zwar nicht das Gesicht des Fahrers erkennen, aber das Profil entsprach eindeutig dem eines Mannes mit grau meliertem Haar.

»Vielleicht ist sein richtiges Auto in der Werkstatt, und er fährt einen Leihwagen«, schlug Brice vor.

»Vielleicht. Jedenfalls sind alle Autos weg, und das ist mein Stichwort dafür, loszulegen.«

Mit dem Enterhaken in der Hand überquerte Levi das Grundstück, bis er sich direkt unter dem Fenster im ersten Stock befand.

»Wird schon schiefgehen.«

Er warf den dreizackigen Haken nach oben, zielte auf den höchsten Teil des Dachs. Er landete, holperte die schräge Fläche herab und fiel herunter.

»Achte auf soliden Halt, du musst nämlich an den Glasscheiben herumhantieren, und die sind schwer.«

Levi unternahm einen zweiten Anlauf. Diesmal zielte er etwas weiter nach recht aufs Dach. Der Haken fand Halt. Levi zog kräftig am Seil, um sich zu vergewissern, dass sich der Haken nicht lösen würde. Dann blickte er auf den an seiner Kletterausrüstung befestigten Motor hinab. Er wirkte ziemlich klein.

»Bist du sicher, dass der Motor für mein Gewicht geeignet ist?«

»Wenn du seit gestern nicht mehr als 50 Kilo zugelegt hast,

klappt das schon. Er ist auf 150 Kilo ausgelegt. Drück einfach den Hebel runter, dann zieht er dich hoch. Wenn du den Schalter umlegst, gibt er Leine frei.«

Levi drückte den Hebel. Der Motor surrte leise und zog die Leine straff. Dann verließen seine Füße langsam den Boden.

Einen halben Meter.

Anderthalb Meter.

Bei zwei Metern konnte Levi die Unterkante der Fensterbank im ersten Stock erreichen.

Bei drei Metern ließ er den Hebel los und hing mit dem Fenster auf Brusthöhe. Er blickte direkt ins Schlafzimmer.

Von der Seite seines Rucksacks löste er ein Gerät mit einem großen Saugnapf daran. Er setzte ihn an der Scheibe an und betätigte einen Hebel, um unter dem Saugnapf einen starken Unterdruck zu erzeugen.

»Okay, ich hab das Ding mit dem Saugnapf am Fenster befestigt.«

»Die Scheiben sind wahrscheinlich zweifach oder dreifach verglast. Gib Bescheid, wenn du mit der ersten Schicht fertig bist.«

Levi zog den Glasschneider von seinem Gürtel, setzte das Schneiderad an, zog es über das Fenster und zuckte bei dem schrillen, kratzenden Geräusch zusammen. Er machte weiter, bis er ein ausreichend großes Quadrat geschaffen hatte, um hindurchzupassen.

»Okay, bin fertig mit dem Glasschneider. Weiter mit dem Gas.« Levi sah sich um, als ihm plötzlich bewusst wurde, wie weithin sichtbar er vom Dach baumelte. »Ich hoffe, du behältst die Vorderseite im Auge, während ich hier oben bin.«

»Keine Sorge.«

Levi holte den Kanister mit komprimiertem Gas aus seinem Rucksack und besprühte damit die rechte obere Ecke des Quadrats. Brice hatte ihm erklärt, dass es das Glas entlang der geritzten Stellen gefrieren würde. Dadurch würde genug Spannung entstehen, um es entlang der Linien brechen zu lassen. Tatsächlich beschlug sich das Glas mit Raureif, und es folgte ein lauter Knall.

Levi stöhnte, als das Gewicht der herausgebrochenen Scheibe plötzlich auf dem Saugnapf lastete, den er mit der anderen Hand hielt.

»Okay, die erste Scheibe ist raus.«

Er schwenkte sie linkisch zur Seite, drehte sich am Seil und betätigte den Hebel zum Lösen des Saugnapfs. Die Glasscheibe fiel nach unten und landete im taufeuchten Gras, ohne zu zerbrechen.

»Lass mich kurz nach dem Alarm sehen, bevor du ... Oh. Wow.« Brice lachte.

»Was ist?«

»Wir haben Glück. Wer auch immer zuletzt gegangen ist, hat die Alarmanlage nicht eingeschaltet. Gut, für dich macht es keinen Unterschied. Aber ich muss die Anlage nicht hacken, damit nicht automatisch eine Meldung an die Polizei abgesetzt wird, wenn du sie auslöst.«

»Na, wie schön, dass du weniger Arbeit hast.«

Levi wiederholte den gesamten Vorgang bei der zweiten Scheibe. Als er das Gas auftrug, kippte die Scheibe nach innen und wollte ihn mitziehen.

»Ich bin drin«, meldete er.

»Denk dran, rein und raus. Installier nur den Virus.«

Levi schwang das linke Bein durch das beschädigte Fenster. Das Bett befand sich direkt unter ihm. Er ließ die Scheibe auf die Matratze fallen, ließ etwas von dem Seil nach, das ihn trug, und senkte sich selbst auf das Bett. Nachdem er sich vom Gurtzeug befreit hatte, stieg er auf den Boden.

Als er die Treppe nach unten erblickte, steuerte er sofort darauf zu. Es handelte sich um eine Wendeltreppe, die in einen dunklen Raum hinabführte. Als er vorsichtig hinunterstieg, ging unten automatisch das Licht an. Ein Bewegungsmelder.

Bücherregale aus dunklem Holz säumten die Wände. Es sah wie in der Bibliothek eines reichen Besitzers aus. Eine Leiter auf Rädern war an Schienen befestigt, die an drei der vier Wände entlang verliefen. In der Mitte des Raums stand ein Schreibtisch. Darauf lag neben dem Desktopcomputer ein Schreibblock.

Levi holte den USB-Stick von Brice heraus und schloss ihn an der Rückseite des Computers an.

»Der Stick ist angeschlossen. Ich nehme an, der Rechner muss eingeschaltet sein, richtig?«

»Ja. Schalt ihn ein. Sobald er eine Verbindung hergestellt hat, fang ich an, Daten zu saugen.«

Levi drückte auf den Einschaltknopf. Der Desktop gab einen Piepton von sich. Während das Windows-Logo auf dem Bildschirm angezeigt wurde, behielt Levi den Stick im Auge. Eine rote LED leuchtete einmal kurz auf.

»Okay, hat rot geblinkt. Passt das?«

»Moment ... ich überprüf's gerade.«

Levi hörte einen doppelten Piepton aus dem Zimmer über

ihm. Dasselbe Geräusch gab seine Alarmanlage von sich, wenn die Eingangstür geöffnet wurde. Vielleicht ein Dienstmädchen?

Kostbare Sekunden verstrichen. Er hörte das Knarren von Dielen irgendwo über ihm.

»Ich bin drin! Ziehe jetzt die Daten.«

»Mist!« Levi schnappte sich den USB-Stick, rannte die Treppe zum Schlafzimmer hinauf – und bremste schlitternd ab.

Das konnte nicht sein.

»Levi, raus da!« Brice' panische Stimme nahm Levi kaum wahr.

Ein Mann mit einer Pistole stand vor ihm. Ein Mann, der eigentlich tot sein sollte.

Porschenko.

»Sie!«, stieß Porschenko mit wutverzerrter Miene hervor.

In einer Hand hielt Levi nach wie vor den USB-Stick von Brice. Die andere bewegte er hinter den Rücken zu seiner eigenen Waffe.

Er antwortete auf Russisch. »Wieso sind Sie nicht tot?«

»Dasselbe wollte ich Sie gerade fragen.« Obwohl Levi Russisch gesprochen hatte, antwortete Porschenko in perfektem amerikanischem Englisch. Einen Moment lang war Levi verwirrt ... dann fügte sich plötzlich alles zusammen, als ihm etwas einfiel, das Nadia gesagt hatte.

»Auf der Straße erzählt man sich, er hätte seinen Zwillings-bruder wegen eines Mädchens umgebracht, für das sie als Jugendliche beide geschwärmt haben.«

Blanker Unsinn. Er hatte eindeutig nichts dergleichen getan.

Levi grinste. »Alexej Porschenko, richtig?«

Zwischen den Brauen des Mannes bildete sich eine Falte. Aber er antwortete nicht auf die Frage. »Bestimmt gibt es eine Erklärung dafür«, sagte er stattdessen, »warum Ronald Warren alias Lazarus Yoder in meinem Schlafzimmer ist.«

Levis Hand schloss sich um den Griff seiner Glock.

»Halt«, sagte Porschenko. Er hielt eine Granate hoch. »Der Stift ist bereits gezogen, Mr. Yoder. Oder soll ich Sie Mr. Warren nennen? Spielt keine Rolle, wer Sie wirklich sind. Eigentlich freue ich mich sogar, Sie hier zu haben. Ich schulde Ihnen noch etwas für meinen Onkel. Und gerade habe ich auch das von meinem Bruder erfahren. Ihre Anwesenheit hier verrät mir, dass Sie dahinterstecken. Sie sind eine Geißel meiner Familie. Ich verfluche den Tag, an dem Sie geboren wurden. Ich vermute, Sie sind hier, um es zu Ende zu bringen.

Eigentlich hätte ich etliche Fragen, aber keine davon ist wichtig. Keine Sorge, heute erfüllen sich unser beider Wünsche. Wir kommen hier beide nicht lebend raus.«

Eine solche Granate hatte Levi schon mal gesehen – eine alte sowjetische F-1. Mit etwas hatte Porschenko recht – wenn er sie explodieren ließe, würden sie beide draufgehen. Daran bestand kein Zweifel.

Porschenkos Kinn bebte, und zum ersten Mal wechselte er zu Russisch. »Etwas wüsste ich noch gern, bevor wir hier fertig sind.«

Levi atmete tief ein. Als er zum Ausatmen ansetzte, riss er die Pistole hervor. Projektile rasten in beide Richtungen los. Als Levi spürte, wie ihn etwas wie ein Vorschlaghammer in die Schulter traf, schrie Porschenko: »Für Russland!«

Der Schalthebel der Granate fiel auf den Teppich.

Levi zögerte nicht. Er sprang aufs Bett, zertrümmerte dabei die dort liegende Glasscheibe und hechtete durchs Fenster hinaus. Hinter ihm dröhnte eine heftige Explosion. Schmerzhafte Splitter trafen ihn, als er in die Luft geschleudert wurde.

Dann wurde die Welt schwarz.

KAPITEL SECHZEHN

Das bebrillte, pummelige Gesicht von Brice schwebte über Levi, als er sich in einem Krankenhausbett abrupt aufsetzte und nach Luft rang.

»Sachte, Levi!« Brice legte ihm die Hand auf die Schulter. »Schon gut. Du bist in einer unserer Zimmerfluchten im Walter Reed Militärkrankenhaus.«

Levis Herz hämmerte wild in der Brust, während er blinzelnd versuchte, sich zu orientieren. Sein ganzer Körper fühlte sich geprellt und geschunden an, seine rechte Schulter pochte dumpf.

Ein Arzt mit einem Klemmbrett trat ein. »Yoder, wir müssen aufhören, uns so zu treffen.«

Levi schaute zu dem Mann auf. Seine Sinne arbeiteten schaumgebremst. Es dauerte einen Moment, bis er den Arzt erkannte. Dann breitete sich ein Lächeln in seinem Gesicht aus, und er bot ihm mit dem unversehrten Arm die Ghettofaust an. »Doc Spears. Lange nicht gesehen.«

Brice schaute zwischen den beiden hin und her. »Ihr beide kennt euch?«

Levi schmunzelte – und zuckte zusammen, als ihm ein stechender Schmerz durch die Schulter fuhr. »Wir haben uns zuletzt bei einem Einsatz in Argentinien gesehen. Richtig, Doc?«

Der großgewachsene Arzt nickte. Er gehörte nicht nur dem Outfit an, sondern war früher auch bei den Special Forces gewesen. »Ist immer schön, einen Sieg für die Heimmannschaft zu holen.« Er klopfte Levi auf die unversehrte Schulter. »Sie sind schon 'ne harte Nuss. Ich kann mich noch an unseren ersten gemeinsamen Tango erinnern. Damals sind sie nicht bloß einmal, sondern gleich zweimal von einer .338 Lapua getroffen worden und hatten lediglich 'ne kollabierte Lunge.«

»Gutes Gedächtnis. Aber mein Zustand zu dem Zeitpunkt war wohl eher meiner Körperpanzerung zu verdanken.« Levi hob den rechten Arm und spürte ein Kribbeln von der Schulter bis zu den Fingerspitzen. »Was ist diesmal der Schaden?«

»Werden wir gleich wissen. Schwingen Sie die Beine von der Liege und sehen Sie mich an. Ich brauche ein paar Tests mit Ihnen in wachem Zustand.«

Levi kam der Aufforderung nach.

Doc Spears hielt einen Stift hoch. »Augen auf den Stift gerichtet lassen.«

Levi ließ den Arzt einige grundlegende motorische und kognitive Untersuchungen an ihm durchführen. Als Spears fertig war, wandte sich Levi an Brice.

»Wie lang war ich weggetreten?«

Brice sah auf die Armbanduhr. »Wir haben noch nicht mal Mittag. Ein paar Stunden. Zehn Minuten, nachdem du das Chaos dort angerichtet hattest, hab ich dich von einem Team rausholen lassen.«

»Das war nicht meine Schuld«, rechtfertigte sich Levi. »Du hättest draußen die Augen offen halten sollen.«

Er rieb sich die Arme. An mindestens sechs Stellen spürte er Nähte. Als er sein Gesicht abtastete, entdeckte er weitere entlang der Kieferpartie. »Und, Doc? Wie lautet das Urteil? Werd ich's überleben? Sehe ich aus wie Frankensteins Monster?«

Spears lachte leise. »Wenn man bedenkt, dass Sie entschieden zu nah an einer explodierenden Granate waren und aus einem Fenster im ersten Stock geschleudert worden sind, würde ich sagen, Sie sind in bemerkenswert guter Verfassung. Die CT-Aufnahmen sind unauffällig. Wir mussten Sie zwar reichlich nähen, aber nichts davon ist was Ernstes. Und die Schulter wird auch wieder, die ist nur übel malträtiert. Hab gehört, Sie sind mit einer kugelsicheren Weste angeschossen worden. Tut höllisch weh, das weiß ich, aber es ist nichts gebrochen.«

Levi bewegte den rechten Arm. »Was ist mit dem schmerzhaften Kribbeln? Ist ziemlich unangenehm.«

»Der Projektileinschlag läuft auf ein Trauma durch stumpfe Gewalteinwirkung hinaus und war in einem Bereich mit dicht gebündelten Nerven. Aber während Sie bewusstlos waren, haben wir die Nervenleitfähigkeit getestet. Alle Werte sind im grünen Bereich. Sie spüren nur die Reaktion Ihres Körpers auf das Trauma. Betrachten Sie es als Ermahnung, mal eine Weile kürzer zu treten. Falls das Kribbeln in den nächsten Tagen nicht nachlässt, können wir weitere Tests durchführen, aber ich denke, es wird sich legen, sobald die Schwellung zurückgeht.«

»Heißt das, er kann gehen?«, fragte Brice.

»Die meisten Ärzte würden empfehlen, dass er über Nacht zur Beobachtung bleibt.« Spears zwinkerte Levi zu. »Aber ich denke, das ist nicht nötig. Dafür ist unser Freund hier aus zu hartem Holz geschnitzt. Ich unterschreibe seine Entlassung.«

Bevor Doc Spears ging, ließ er noch eine Packung Schmerzmittel zurück. Auf einer gelben Haftnotiz stand: *Falls Sie doch weich werden, können Sie die gegen die Schmerzen einnehmen.*

Levi lachte, zuckte prompt zusammen und lachte erneut. Er mochte den Mann.

Schließlich wandte er sich an Brice. »Wo sind meine Sachen?«

»Ich suche eine Krankenpflegerin und lasse sie dir bringen. Und übrigens, es überrascht mich, dass du noch nicht danach gefragt hast, aber – du hast's geschafft. Dank dir konnte ich den Computer leer saugen. Die Leute im Büro analysieren gerade die Daten. Mason kommt heute noch an. Sehen wir zu, dass wir dich hier rauskriegen, damit wir ihn später zusammen informieren können.«

Levi betrat den Besprechungsraum in Straßenkleidung aus Russland. Er hatte keine andere Wahl gehabt. Sein Anzug stank immer noch nach Urin, seinen Einsatzanzug hatten Granatsplitter zerfetzt.

Brice und Mason saßen am Tisch und unterhielten sich über Haftbefehle. Als sie Levi erblickten, stand Mason sofort auf und kam auf ihn zu.

»Levi, alles in Ordnung?«

Levi lächelte. »Es geht mir gut.«

»Sind Sie sicher? Sie sehen aus wie ein Haufen ausgespuckter Kaugummis.« Der Mann wirkte aufrichtig besorgt. »Tut mir ehrlich leid, wie die Operation abgelaufen ist. Wir hatten dabei katastrophales Versagen auf mehreren Ebenen.« Er deutete auf die Stühle. »Kommen Sie, nehmen Sie Platz.«

Levi setzte sich neben Brice und versuchte, sich sein Unbehagen nicht anmerken zu lassen, obwohl sich sein rechter Arm immer noch anfühlte, als ob Tausende Ameisen daran knabberten.

Mason ließ sich ihnen gegenüber nieder. »Man könnte wohl sagen, die gute Nachricht ist, dass die Sache mit den Porschenkos ausgestanden ist. Brice, Sie müssen so schnell wie möglich eine Nachbesprechung mit dem gesamten Team arrangieren. Dass jemand in die Luft gesprengt wurde, wird den Leuten nicht schmecken, denen ich Rechenschaft ablegen muss. Aber vorerst geben Sie mir die Kurzfassung.«

Brice kritzelte etwas auf einen Block und drehte seinen Stuhl so, dass er sowohl Levi als auch Mason ansah. »Fangen wir mit dem in Washington, D. C. als Alex Conway bekannten Lobbyisten an. Wir wussten von einer Beziehung zwischen ihm und Porschenko. Anfangs haben wir sogar gemutmaßt, es könnte 'ne romantische Verstrickung sein. Dem war nicht so.

Alex Conway war in Wirklichkeit Alexej Porschenko, Konstantins Zwillingsbruder, in der Sowjetunion geboren und vor fast 40 Jahren vom KGB als Langzeitagent hergeschickt.«

Mason runzelte die Stirn. »Aber der KGB ist 1991 zusammen mit der Sowjetunion zerbrochen. Wie konnte seine Tarnung nicht auffliegen?«

Brice zuckte mit den Schultern. »Die Sowjets müssen einen Insider gehabt haben. Conway hatte lauter legitime Dokumente, sogar eine Geburtsurkunde aus Bethesda mit einem kleinen Fußabdruck drauf.« Er deutete mit dem Daumen auf Levi. »Levi hat zwei und zwei zusammengezählt und vermutet, dass er Porschenkos Bruder war ...«

»Das war keine Vermutung. Ich hatte ja ein Foto von Konstantin Porschenko gesehen. Bei Conways Anblick dachte ich anfangs, ich hätte einen Geist vor mir. Conway war Porschenko wie aus dem Gesicht geschnitten. Dann ist mir eingefallen, dass unsere Kontaktperson in der russischen Außenstelle das Gerücht erwähnt hat, Konstantin hätte als Kind seinen Zwillingsbruder beim Streit um ein Mädchen umgebracht. Da wurde mir klar, dass er wirklich einen Zwilling hatte, nur hatte er ihn nicht umgebracht – und jetzt wissen wir, was aus ihm geworden ist.«

»Interessant«, merkte Mason an. »Aber noch mal: Wie konnte dieser KGB-Agent vom Untergang der Sowjetunion unberührt bleiben?«

Brice ergriff einen seiner Ausdrucke. »Ich kann nur sagen, dass er in erster Linie mit der Absicht platziert wurde, sich als Akteur in Washington zu etablieren. Erste Berufserfahrung hat er als kleiner Angestellter einer der großen Lobbying-Agenturen in der K Street gesammelt. Vermutlich hat er nach der Auflösung des KGB seine Mission einfach fortgesetzt. Zu dem Zeitpunkt hat er hier bereits ordentlich verdient und war autark.«

»Und offensichtlich ist er in Kontakt mit seinem Bruder geblieben«, fügte Levi hinzu. »Beeindruckende Leistung, so was über fast vier Jahrzehnte geheim zu halten.«

»Na ja, er ist der ursprünglichen Sache verbunden geblieben«, sagte Brice. »Kurz vor der Explosion im Schlafzimmer hat er was auf Russisch gebrüllt. Levi weiß natürlich längst, was es bedeutet, aber ich musste es erst vom Computer übersetzen lassen. Seine Worte waren: ›Für Russland.‹ Buchstäblich seine letzten Worte auf Erden.«

Mason schüttelte den Kopf. »Und ich muss mir jetzt Sorgen darüber machen, dass eine ganze Armee ehemaliger KGB-Agenten übers Land verteilt in versteckten Winkeln lauern könnte. Manchmal würde ich solche Dinge am liebsten einfach gar nicht wissen. Wie sieht's mit der Datenanalyse aus?«

»Wir arbeiten daran. Wird noch eine Weile dauern«, antwortete Brice. »Aber nach und nach fügen sich die Puzzleteile zusammen. Klar ist, dass Alexej anfällige Personen in Washington identifiziert hat, die direkt beeinflusst werden konnten, und Zielpersonen, die man einsetzen konnte, um die richtigen Leute indirekt zu beeinflussen. Die Information hat er an Konstantin weitergegeben, der praktisch das ausführende Organ hinter dem Chaos war.«

»Und obwohl die Brüder jetzt tot sind, bleiben ihre Kontakte kompromittiert«, murmelte Mason und trommelte mit den Fingern auf dem Tisch. »Wir müssen eindeutige Verbindungen zwischen den Akteuren herstellen und damit zu Verhaftungen kommen.«

Brice seufzte. »Ich weiß. Von Alexejs Heimcomputer hab ich fast 100 Gigabyte an Daten heruntergeladen, aus seinen Büros in der K Street holen wir uns gerade buchstäblich Terabytes. Ich wünschte nur, ich hätte Zugang zu mehr von Konstantins Daten. Bei seinen Kontakten könnten wir am ehesten sofort handeln. Oder zumindest könnten wir durch sie herausfinden, wonach wir suchen müssen.«

Levis Augen wurden groß. »Moment. Die Kontaktliste habe ich vielleicht.«

Beide Männer drehten sich ihm überrascht zu.

Levi schloss die Augen und rief sich die wenigen Minuten ins Gedächtnis, die er in Konstantin Porschenkos Büro verbracht hatte. Dort hatte er das Adressbuch des Mannes durchgeblättert. Es hatte Namen, Adressen und Telefonnummern aus aller Welt enthalten, viele davon jedoch aus den USA.

Er öffnete die Augen und grinste Brice an. »Ich hab Porschenkos Adressbuch gelesen. Gebt mir nur einen Notizblock und einen Stift.«

»Unmöglich.« Brice starrte ihn an. »Du hast dir sein gesamtes Adressbuch gemerkt?«

Mason lachte. »Da haben wir's, Marty. Levi hat im Kopf, was Sie brauchen. Damit ist wohl klar, was Sie als Nächstes tun. Stellen Sie mir eine Liste mit Namen, Adressen und den jeweiligen Straftaten zusammen. Dann leite ich den Papierkram für die Haftbefehle in die Wege. Klingt, als hätten wir alle Hände voll zu tun.« Er zeigte mit dem Finger auf Levi. »Aber sobald zu Papier gebracht ist, was Sie im Kopf haben, müssen Sie sich ausruhen. Wenn Sie wollen, können Sie unsere Suite im Waldorf Astoria nutzen, das kürzlich in Washington eröffnet hat.«

Levi schüttelte den Kopf. »Ich will einfach zurück nach New York City. Mit Zwischenstopp in Pennsylvania. Ich will meine Kinder sehen. Apropos, wie sieht's mit der Sicherheit bei meiner Mutter zu Hause aus?«

»Keine Sorge, Ihre Familie wird beschützt. Sie werden ja sehen, was wir vor Ort haben, wenn Sie dort sind.« Mason stand auf. Er wirkte zufrieden. »Trotz aller Kopfschmerzen und Pannen sieht's so aus, als wäre es uns gelungen, den Sumpf von Washington wenigstens ein bisschen trocken zu legen.«

Levi verspürte einen Anflug von Erschöpfung, als er Revue passieren ließ, was sich in der vergangenen Woche ereignet hatte. Aber trotz allem, was sie erreicht hatten, wusste er instinktiv, dass der Job noch längst nicht erledigt war.

Um den Sumpf vollständig trocken zu legen, bedurfte es weit mehr als der Beseitigung eines Rings korrupter Lobbyisten und russischer Agenten.

ANMERKUNGEN DES AUTORS

Tja, damit sind wir am Ende von *Tief im Sumpf*, und ich hoffe aufrichtig, es hat dir gefallen.

Wenn das dein erstes Buch von mir war, schulde ich dir eine kleine Vorstellung. Wer das hier schon kennt, kann direkt weiterspringen zu den neuen Teilen.

Ich habe mein Leben wissenschaftlicher Forschung verschrieben und bin schon länger in der Hightech-Branche tätig, als ich zugeben möchte. Meine Herkunft ist nicht besonders ungewöhnlich. Man könnte jedoch anmerken, dass ich mit Englisch als meiner dritten Sprache aufgewachsen bin, obwohl es mittlerweile mit Abstand meine stärkste ist. Ich wurde in eine Armeefamilie hineingeboren, bin viel gereist und habe dasselbe getan wie die meisten: Ausbildung, Job, Hochzeit und Kinder.

In bin damit aufgewachsen, in wissenschaftlichen Zeitschriften zu schmökern. Darüber bin ich zum Lesen von

Science-Fiction gekommen, hauptsächlich die Klassiker von Asimov, Niven, Pournelle und so weiter. Dann entdeckte ich epische Fantasy für mich, was mir eine völlig neue Welt erschloss. Eigentlich viele neue Welten. Durch Eddings, Tolkien und Co. habe ich das Genre schätzen gelernt. Als ich älter und biederer wurde, kam ich auf den Geschmack von Thrillern wie jenen von Cussler, Crichton, Grisham und anderen.

Als meine Kinder jünger waren, erfand ich für sie Geschichten, die ihnen gefielen und sie gut unterhielten. Wer hätte in dem Alter auch keinen Spaß dabei, etwas von Zwergen, Elfen, Drachen und dergleichen zu hören? Dies waren die Gutenachtgeschichten ihrer Jugend. Um mich nicht zu verzetteln, fing ich an, die Geschichten aufzuschreiben.

Tja, die Kinder wurden größer. Und es hat sich herausgestellt, dass mich nach dem Aufschreiben all der Geschichten ein Fieber gepackt hatte – das Schreibfieber. Es juckte mich, richtig damit anzufangen ... aber nicht mit traditionellen Geschichten, wie ich sie mir für die Kinder ausgedacht hatte.

Im Verlauf der Jahre habe ich mich mit einigen recht bekannten Autoren angefreundet. Und wenn ich erwähnte, dass ich das Schreiben vielleicht ernsthafter betreiben will, bekam ich von mehreren denselben Rat: »Schreib über etwas, womit du dich auskennst.«

Über etwas schreiben, womit ich mich auskenne? Ich fing an, über Michael Crichton nachzudenken. Er war nicht praktizierender Arzt und begann mit einem medizinischen Thriller. John Grisham war ein Jahrzehnt lang Anwalt, bevor er eine

Reihe von Gerichtsthrillern verfasste. Der Ratschlag schien etwas für sich zu haben.

Ich fing zu grübeln an. »Womit kenne ich mich aus?« Und dann kam es mir.

Ich kenne mich mit Wissenschaft aus. Das ist mein Beruf und bereitet mir Freude. Tatsächlich gehört es zu meinen Hobbys, Fachartikel zu lesen, die verschiedenste wissenschaftliche Disziplinen umspannen. Meine Interessen reichen von Teilchenphysik über Computer und Militärwissenschaften (also jede Wissenschaft hinter allem, was knallt) bis hin zu Medizin. In der Hinsicht bin ich zugegebenermaßen ein Nerd. Außerdem reise ich schon mein Leben lang viel und befasse mich aus reinem Interesse mit fremden Sprachen und Kulturen.

Mit dem Rat einiger *New York Times* Bestsellerautoren im Gepäck begann ich mein Unterfangen, Romane zu schreiben.

Schon mein erstes Buch, *Urgewalt*, wurde ein *USA Today* Bestseller. Seither habe ich es mehrfach auf diese Liste geschafft. Im Nachhinein bin ich froh, dass ich den Sprung ins kalte Wasser gewagt und mit dem Schreiben begonnen habe.

Damit genug der Einleitung. Ich rede nicht so gern über mich selbst. Also weiter im Text, nachdem ich mich so aufdringlich vorgestellt habe.

Die Idee zu *Tief im Sumpf* entstand durch die zahlreichen aufsehenerregenden Entwicklungen weltweit, die sich praktisch gleichzeitig vollzogen haben. Ob Brexit, Krawalle im Zusammenhang mit der Bewegung *Black Lives Matter* 2020, die Wahl eines Präsidenten oder die Absetzung eines anderen – die Welt hat erlebt, was passiert, wenn Politik im Spiel ist.

Und in letzter Minute kam als Einflussfaktor noch der (zum

Zeitpunkt dieser Zeilen) aktuelle Konflikt zwischen der Ukraine und Russland hinzu.

Ich beziehe in meinen Büchern nie politisch Stellung. Es war ein wenig Kreativität nötig, um bewusst keine politische Seite als besser oder schlechter als die andere darzustellen. Sehr wohl jedoch wollte ich ein wenig darauf eingehen, wie unangemessen die Medien die Öffentlichkeit beeinflussen können. Das tue ich bereits in der Eröffnungsszene, in der ein vom Inhalt eines Artikels der *New York Times* beeinflusster Verrückter auftritt. Leider unterscheidet sich die Szene nicht sehr von einer realen Begebenheit in der jüngsten Vergangenheit. Dabei hat ein Bewaffneter das Feuer auf eine Gruppe von Baseball spielenden Kongressabgeordneten eröffnet.

Warum? Wegen der beharrlichen Mitteilungen in den Medien, die vom Täter konsumiert wurden.

Mir ist bewusst, dass sich unsere Gesellschaft in vieler Hinsicht immens weiterentwickelt hat. Leider nicht ausschließlich zum Guten. Ich stamme aus einer Zeit, in der die Medien, insbesondere die Nachrichten, die Aufgabe hatten, die Öffentlichkeit über aktuelle Ereignisse zu informieren. Unverfälscht. So, wie es sich zugetragen hatte.

Ich vermisse diese Tage. Damals wurde die Öffentlichkeit informiert, nicht aufgehetzt.

Heute erleben wir viel zu oft etwas anderes, sowohl in den USA als auch im Ausland. Propaganda, die über den Äther verbreitet wird. Je nach Medienplattform, Land und Tageszeit erhält man völlig unterschiedliche Nachrichten, was zu Polarisierung führt. Das ist ungesund.

Und aus dieser unerfreulichen Atmosphäre heraus ist *Tief im Sumpf* entstanden.

Ich hoffe, das Buch hat dir gefallen.

Wie immer freue ich mich über Kommentare und Rückmeldungen.

Bitte hinterlasst eure Gedanken/Rezension über die Geschichte auf Amazon und teilt sie mit euren Freunden. Nur durch Rezensionen und Mundpropaganda kann diese Geschichte weitere Leser finden, und ich hoffe sehr, dass dieser Roman – und der Rest meiner Bücher – ein möglichst großes Publikum ansprechen.

Nochmals vielen Dank, dass du einem relativ unbekannten Autor eine Chance gibst. Immerhin bin ich kein Stephen King.

Ich beabsichtige, pro Jahr zwei bis vier Bücher zu veröffentlichen. Und wenn ich ganz ehrlich sein soll, wird stark von meiner Leserschaft beeinflusst, was ich als Nächstes meine Aufmerksamkeit widme. Ein Beispiel dafür ist mein erstes Buch, *Urgewalt*, für das kein Folgeband geplant war. Aber nach der Veröffentlichung wurde der Titel sowohl in den USA als auch im Ausland ein so großer Hit, dass ich aufgrund der hohen Nachfrage einen zweiten Teil in der *Exodus*-Reihe herausgebracht habe.

Wenn dich Neuigkeiten über meine Arbeit interessieren, kannst du dich gern für meinen Newsletter anmelden:

https://mailinglist.michaelarothman.com/new-reader

Mike Rothman

23. Juni 2022

VORSCHAU AUF:

Darwins Faktor

Jon LaForce stolperte auf unsicheren Füßen den steilen, steinigen Fußpfad hinunter, der ins Tikaboo-Tal führte. Für den Abstieg stärkte er sich noch einmal mit einem kräftigen Schluck aus der Flasche – billiger Rotweinfusel, den er auf dem Weg hierher in einer Tankstelle gekauft hatte. Fast sofort verspürte er die wohlige Wärme, die vom Magen durch den Hals in seine Wangen strömte.

Er war gerade gefeuert worden – schon zum zweiten Mal in diesem Monat.

Im Moment wusste er nicht so recht, was ihn hier in diese gottverlassene Gegend im Südwesten von Nevada getrieben hatte. Früher, als er noch ein Junge gewesen war, hatte er mit seinen Freunden immer wieder mal darüber geredet, sich in diese verbotene Gegend zu schleichen und die Militärflugzeuge auszuspionieren, die hier abhoben oder landeten. Sie hatten im Flüsterton über geheime Experimente spekuliert, die

hier durchgeführt würden, über mysteriöse Wolken und natürlich auch über UFOs. Denn das hier war schließlich der Ort,
an dem sie die Aliens gefangen hielten. Die berühmte
Area 51.

Jon glaubte natürlich längst nicht mehr an diesen Scheiß
und hatte ernsthafte Zweifel, ob er oder einer seiner Freunde
damals tatsächlich den Mumm aufgebracht hätten, sich auf das
Militärgelände zu schleichen oder sich auch nur in seine Nähe
zu wagen. Und wenn er sich jetzt umblickte, musste er zugeben, dass sie nichts versäumt hatten. Meilenweit nichts als
dicht gewachsenes, silbrig-graues Gestrüpp, das, wenn er sich
richtig erinnerte, Wüsten-Beifuß genannt wurde.

Er gönnte sich einen weiteren kräftigen Schluck aus der
Flasche, und schon verspürte er wieder das alkoholische
Prickeln, während er weiter den Hang hinunter stolperte. Plötzlich brach am Fuß des Abhangs etwas aus dem Beifußgestrüpp
heraus. Jon zog die Glock aus dem Holster und ging in Schieß-
haltung. In dieser Gegend streiften manchmal auch Rotluchse
herum.

Aber es war nur ein streunender Hund. Ein Hund mit
dunkelbraunem Fell, langem Schwanz, herabhängenden Ohren
– ein brauner Labrador-Retriever vielleicht.

Jon steckte die Waffe wieder ein und pfiff. »Hey, Junge,
was hast du hier draußen zu suchen?«

Der Hund wedelte heftig mit dem Schwanz und sprang auf
Jon zu.

Jon schraubte den Verschluss auf die Flasche und streckte
dem Hund die Hand hin, damit er daran schnüffeln konnte.
Während der Hund seine Hand beschnupperte und die Nase an

Jons Hosenbeinen rieb, bemerkte Jon eine blutige Wunde an einer der Vorderpfoten.

»Da hat dir aber jemand ein ordentliches Stück herausgebissen, alter Knabe«, stellte Jon fest.

Der Hund jaulte und blickte sich zum Gebüsch um, hinter dem er hervorgekommen war.

Jon kraulte ihm den Kopf. »Dein Fell ist hübsch und glänzt, und du siehst auch gut genährt aus.« Er schüttelte den Kopf und tätschelte den Hunderücken. »Aber was hast du hier draußen verloren? Jemand wird wahrscheinlich schon nach dir suchen. Wird wohl besser sein, wenn ich dich zu einem Hundeasyl bringe, vielleicht finden sie dort heraus, wem du gehörst. Und sie können sich auch besser um dich kümmern. Ich kann ja kaum für mich selbst sorgen.«

Im Gestrüpp raschelte es, ungefähr 40 Meter entfernt. Der Hund jaulte auf, lief ein paar Schritte auf den Hang hinauf und drehte den Kopf zu Jon um, als wollte er ihm sagen, »Kommst du jetzt oder nicht?«

Jon zog erneut die Glock und ging einen Schritt auf das Geräusch zu.

Der Labrador sprang plötzlich vor ihn und ließ ein tiefes Knurren hören.

»Pst«, sagte Jon und ging um den Hund herum.

Der Labrador jaulte noch einmal, packte Jon am Hosenbein und zerrte hart an den Jeans, um ihn wieder den Hang hinauf zu ziehen, weiter von dem Geräusch weg.

»Was zum Henker willst du denn, du Köter?« Jon riss ihm wütend das Hosenbein aus der Schnauze und kickte dem Hund in den Bauch, aber der wich geschickt aus.

Immerhin zog sich der Hund jetzt jaulend zurück, kläffte noch einmal und raste den Hang hinauf.

Unten am Abhang brachen zwei dunkle Tiere aus dem Beifußgestrüpp – zwei weitere Hunde, beide sahen dem Braunen zum Verwechseln ähnlich.

Nur in ihrem Verhalten unterschieden sie sich von ihm.

Diese beiden Hunde begrüßten Jon nicht mit freundlichem Schwanzwedeln und heraushängenden Lefzen. Vielmehr beäugten sie ihn drohend, senkten die Köpfe und schlichen mit drohendem Knurren näher heran.

Jon richtete die Pistole auf sie und rief ihnen in freundlichem Ton zu: »Hey, Jungs, sucht ihr euren Freund?«

Kaum hatte er die Waffe auf die Hunde gerichtet, als sie auch schon auseinander stoben, einer nach rechts, der andere nach links.

Jons Puls ging schneller, sein Herz begann zu hämmern. Er zielte auf den rechten Hund. Sofort suchte der Köter hinter einem Felsbrocken Deckung.

Man konnte fast glauben, das Tier wüsste, dass die Pistole gefährlich war.

Schräg von links hörte Jon Krallen über die Steine kratzen. Er wirbelte herum und feuerte einen Warnschuss ab.

Aber der Hund rückte näher, jetzt allerdings in einem unbeständigen Zickzack, so dass es Jon schwer fiel, auf ihn zu zielen.

Ein Schauder lief Jon über den Rücken.

Seine Waffenhand zitterte, als er auf den näher kommenden Hund zielte. Einen kurzen Augenblick schoss ihm die Erinnerung an seine Zeit als Artillerist in Afghanistan durch den

Kopf. Damals hatte er auf Feinde geschossen, die er kaum sehen konnte. Jetzt jedoch stand er zum ersten Mal im Leben in Spuckdistanz von seinem Ziel entfernt, als er auf den Abzug drückte.

Der Hund hatte gerade zum Sprung angesetzt, als die Kugel ihn in die Schulter traf. Mit lautem Jaulen fiel er zu Boden.

Doch fast im selben Augenblick prallte ein 50 Kilo schwerer Hundeleib in seinen Rücken. Der zweite Köter warf Jon um. Der starke Hundekiefer schloss sich wie ein Schraubstock um das Gelenk seiner Schusshand.

Jon versuchte, gegen das wütend knurrende Tier anzukämpfen. Er schrie auf – doch plötzlich blieb der Schrei in seiner Kehle stecken. Der Hund, den er angeschossen hatte, griff nun ebenfalls wieder an und verbiss sich in Jons Hals.

Jon fiel wieder auf den Boden zurück. Die unglaublich starken Kiefer des Tieres zerbissen ihm die Luftröhre. Er rang nach Luft, während sein Blick verschwamm.

Inzwischen raste sein Herz vor Angst und Entsetzen. Er betete, »Mein Gott, ich wollte doch noch so viel...«

Dann wurde alles schwarz.

Hans Reinhardt stand auf dem Kamm des felsigen Hügels und atmete widerwillig den beißenden Brandgestank ein. Ein halbes Dutzend Männer in Overalls schwärmten über den Hügel und entfachten mit ihren Flammenwerfern ein wahres Höllenfeuer. Überall im lodernden Beifußgestrüpp knackten Steine und Felsbrocken in der glühenden Hitze.

Die Operation war gut gelaufen – bisher. Aber jetzt hatte sie sich plötzlich in Scheiße verwandelt. In eine totale Katastrophe. Trotz aller Zusicherungen seiner Bosse beim Bundesnachrichtendienst, ganz zu schweigen von seinen amerikanischen Verbindungsagenten in der CIA-Zentrale in Langley, war Hans inzwischen klar geworden, dass es höchste Zeit war, alles noch einmal auf »Anfang« zu stellen. Er musste die Operation auslagern, an einen unzugänglichen, viel weiter abgelegenen Ort. Einen Ort, an dem die Gefahr eines »Zwischenfalls« geringer war.

Der Kommandant der Basis, ein Colonel der Air Force, kam herbei und blieb neben ihm stehen. »Er hieß Jonathan LaForce und war ein Marine, ein Artillerist. Vor zehn Jahren kam er aus Afghanistan zurück und wurde mit allen Ehren entlassen.«

»Was zum Teufel hatte er hier zu suchen? Ich dachte, die Basis sei völlig sicher?«

Der Basiskommandant trat nervös von einem Fuß auf den anderen. »Das ist sie auch. Völlig sicher. Aber beim Hundezwinger haben wir die Sache unterschätzt. Der Zwinger war ausbruchsicher, aber für diese Tiere nicht ausbruchsicher genug. Ich habe die Videoaufzeichnungen noch einmal selbst überprüft. So unglaublich es klingt, aber anscheinend hat eines der Versuchstiere herausgefunden, wie sich der Riegel des Käfigs öffnen ließ. Und als er erst einmal aus dem Käfig war, machten es ihm die anderen nach. Bis der Ausbruch bemerkt wurde, hatten sich schon sechs Tiere unter dem äußeren Sicherheitszaun hindurch gegraben.«

Hans kickte einen Stein über die Felskante und knirschte

voller Frustration mit den Zähnen. »Ein toter Marine ist das Letzte, was wir jetzt brauchen. Was meinen Sie, wird der Tote für uns ein Problem, vielleicht sogar ein *großes* Problem?«

Der Colonel zuckte verlegen die Schultern. »Die gute Nachricht ist, dass er zu den krankhaften Nörglern gehörte. Unbeliebt, ein Säufer, keine Angehörigen, und anscheinend hatte er gerade auch seinen Job verloren. Er streunte nur einfach durch die Gegend, wahrscheinlich wird niemand nach ihm suchen, jedenfalls nicht in nächster Zeit. Wir kümmern uns um die Leiche.«

»Und was ist mit den Versuchstieren? Wurden sie schon alle aufgespürt und, hm, ausgemustert?«

»Allen waren die passiven Transponder eingepflanzt worden. Durch die Signale konnten wir fünf Tiere aufspüren. Sie wurden eingefangen und beseitigt.« Der Colonel atmete tief ein. »Leider konnten wir das sechste Tier bisher noch nicht lokalisieren. Ich habe ein paar Drohnen losgeschickt. Sie sind so programmiert, dass sie das gesamte Terrain nach einem festgelegten Raster nach den Signalen absuchen, die sein Transponder absetzt. Wir werden es finden.«

Hans fragte sich, wie ein derart inkompetenter Esel Kommandant einer Luftwaffenbasis werden konnte, die doch angeblich eine Hochsicherheitseinrichtung war. »Wir haben keine Zeit für eine längere Suche, Colonel. Es darf nicht sein, dass eines unserer Versuchstiere frei herumstreunt und womöglich irgendwelche Zivilisten attackiert.«

»Wir werden den Hund bestimmt bald orten und ihn…«

»Das ist kein verdammter Hund, Sie Idiot!«, blaffte Hans den Colonel an. »Wir haben es hier mit einem speziell gezüchteten Albtraum zu tun! Mit einer Kampfmaschine! Dieses Tier verfügt über genug Kraft und Intelligenz, um ganz von selbst aus Ihrem so genannten ›Hochsicherheitszwinger‹« – sarkastisch malte er Anführungszeichen in die Luft – »ausbrechen und einen bewaffneten Ex-Marine ausschalten zu können, der ihm in die Quere kam!«

Der Colonel kniff wütend die Augen zusammen und knirschte mit den Zähnen, so dass seine Wangenknochen hervortraten, sagte aber nichts.

»Hören Sie«, fuhr Hans ein wenig ruhiger fort, »wenn diese Sache bekannt wird, werden Köpfe rollen – meiner und Ihrer. Wir dürfen keinesfalls riskieren, dass die Öffentlichkeit von unserem Versuchsprogramm erfährt. Und seien wir doch mal ehrlich: Ihre Regierung hat ja bereits bewiesen, dass sie nicht fähig ist, gewisse Dinge unter dem Deckel zu halten, denken Sie nur an Wikileaks.«

»Mr. Reinhardt«, sagte der Colonel mit mühsam unterdrückter Wut, »eins dürfen Sie mir glauben: Ich weiß sehr genau, was auf dem Spiel steht. Daran brauchen Sie mich wirklich nicht zu erinnern. Das hier ist nicht nur eine der üblichen Verdeckten Operationen, sondern eine ›Schwarze Operation‹, und das wird sie auch bleiben. Ich werde persönlich die Säuberung überwachen.« Der Colonel deutete auf einen Abhang in der Nähe. »Dort drüben haben wir Blutspuren gefunden. Wir glauben, dass sie von dem vermissten Tier stammen. Es ist verletzt, und das wird seine Fähigkeit einschränken, uns zu entkommen. Auf dem Boden haben wir die Männer der Wachgesellschaft, in der Luft haben wir unsere Drohnen – das Tier hat keine Chance. Wir werden es finden.«

Hans starrte ihn durchdringend an. »Das will ich Ihnen auch geraten haben.«

Frank O'Reilly schüttete ein paar Handvoll Splitt in das Zaunpfostenloch, das er gerade ausgehoben hatte. Er warf Johnny, einem Landarbeiter, den er vor kurzem angeheuert hatte, einen Blick über die Schulter zu.

»Vergiss nie, mindestens zehn Zentimeter Splitt oder Kies in das Loch zu schütten und es gut zu verdichten, so wie ich es dir zeige.« Frank rammte den Splitt mit einem großen Holzpfahl fest in das Loch. »Der Splitt verhindert, dass sich das Regenwasser unter dem Holzpfosten staut. Die Zaunpfosten müssen gut und fest in der Erde sitzen. Und sie brauchen auch guten Halt, weil sich das Vieh gern daran reibt. Hast du das kapiert?«

»Klar, hab ich, Mr. O'Reilly. Und die Pfosten müssen immer im Abstand von zwei Meter fünfzig stehen, weil auch die Zaunbohlen so lang sind?«

»Stimmt genau. Pass auf, dass die Pfosten genau senkrecht stehen und immer im selben Abstand.«

Frank reichte Johnny den Erdbohrer. Unwillkürlich musste er grinsen. Der neue Farmarbeiter war grade erst 18 geworden und Frank musste unwillkürlich an Kathy denken, als sie in diesem Alter gewesen war. Johnny war genauso lebhaft und energiegeladen wie Kathy damals. Frank dachte an die Zeit zurück, als sie von der Highschool abgegangen und begierig gewesen war, die große weite Welt dort draußen kennen zu lernen.

Er klopfte Johnny auf die Schulter. »Schaffst du das, Johnny?«

»Klar, Sir, kein Problem. Nehmen Sie's mir nicht übel, dass ich frage, aber warum brauchen Sie jetzt plötzlich noch einen Helfer? Sie haben doch schon genug Farmarbeiter? Gehen Sie in Rente oder was?«

Frank lachte und schüttelte den Kopf. »Johnny, ich bin zwar schon 53, aber ich hab immer noch ein bisschen Leben in mir. Mach deine Arbeit und denke immer dran, was ich dir gesagt habe – dass man jeden Job so gut und sauber wie möglich erledigen muss. Ich werde deine Arbeit genau überprüfen, also lass dir bloß keine faulen Tricks einfallen, verstanden?«

»Bestimmt nicht, Sir. Machen Sie sich deswegen keinen Kopf.« Johnny schulterte den Lochbohrer und ging zum nächsten gekennzeichneten Punkt.

Als Frank sich umdrehte, wäre er beinahe über einen Hund gestolpert, der direkt hinter ihm auf den Hacken saß und zu ihm aufblickte.

»Verdammt, wo kommst denn du her?«

Der braune Labrador saß einfach nur da und ließ die Zunge heraushängen. Ein schönes Tier. Glänzendes Fell, sehr muskulöser Körper und offenbar gut genährt. Ganz sicher kein Streuner.

Frank streckte die Hand aus. »Na, bist du ein guter Hund?«

Der Hund stand auf und wedelte heftig mit dem Schwanz. Er schnupperte an Franks Hand, dann senkte er die Schnauze und schnüffelte an seinen Schuhen und am Saum seiner Jeanshose. Schließlich setzte er sich wieder auf die Hacken, leckte sich die Schnauze und jaulte leise. Mit hellen braunen Augen schaute er zu Frank auf, schaute wieder auf seine Hosenbeine, dann wieder in Franks Gesicht. Und jaulte noch einmal.

Frank legte den Kopf ein wenig schief; er hatte keine Ahnung, was der Hund ihm sagen wollte. Dann kam ihm plötzlich die Erleuchtung und er lachte. »Ah! Jetzt weiß ich, warum du dich so für mich interessierst.« Er zog ein gefaltetes Stück Beef Jerky, das seine Frau gedörrt hatte, aus der Hosentasche und warf es dem Hund hin.

Der Hund schnappte den Trockenfleischstreifen aus der Luft und kaute zufrieden darauf herum.

»Na, ich muss jetzt nach Hause, Kleiner. Ich kriege sonst was zu hören, wenn ich nicht rechtzeitig zum Abendessen zu Hause bin.«

Zu Fuß ging er die rund 800 Meter zu seinem bescheidenen weißen Bauernhaus zurück, das er vor fast 30 Jahren gebaut hatte. Unterwegs hörte er das leise Tappen von Pfoten hinter sich. *Na, das hast du jetzt davon,* dachte er. *Hättest doch wissen müssen, dass man einen fremden Köter nicht füttern sollte!* Frank ignorierte das Tier und stieg die Treppe zur Haustür hinauf.

Der Duft von Rinderbraten lag in der Luft.

Megan öffnete ihm die Tür. »Gut, dass du kommst! Das Essen ist fast fertig. Geh dich waschen.«

Er küsste sie flüchtig auf den Mund. »Riecht gut.«

Sie blickte verwundert an ihm vorbei. »Hast du einen neuen Freund?«

Der Labrador saß aufmerksam vor der untersten Stufe und blickte hoffnungsvoll zu ihnen hinauf.

Frank schüttelte den Kopf. »Ich hab einen Fehler gemacht – habe ihm ein Stück Trockenfleisch zugeworfen.«

Megan schob ihr schulterlanges kastanienbraunes Haar hinter die Ohren, bückte sich und klopfte leicht auf die Holzplanken des Podests vor der Haustür. »Hallo, Junge, hat dir das Fleisch geschmeckt?«

Der Hund sprang mit zwei Sätzen die Treppe hinauf und legte sich vor sie hin, wobei er sich auf den Rücken drehte und eifrig mit dem langen Schwanz über die Holzplanken fegte.

Megan kicherte und kraulte ihm den Bauch. »Du bist ja ein guter Junge.« Sie blickte mit dem verlegenen Lächeln, das Frank so gut kannte, zu ihm auf. »Was meinst du, gehört er jemandem?«

»Keine Ahnung. Er kam nur einfach zu mir. Scheint kein Streuner zu sein, so gepflegt, wie er aussieht, aber er trägt kein Halsband und keine Marke.« Frank zögerte. »Ich dachte, nachdem Daisy gestorben war, dass du dir geschworen hast, nie mehr…«

»Ach du armes Ding!«, rief Megan aus, als sie die Wunde am rechten Vorderbein entdeckte. »Sieht so aus, als sei er in einen Kampf geraten oder so.«

Der Hund winselte leise, als sie die Wunde näher untersuchte.

»Ist nicht schlimm. Lass ihn laufen«, sagte Frank.

»Kommt nicht in Frage.« Megan stand auf und wischte sich die Hände an der Schürze ab. »Wir bringen ihn zum Tierarzt. Der soll sich das mal anschauen.«

Frank fluchte in sich hinein. Er ahnte bereits, wie die Sache ausgehen würde: Der Tierarzt würde ihm eine hübsche Rechnung präsentieren. »Aber der Köter gehört uns doch gar nicht!«, protestierte er.

Megan drehte sich zu ihm um und bedachte ihn mit einem Blick, der ihm unmissverständlich klar machte, dass sie darüber nicht mehr diskutieren wolle. »Der Tierarzt kann dann gleich noch nach einem dieser Chips suchen, die sie heutzutage den Hunden einpflanzen.«

Megan war knapp über 1,50 Meter groß und hatte eine feenhafte Figur, aber wenn sie erst einmal einen Beschluss gefasst hatte, war sie durch nichts davon abzubringen. Nach 30 Jahren Ehe hatte Frank das längst begriffen.

Ergeben hob er beide Hände. »Und was ist mit dem Abendessen?«

»Das schmeckt dir auch in einer Stunde noch gut.« Megan ging ins Haus zurück und winkte dem Hund, ihr zu folgen, was er auch sofort tat. »Ich glaube, wir haben noch Daisys Wassernapf. Er ist bestimmt durstig. Du kannst inzwischen den Tierarzt anrufen und ihm sagen, dass wir unterwegs sind.«

Eine Sprechstundenhilfe mit langem rotbraunem Pferdeschwanz öffnete die Tür des Wartezimmers und rief: »O'Reilly?«

Frank hob die Hand. »Das sind wir.«

Ihr Blick wanderte zu dem braunen Labrador, der zwischen Megans und Franks Füßen lag. »Und wie heißt du, Süßer?«

»Er hat noch keinen…«

»Jasper«, verkündete Megan, als hätte sie selbst den Hund auf den Namen getauft.

Frank stöhnte innerlich. Er konnte nur hoffen, dass sie den Hund nicht schon ins Herz geschlossen hatte. Dieses Tier gehörte sicherlich jemandem. Ein Streuner würde ganz bestimmt nicht so gesund und gut genährt aussehen.

»Na, dann wollen wir dich mal wiegen und untersuchen.«

Megan stand auf und »Jasper« tat es ihr sofort nach. Gehorsam trottete er hinter ihr her ins Untersuchungszimmer. Frank schüttelte den Kopf und folgte ihnen resigniert.

Die Sprechstundenhilfe – »Sherri« war auf ihrem Schlupfkasack aufgestickt – blieb neben einer großen Metallwaage stehen. »Mal sehen, ob wir Jasper überreden können, auf die Waage zu steigen.«

Aber bevor Megan den Hund auch nur dazu auffordern konnte, stieg Jasper auf die Waage.

»Ha! Was für ein braver Junge«, staunte Sherri. »Wow – 57,6 Kilo. Das hätte ich nicht gedacht.« Sie trug Jaspers Gewicht auf einem Formular ein und schob es in seine Patientenfaltkarte.

»Haben Sie einen Chip-Scanner?«, erkundigte sich Frank, wobei er Megans wütenden Blick ignorierte. »Jasper ist uns nämlich erst heute zugelaufen und hat weder ein Halsband noch eine Hundemarke. Vielleicht sucht jemand in unserer Gegend einen weggelaufenen Labrador. Wir wollen alles richtig machen und möchten deshalb wissen, ob ihm ein Chip eingepflanzt wurde oder nicht.«

»Ach so, ja, natürlich. Bin gleich wieder da.« Sherri

verschwand in einem anderen Raum, während Megan liebevoll Jaspers Kopf tätschelte. Kurz darauf kehrte Sherri mit einem Stab zurück, an dessen Ende eine kleine Schleife angebracht war.

Sie fuhr mit dem Gerät über Jaspers Rücken. »Hmm. Die meisten Tierärzte implantieren den Chip zwischen den Schulterblättern, aber hier finde ich nichts. Schauen wir mal, ob du den Chip woanders hast, Jasper.« Sie setzte die Suche fort, aber als sich das Gerät der Wunde näherte, jaulte Jasper leise auf.

»Alles okay, Jasper«, beruhigte ihn Megan. »Sie tut dir nichts.«

Über der verkrusteten Wunde am Bein hielt Sherri inne. »Armer Kleiner, das tut dir bestimmt weh. Dr. Dew wird dich heilen.« Nachdem sie Jasper gründlich gescannt hatte, schüttelte sie den Kopf. »Nein, kein Chip.«

Frank musste seine Frau gar nicht anschauen, er wusste auch so, dass sie erleichtert lächelte. Er selbst war keineswegs erleichtert. Er seufzte, als ihm klar wurde, dass Megan gerade einen zugelaufenen Hund adoptiert hatte. »Na gut«, seufzte er, »in diesem Fall sollten wir nicht nur Jaspers Wunde versorgen lassen, sondern ihn auch gleich gründlich untersuchen. Ich will nicht, dass er irgendwelche Krankheiten in unsere Farm einschleppt.«

»Okay. Dr. Dew wird sich gleich um Jasper kümmern. Die Wunde an der rechten Vorderpfote ist ziemlich tief, es kann sein, dass wir das Bein röntgen müssen. Und für die Behandlung wird er vielleicht eine Betäubung brauchen. Alles zusammen wird mindestens vierhundert Dollar kosten«, sagte Sherri und schaute Frank und Megan fragend an.

»Ja, machen Sie das«, sagte Megan schnell. »Wenn der Arzt sagt, dass das nötig ist, dann zahlen wir das.«

Frank seufzte noch einmal und küsste Megan auf das Haar. Bei solchen Dingen duldete Mrs. O'Reilly keinen Widerspruch.

***

Frank und Megan saßen fast eine Stunde lang im Wartezimmer, wobei Megan kaum still sitzen konnte. Als der Tierarzt schließlich hereinkam – ohne Jasper –, griff Megan nach Franks Hand und drückte sie fest.

Der Tierarzt war ein riesiger Mann mit der Figur eines Bodybuilders, aber seine Stimme war überraschend sanft, fast weiblich. Er lächelte die O'Reillys freundlich an. »Jasper wacht in ungefähr zwanzig Minuten wieder auf, aber es ist alles in Ordnung. Anscheinend ist er in einen Kampf verwickelt worden und die Wunde hat sich entzündet. Wir haben das Bein geröntgt, glücklicherweise hat er sich nichts gebrochen. Aber auf dem Röntgenbild habe ich noch etwas anderes gefunden – ohne Röntgen hätte ich es nicht entdeckt.«

Er zog einen durchsichtigen Plastikbeutel aus dem Arztkittel und gab ihn Frank. In dem Beutel befand sich ein etwa zehn Zentimeter langes, dünnes Drahtstück. Der Arzt legte den Beutel auf seinen weißen Kittelärmel, so dass sie den Draht besser sehen konnten. »Der Draht steckte zwischen Haut und Muskeln, direkt oberhalb der Wunde. Ich habe keine Ahnung, wie er dort hinein geraten sein konnte, aber heraus kam er jedenfalls ohne Probleme.«

»Aber sonst… geht es Jasper gut?«, fragte Megan besorgt.

Lächelnd sagte der Arzt: »Er wird noch ein paar Tage lang ein wenig hinken, aber sonst ist alles in Ordnung. Wir haben die Wunde vernäht. Ich verschreibe ein Antibiotikum, das er zweimal täglich einnehmen muss, und gebe Ihnen auch eine Salbe mit, die Sie jeden Tag auf die Wunde auftragen sollten.«

Aus dem Untersuchungszimmer war plötzlich lautes Gebell zu hören, kurz darauf flog die Tür auf und Jasper kam in das Wartezimmer gesprungen. Sein Vorderbein war dick mit Mullbinden umwickelt und er konnte nicht voll auf das Bein auftreten. Trotzdem raste er sofort zu Megan hinüber und tobte voller Begeisterung um sie herum, als hätte er nicht damit gerechnet, sie jemals wiederzusehen.

Sherri kam hinterher gerannt. »Tut mir leid, Dr. Dew, aber Jasper ist viel früher aufgewacht, als wir angenommen hatten, und fing sofort an, wie wild an der Tür zu kratzen. Ich wollte nicht, dass die Nähte wieder aufplatzen. Scheint so, dass er unbedingt wieder zu seiner Mummy wollte.«

Stolz lächelnd kraulte Megan Jaspers Kopf. Frank verdrehte die Augen. Kein Zweifel, diese beiden hatten sich gefunden.

»Na, wir wollen natürlich nicht, dass Jasper unsere Türen aufbricht«, sagte Dr. Dew lachend. »Ich glaube nicht, dass ich jemals einen so schweren gesunden Labrador gesehen habe, nicht mal annähend. Das ist seltsam, denn seinem Aussehen nach hätte ich ihn höchstens auf 36 oder 37 Kilo geschätzt, aber er scheint eine unglaublich dichte Muskulatur zu haben. Und nach seinem Gebiss zu urteilen, ist er noch jung. Kann gut sein, dass er noch ein wenig wächst.«

Frank stöhnte. »Ich werde schon müde, wenn ich nur daran

denke, wieviel ich arbeiten muss, um diesen Burschen durchzufüttern.«

Jasper lief zu einem der Stühle, unter dem eine Hundedecke lag, schleppte sie zu Frank hinüber und legte sie ihm auf den Schoß.

Megan lachte. »Wow! Er hat gehört, dass du müde bist, und bringt dir eine Schlafdecke.«

Dr. Dew tätschelte Jaspers Kopf. »Du scheinst ein wirklich cleverer Bursche zu sein.«

Jasper setzte sich aufrecht und bellte zustimmend.

Frank wurde das mulmige Gefühl nicht los, dass mit diesem Hund irgendetwas nicht stimmte. Aber als er sah, wie liebevoll Megan das fremde Tier bemutterte, wurde ihm klar, dass seine Bedenken von jetzt an keine Rolle mehr spielen würden.

ANHANG

Wenn du schon Bücher von mir gelesen hast, gehst du mittlerweile wahrscheinlich davon aus, dass ich unabhängig vom Genre immer ein bisschen Wissenschaft einflechte. Eigentlich bin ich ja ungern vorhersehbar. Und dennoch sind wir wieder mal beim Anhang. Wie bei den anderen Romanen mit Levi Yoder habe ich Dinge eingebaut, die vielleicht einer Erklärung bedürfen.

In *Tief im Sumpf* erleben wir ein paar neue technische Spielereien – wenig überraschend für Leser der vorherigen Levi-Yoder-Bücher. Natürlich gehe ich gern auf die Wissenschaft dahinter ein. Allerdings ziehen sich durch das gesamte Buch Verweise auf aktuelle Ereignisse, über die ich ebenfalls ein paar Worte verlieren möchte. Und wie im Roman *Nie wieder* bemühe ich mich, Fakten und Fiktion in der medialen Darstellung voneinander zu trennen. Ich will zumindest versuchen, auf den Kern der Probleme hinzuweisen, statt mich nur auf eine der verzerrten Sichtweisen zu konzentrieren, mit denen die meisten Medien ihr Publikum füttern.

Die Idee zu *Tief im Sumpf* kam mir im Wesentlichen durch eine Reihe von Ereignissen, die aufgezeigt haben, wie polarisierend die Medien geworden sind. Das scheint ein weltweites Phänomen zu sein.

Unabhängig davon, wie man zu den verschiedenen Themen steht, ist die Berichterstattung manchmal geradezu lachhaft. Während der *Black Lives Matter* Unruhen 2020 in ganz Amerika beispielsweise hat ein Reporter von MSNBC vor Ort über die Proteste in Minneapolis berichtet und sie als »generell nicht ausartend« bezeichnet. Dazu möchte ich anmerken, dass während seiner Worte eine Gruppe von Demonstranten unmittelbar hinter ihm ein großes Gebäude in Brand setzte.

Über das seltsame Gebaren der Medien außerhalb der USA äußere ich mich nicht, weil ich mit den Feinheiten nicht vertraut genug bin, um die Spreu vom Weizen zu trennen. Sehr wohl jedoch kann ich festhalten, dass die Medienberichterstattung über den Konflikt zwischen der Ukraine und Russland extrem parteiisch ist und stark variiert, je nachdem, zu welchem Narrativ man tendiert.

Es gibt pro-russisch eingestellte Medien, von denen die Ukrainer als Nazis und Unterdrücker der ethnischen Russen innerhalb ihrer Grenzen bezeichnet werden. Natürlich wird Russland in dieser Berichterstattung als Heiland dargestellt, der über die Grenze kommt, um sein Volk zu retten. Ich kenne Menschen in Russland, und genau so wird es ihnen dort verkauft. Ein Großteil der ausländischen Medien ist für die Bürger innerhalb der russischen Grenzen gesperrt. Sie haben keinen Zugang zu anderer Berichterstattung.

Selbstverständlich stellen auch etliche Medienplattformen die Russen als Aggressoren dar, die mit dem »fabrizierten« Vorwand von Nazis im Nachbarland einmarschiert sind, um es zu annektieren.

Das ist nur ein Beispiel.

Ein anderes, das viele von uns vielleicht direkter betrifft, ist die Berichterstattung über Covid. In der Anfangszeit des Covid-Ausbruchs hat eine wichtige politische Persönlichkeit behauptet, das Virus stamme aus einem Labor in China. In Wuhan, um genau zu sein.

Damals waren solche Äußerungen politisch nicht opportun. Sowohl andere Politiker als auch die Medien distanzierten sich entschieden gegen solche Aussagen. Menschen gerieten in Schwierigkeiten, wurden aus sozialen Medien verbannt oder sogar als Rassisten bezichtigt. Sogar in der Berichterstattung großer Nachrichtensender.

Mittlerweile haben viele der westlichen Medien ihre Meinung über diese »Fakten« geändert. Derlei Anschuldigungen über den Ursprung des Virus scheinen in den westlichen Medien an allen Ecken und Enden zu kursieren. Wurde man noch vor einem Jahr für die Behauptung, es hätte seinen Ursprung in China, zum Geächteten, gilt das heute in weiten Teilen der Welt als anerkannte »Tatsache«.

Wissen wir denn wirklich, was passiert ist? Werden wir es je erfahren? Was sagt China dazu?

Zufällig arbeite ich mit Menschen in China zusammen und weiß zumindest, was den Menschen dort erzählt wird. Auch sie haben keinen Zugang zu westlichen Medien oder anderer Berichterstattung.

Die ursprüngliche Darstellung in China lautete, das Virus stamme von infiziertem, aus Australien importiertem Fleisch. Ja, viele Menschen im Westen wissen das nicht, aber die Bürger Chinas waren lange davon überzeugt, weil es ihnen so von ihren Medien serviert wurde.

Später hieß es in den chinesischen Nachrichten, das Virus sei vom US-Militär bei Übungsmanövern eingeschleppt worden.

Noch einmal frage ich: Was ist wahr? Wer weiß es?

Wie dem auch sein mag, das sind nur einige Beispiele dafür, wie die Medien die öffentliche Wahrnehmung so manipulieren, dass die von ihnen gewünschte Sichtweise entsteht. Die Menschen werden aufgebracht oder verfallen in Überzeugungen, die vielleicht zutreffen, vielleicht auch nicht. Im Gegensatz zu früher, als nur die bekannten Fakten auf den Tisch gelegt wurden und sich die Öffentlichkeit ihre eigene Meinung bilden durfte, wird uns heute vorgegeben, was wir glauben sollen.

Und wer sind die Puppenspieler dahinter?

Häufig ist es die Politik des Augenblicks. Nicht nur in den USA, sondern unweigerlich in allen Ländern.

Diese so genannten Puppenspieler sind oft Teil der politischen Infrastruktur. Manche sind Lobbyisten, die im Wesentlichen von speziellen Interessengruppen dafür bezahlt werden,

Politiker zu beeinflussen. Andere sind Beamte und sogar Politiker, die eigene Ziele verfolgen. Und öffentliche Unterstützung zu erhalten, lässt man dabei unweigerlich bestimmte Informationen an die Medien durchsickern. Oft handelt es sich dabei um pikanten Klatsch, um die eine oder andere Seite einer brisanten Debatte besser dastehen zu lassen.

Leider können eine solche Einflussnahme und die Bereitschaft der Medien, sich als Sprachrohr der Politmaschinerie einspannen zu lassen, sogar tödlich enden.

Einige Szenen in diesem Buch beruhen auf wahren Begebenheiten. Die erste Szene des Buchs basiert auf dem Kongress-Baseball-Attentat von 2017, bei dem es zu einem zehnminütigen Schusswechsel zwischen der Polizei und einem Geistesgestörten kam. Sein Motiv waren durch Medienberichte, soziale Medien und verschiedene Zeitungsartikel geschürter Hass. Am Ende wurden mehrere Menschen angeschossen und mindestens ein Kongressabgeordneter schwer verletzt.

Und damit genug meiner harmlosen Tirade über den oft ungesunden Einfluss der Medien auf die Öffentlichkeit. Kommen wir zu den Besonderheiten der einen oder anderen technischen Spielerei im Buch.

Levis Kontaktlinse:

Die Idee einer Kontaktlinse, die dem menschlichen Auge Informationen in Echtzeit liefert, gibt es seit Jahren in Filmen und ist fester Bestandteil in etlichen Thrillern. Bis vor kurzem war das jedoch Science-Fiction. Die Technik hatte sich noch nicht weit genug entwickelt, um die Matrix der Kontaktlinse mit etwas zu verbinden, das dem Träger visuelle Hinweise liefern konnte.

Aber bei der CES 2022 – einer Fachmesse für Unterhaltungselektronik – wurde eine solche Technologie von der InWith Corporation präsentiert. Das Unternehmen erhob den Anspruch, die erste weiche elektronische Kontaktlinse der Welt entwickelt zu haben. Die Linsen funktionieren in Verbindung mit einem Smartphone oder anderen Geräten, vermutlich gekoppelt über Bluetooth. So wird es der Linse ermöglicht, Informationen in Echtzeit anzuzeigen.

Die Details sind spärlich, aber der wahre technologische Triumph besteht darin, ein Smart-Gerät so mit der Kontaktlinse zu verbinden, dass visuelle Elemente auf dem praktisch kleinsten Fernsehbildschirm der Welt angezeigt werden können – der Kontaktlinse selbst.

Hinzu kommt die Anlehnung an bereits existierende Konzepte wie AR (Augmented Reality), eine Form von virtueller Realität, bei der die aktuelle Umgebung mit Dingen überlagert wird, die in Wirklichkeit nicht vorhanden sind.

Ein Beispiel für so etwas in der heutigen Welt wäre das Spiel *Pokémon Go*. Millionen Menschen weltweit spielen es auf ihren Smartphones. Die Benutzer betrachten dabei durch ihr Telefon die Umgebung, und die Anwendung ergänzt sie um bestimmte Spielelemente. Sie könnten zum Beispiel einen Strand vor sich sehen, auf dem ein Monster erscheint.

Bei allem, was in letzter Zeit entwickelt wurde, kann man

sich Levis Kontaktlinse leicht für etwas Praktischeres vorstellen. In der Welt der Software gibt es zahlreiche Algorithmen, die Gesichtserkennung ermöglichen. Letztendlich funktioniert sie durch die Erfassung eines Bilds, das jemand ansieht (das Gesicht einer Person). Es wird digitalisiert und durch den Algorithmus in eine Abfolge von Zahlen verwandelt.

Diese Zahlen würden von der Kontaktlinse an das drahtlos mit ihr verbundene Telefon übermittelt. Mit einer Internetverbindung könnte das Telefon diese Abfolge, die für das erfasste Gesicht steht, dafür heranziehen, nach einer Übereinstimmung zu suchen.

Sobald eine gefunden würde, könnten Informationen über die identifizierte Person aus verschiedenen Online-Quellen abgerufen und zurück an die Kontaktlinse übermittelt werden.

Mit anderen Worten, die Kontaktlinse wäre zugleich eine Art Kamera und ein Mini-Fernseher.

Wie ich es im Buch beschrieben habe, mag fantasievoll erscheinen, ist aber keineswegs Science-Fiction. Ich würde sogar die Vermutung wagen, dass bei manchen Geheimdiensten bereits eine Vorrichtung dieser Art von Agenten im Außeneinsatz benutzt werden könnte.

Alicias Taschenlampe:

So mancher Leser denkt sich vielleicht: »He! Da ist diese Szene, in der Esther, die ultimative jüdische Vorzeigeoma und Waffenhändlerin, eine ›Waffe‹ entwickelt, die Alicia trotz der lästigen Einschränkungen wegen ihres Alters und der Gegend ihrer Uni tatsächlich tragen darf. Aber sie hat nie die Gelegenheit bekommen, sie zu benutzen! War das ein Fehler?«

An der Stelle kichere ich als Autor wie ein Irrer und schüttle den Kopf. War es nicht. Das Gerät kommt noch zum Einsatz, allerdings in einem Buch, das nicht lange nach diesem erscheinen wird.

Moment mal, wie bitte?

Was ich gerade geschrieben habt, kann man unterschiedlich interpretieren. Sagen wir einfach, dass Alicia im nächsten Buch (das kein Levi-Yoder-Titel wird) mit dem Titel *Multiverse* eine Schlüsselrolle spielen wird. Und dabei wird ihre Taschenlampe zum Einsatz kommen. Und obwohl es sich um einen sehr wissenschaftlich orientierten Thriller handeln wird, besteht die Möglichkeit eines Gastauftritts von Alicias Adoptivvater.

Auf die technischen Einzelheiten der Taschenlampe werde ich im Anhang jenes Buchs eingehen. Allerdings kann ich schon an dieser Stelle verraten, dass sie stark von einem existierenden Gegenstand namens Bovie inspiriert ist, das in der Regel im medizinischen Bereich verwendet wird.

Was ein Bovie ist?

Einfach ausgedrückt ein Gerät, das über eine große Steuereinheit mit Strom versorgt wird. Es gibt auch tragbare, batteriebetriebene Versionen, die nicht größer als ein Stift sind. Das Funktionsende des Geräts hält man in der Hand, und bei Aktivierung glüht die Spitze rot. Es wird zum Kauterisieren von Wunden verwendet, um Blutungen zu stoppen, meist bei Operationen.

Der Aufbau der Taschenlampe ähnelt einer taktischen Version eines aufgemotzten Bovie. Man kann sich leicht vorstellen, was für Schaden damit angerichtet werden könnte. Wie ein Lichtschwert für Arme, vor allem bei Hautkontakt.

Ich glaube nicht, dass irgendjemand Bekanntschaft mit Alicias Waffe machen möchte.

Und ich kann versprechen, dass sie im nächsten Buch durchaus wirksam zum Einsatz kommt.

DER AUTOR

Ich wurde in eine Armeefamilie hineingeboren, bin mehrsprachig und der Erste in meiner Familie, der in den USA das Licht der Welt erblickt hat. Das hat meine Jugend stark beeinflusst, indem es in mir die Liebe zum Lesen und eine brennende Neugier auf die Welt und alles darin erweckt hat. Als Erwachsener konnte ich durch meine Vorliebe für Reisen und meine Abenteuerlust zahlreiche unvorstellbare Orte erkunden, die manchmal Einzug in die Geschichten halten, die ich schreibe.

Ich hoffe, diese Geschichte konnte dich gut unterhalten.

– Mike Rothman

Meinen Blog findet ihr unter: www.michaelarothman.com
Ich bin auch auf Facebook unter: www.facebook.com/
MichaelARothman
Und auf Twitter: @MichaelARothman